文学人生课

外国文学名著人物谱

胡山林 著

河南人民出版社
·郑州·

图书在版编目（CIP）数据

外国文学名著人物谱 / 胡山林著 . -- 郑州：
河南人民出版社, 2025. 1. --（文学人生课）.
ISBN 978-7-215-13510-9
Ⅰ. I106
中国国家版本馆CIP数据核字第20246069BV号

河南人民出版社 出版发行
（地址：郑州市郑东新区祥盛街27号 邮政编码：450016 电话：0371-65788058）
新华书店经销　　　　　　河南锦华印务有限公司印刷
开本　710 mm×1000 mm　　　1/16　　　印张　21.5
字数　241 千
2025 年 1 月第 1 版　　　　2025 年 1 月第 1 次印刷

定价：47.00 元

让文学走向大众 融入生活

（代序）

王立群

胡山林教授退休前是我们河南大学文学院文艺理论教研室的老师，在几十年的教学生涯中，他根据社会和学生需求以及个人学术兴趣，在专业基础理论课之外，开设过几门以提高学生专业技能与综合素质为宗旨的选修课和通识课。

20世纪80年代中期，最早开设的课程是"文艺欣赏心理研究"（后来成书《文艺欣赏心理学》），讨论欣赏兴趣、欣赏能力等接受心理。讲课过程中，学生们提出希望他讲讲"怎样分析解读文学作品"的问题。山林老师意识到，对于文学院学生来说，这是一个非常重要的课题，因为分析解读文学作品是文学院学生必须掌握的基本技能。为了满足学生需求，他沉下心来备课。经过几年努力，1992年开设了"文学欣赏导引"课，主要讲授文学欣赏的角度、原则和方法。这是一门基础性、入门性的专业理论课，旨在培养学生分析解读文学作品的能力。这门课一直开到现在并成为全校公选课。

这之后，山林老师又开设了"文学与人生"课，从人生视角解读文学，借助文学透视人生。这门课由文学院开到全校，又讲到社会上各类培训班。由于"文学欣赏导引"和"文学与人生"都关乎学生综合素质的提高,适用于文理工等各个专业,所以这两门课的教材经过改编修订,被清华大学出版社列为"高等院校人文素质教育系列教材"和"21世纪通识教育规划教材"相继出版。

长期的文学教学实践使山林老师意识到,文学是人学,是关乎灵魂的事业,所以文学既是文学院学生学习的专业课,同时也应该是惠及大众、惠及全社会的课,文学应该在社会精神文明建设、提升全民文化素质中发挥应有的作用。于是山林老师逐渐形成了自己的教学理念,或者说职业理想、职业愿景,那就是:让文学从大学文学院的课堂上解放出来,走向大众,融入人生,滋养每个人的心灵。

为了这个理念或愿景,山林老师付出了尽其所能的不懈努力。首先,在学校和社会上讲授文学的同时,他著书、写教材,从理论上倡导文学大众化,向社会大众普及文学欣赏知识(如《文学欣赏导引》《文学修养读本》等),传播文学的思想精华;撰写论文呼吁"人生视角解读文学,借助文学透视人生","人生"应该成为解读文学作品的独立视角之一。其次,他把自己的理论主张落实到研究和写作实践中。这就是在教学之余、退休前后持续不断地撰写分析解读文学名著的文字。目前"文学人生课"书系,就是这方面成果的集中体现。由于山林老师在理论与实践方面普及文学的实绩,经全国社会科学普及理论研讨与经验交流会认定,他被评为全国优秀社会科学普及专家。

阅读文学作品对于提高个人的人文素养、提高社会的精神文明水平都具有重要意义。这一点已经成为大众共识。但是,在具体实践中也遇到一些实际问题。例如,古今中外文学作品汗牛充栋,洋洋大观,这么多,人们该读什么呢?文学作品尤其是长篇小说篇幅浩大,如今人都很忙,耗不起时间怎么办?还有,读进去出不来,读完一片茫然,不知所云,不读白不读,读了也白读怎么办?

以上这些阅读中常见的普遍性问题,在"文学人生课"书系中基本上都得到了解决。首先,本书系遴选古今中外文学殿堂中被公认为"名著"的作品进行解读。名著都是具有较高思想艺术价值和知名度,包含永恒主题和经典人物形象,经过时间过滤经久不衰、广泛流传的文学作品。这就初步解决了读什么的选择问题。其次,丛书的写作体例一般是先概括叙述作品故事梗概,介绍人物的命运故事,之后从中提炼具有超越性和普遍性的人生意蕴,即对当下仍然有启发借鉴意义的"人生启悟"。这样基本上解决了"耗不起时间"和"不知所云"的问题。

山林老师在写作时设定的读者对象是大中小学学生和广大文学爱好者,所以"文学人生课"重点分析文学名著的思想意蕴,有意避开了过分专业化的知识介绍和写作技巧的详尽分析。这对于非专业的大众读者来说,节省了时间,满足了想从阅读中受到思想启悟的精神需求。

"文学人生课"书系的出版,从大的方面说,有益于助推全民阅读,构建文学与大众的桥梁。在党中央的倡导下,全民阅读上升为国家发展战略,自2014年以来已连续多年写入政府工作报告;2021年,《中华人民共和国国民经济和社会发展第十四个五年规划和2035年远景目标纲要》明确提出"深入推进全民阅读,建设书香中国"。全民阅读的对象广泛,而文学作品尤其是经典名著是重点选项。不过,文学名著是作家精心打造的精神产品,其思想精华不是快餐式浅层阅读所能发现并转化为精神滋养的。这时候就需要文学从业者利用自己的专业知识对作品作一些必要的分析解读,在感同身受中把作品的思想精华提炼出来与读者交流。换句话说,文学名著与大众之间需要一座桥梁,"文学人生课"书系就具有这样的桥梁作用。

在文学接受群体中,大中小学学生是一个特殊群体。他们正处于心智成长的重要阶段,此时大量阅读文学名著不仅仅是应付考试的需要,更重要的是通过广泛的课外阅读开阔精神视野,提高综合素质,促进心智成长。文学名著读与不读、读得多与读得少,对于一个人的精神成长是绝对不一样的。相信"文学人生课"会对学生的课外阅读有所帮助,符合当前新文科建设、应用文科建设的方向,试行学术大众化、大众化学术之路,是有价值有意义的教学改革实践。

作为大学教师,完成课堂教学和课外辅导也就算尽职尽责了。但是,如果能够把自己的本职工作与国家发展战略结合起来,自觉主动承担社会责任,为国家发展战略、为社会文明建设尽自己的绵薄之力,那就更好了。自古以来拥有家国情怀,以天下为己任就是读书人的优秀传统。"文学人生课"着眼于为社会服务,就是上述传统的继承。

"文学人生课"从人生视角分析解读了大量文学名著,但是,文学殿堂里的好作品何其丰富,本书系里涉猎的无非是无边大海中的几个小岛。从这个角度看,解读文学作品是一项永远做不完的工作,是需要众多文学从业者共同完成的课题。为此我呼吁更多同仁积极热情地投入这项工作,薪火相传地永远做下去。这项工作,首先是让自己获得审美享受,丰富精神世界;其次是对大众、对社会精神文明建设有益。于公于私功莫大焉,何乐而不为?!

在市场经济条件下,出版这类非快餐式的图书,未必有明显的经济效益。但河南人民出版社把社会效益放在第一位,前几年出了《文学修养读本》等,现在又出版这套丛书,这种社会责任感是值得肯定和赞赏的。

"文学人生课"书系让人略感不足的是,"人物谱"系列有外国,有中国古代、现代,但缺少了中国当代。当代名著和当下读者距离更近,读起来更亲切。如果有机会,希望能补齐这个圆环。

2024年秋 于北京

(王立群:河南大学文学院教授、博士生导师,全国高等学校教学名师、河南省突出贡献教育人物、央视"百家讲坛"主讲人)

前　言

开卷之初,先向读者说说本书写作的几个原则。

一、以人物形象为中心解读文学名著

众所周知,文学是人学。人是社会生活的主体,是作家关注的中心。作家创作——当然主要是叙事性作品的创作,无不集中精力塑造好笔下人物,尤其是主人公。在人物形象身上,凝结着社会生活、世故人情、人心人性、思想情感的全部奥秘,体现着作家的创作个性,彰显着其人生观、价值观。换句话说,典型人物是上述各因素的全息缩影。所以,从创作角度看,衡量一部(篇)作品成功与否,关键看其人物塑造得如何;从接受角度看,理解、把握了人物,就等于掌握了打开作品堂奥的钥匙,收纲举目张之效。

二、从人生视角分析人物

人生视角与常见的社会政治历史视角有所不同。后者关注的主要是作品中的社会政治历史问题,这类问题具有特定的时空性,时移世异,时过境迁;而前者关注的是人生问题,如生老病死、人生意义、人性奥秘、命运真相、人本困境等。人生问题与生俱来、与生俱去,不以时代、社会、民族、职业、贫富等的不同而不同,因而具有永恒性、超越性和普遍性。

由此看,现在我们所面临的人生问题,古今中外的人都遇到过。那么人家是怎么对待、怎么处理的？他们的人生经验(包括教训)、人生智慧,可否供我们借鉴？当然可以！文学作品的价值和意义就在这里。

基于这种理解,本书从人生视角解读作品,分析人物,关注点集中在人物形象与我们相通、相近的"人生公因式",找到至今仍可以借鉴的人生经验和人生智慧。

从这个角度分析人物,人物就活了——既活在过去,也活在当下;既活在作品中,也活在我们的心灵中。

三、注重人生意蕴的提炼

本书设定的读者对象是青少年和社会大众,所以注重作品思想意蕴,尤其是人生意蕴的分析,而不讨论艺术手法等专业性问题。当然我们知道文学名著在艺术上有独特之处,但所有艺术手法都是为更好地传达意蕴而存在的,意蕴是艺术之本。换句话说,意蕴是鱼,而手法是筌,庄子提醒我们,得鱼即可忘筌。也可以用佛家一个比喻:意蕴是月亮,手法是指向月亮的手,你看到月亮了,就可以把指月之手忘掉了。

这样说,并不意味着艺术因素不重要,而只是说,对非文学专业的大众读者而言,思想和人生意蕴更重要,至于其中的艺术因素,留给专业人士去研究。

四、文学阅读重在思想精髓的汲取而不在知识点的分解

如今,全民阅读已上升到国家战略层面,成为社会共识,但如何阅读却不能不注意方式方法。据说,有人把文学名著化为知识点(如《水浒传》中绰号为"鼓上蚤"的是哪一位？)作为应试题考学生。这样做当然也有促进阅读的作用,但危险也在这里。

文学的精华在于作品蕴含的思想感情,在于意蕴意味,在于人生经验、人生智慧。而这一切都必须通过阅读,在感受和体验过程中心有所动、情有所感、意有所悟。这是一个可意会不可言传、可神通不可语达的审美过程,所谓美育就在过程中潜移默化地实现。如果引导学生仅仅关注零打碎敲的知识点,实在是舍本逐末。这样一来所谓文学精华,所谓审美体验和美育,就会大打折扣,等于买椟还珠,捡了芝麻丢了西瓜。

当然,知识点的分解也不是不可以,但无论如何不能单一地将文学作品的精髓抽象化为知识点。怎样让文学阅读成为使读者心智成长的资源,成为素质教育的重要途径,而不仅仅是知识点的死记硬背,是需要在实践中逐步探索解决的大问题。

笔者从事文学教学工作几十年,职业愿景是让文学从大学文学院(中文系)的课堂上解放出来,走向大众,融入人生,滋养每个人的心灵。文学当然是一门专业性很强的学科,但同时又是一门可以走向大众的学科。因为,文学是人学,文学是写人的,在文学中人人都可以找到与自己心灵相通的东西。可以说,人生是文学走向大众的最佳桥梁,人生经验和人生智慧是文学和大众沟通的最佳焦点。阅读文学等于是和各路大神对话,在对话中聆听大神们的智慧,从而提升自己。本书从人生视角解读文学名著,分析人物,就是为实现愿景所作的努力。

文学是人学,文学是关乎灵魂的事业,文学与每个人心灵相通。愿以这本小书于冥冥之中与读者朋友隔空对话。

胡山林

目录

宙斯:没有监督的权力必然导致腐败 / 1

普罗米修斯:人类哲学日历上最崇高的圣者和殉道者 / 5

美狄亚:情爱是一种极端的情感 / 9

帕里斯:原欲的力量大于精神 / 14

潘多拉盒子:探寻存在的奥秘 / 19

伊阿宋:权欲是一剂毒药 / 24

俄狄浦斯:命运啊,到底是咋回事? / 29

西绪福斯:同荒诞命运作永不屈服的顽强抗争 / 35

柏勒洛丰:人在做,天在看 / 39

堂吉诃德:旁观者清,当局者迷 / 44

安塞尔模:不要轻易考验人性,因为人性是脆弱的 / 49

奥赛罗:警惕小人暗算,盲目轻信必然导致悲剧 / 55

麦克白:为野心而疯狂,为良心而崩溃 / 61

维特:任性滥情的结果是被结构性道德困境困死了 / 69

浮士德:生命的意义在永无穷尽的追求过程中 / 77

爱丝美拉达:为什么不能让完美的女孩同时拥有完美的
　　　　　命运呢? / 83

克洛德·弗罗洛:可恶可恨的可怜人 / 89

卡西魔多:纯情无私为爱人 / 96

于连:社会需要高度警惕极端利己主义野心家 / 102

葛朗台:心理变态的大财迷 / 107

拉斯蒂涅:被虚荣浮华勾魂的大学生 / 112

高老头:被金钱毒害的父女关系 / 120

吕西安:在充满诱惑的人世间迷失自我的年轻人 / 125

卡斯塔涅:经历穷奢极欲后的空虚才知道灵魂生活的高贵 / 132

瓦朗坦:"你的心愿须用你的生命来抵偿" / 138

卡门:人们为什么喜欢惊世骇俗、放浪无羁的"恶之花"? / 142

包法利夫人:燃烧的激情如脱缰的野马一路狂奔走向灭亡 / 151

鲁滨孙:漂流人生的启示 / 154

达西:傲慢与偏见是普遍的人性弱点 / 163

利蓓加:浮名浮利皆虚空,没有谁的生活是完美的 / 168

简·爱:世俗观念的力量何其强大 / 173

安娜·卡列尼娜:追求个人幸福与遵守道德规范的

　　　两难选择 / 181

聂赫留朵夫:纯洁—沉沦—忏悔—复活的心路历程 / 185

别里科夫:一个套中人死了,千万个套中人还活着 / 192

奥莉加:对虚荣浅薄的文艺小资们的善意警示和教诲 / 196

尼古拉·伊万内奇:庸俗的霉菌无处不在 / 200

约娜:理想很丰满,现实很骨感 / 204

乔治.杜洛瓦:流氓无赖从穷光蛋混成社会顶流的秘诀 / 211

玛格丽特:卑贱的身份,高贵的灵魂 / 220

菲利普:脑管不住心,主我管不住客我 / 228

亨利·杰基尔:本我与超我博弈中的两面人 / 232

拉赫美托夫:优秀人物的精华,特别的卓异"新人" / 238

罗普霍夫:无私忘我,处处为他人着想的普通"新人" / 246

牛虻:为革命事业鞠躬尽瘁死而后已 / 252

嘉莉妹妹：打工妹的人生追求步步登高值得赞赏 / 261

赫斯渥：一念之差毁终生 / 268

陌生女人：爱上一个不该爱的人 / 274

C 太太：突如其来的人生历险暴露了灵魂深处的秘密 / 279

索罗门松：世界上最悲苦的事莫过于亲人的隔膜与欺骗 / 286

坦塔罗斯：走在阴影与光明之间的地狱之路上 / 290

桑提亚哥：硬汉精神的强悍与偏执 / 295

保尔·柯察金：在燃烧的生活中获取人生的意义 / 300

霍尔顿：青少年成长的烦恼 / 307

拉里：执着寻觅灵魂归宿的人 / 313

哈罗德·弗莱：一个人的朝圣 / 322

后　记 / 328

宙斯:没有监督的权力必然导致腐败

对希腊神话哪怕只有一点点了解的人,都知道有个宙斯。宙斯是主宰宇宙的天王,众神之主,奥林波斯山(神的居住地)上的统治者,具有至高无上的地位、法力无边的霹雳手段。他既是神界统治者,也是人间统治者,他不允许任何人、神向他的权威挑战,他一心要维护的是自己的绝对统治。

宙斯半身像

人物故事

作为人神两界的最高领袖,按理说应该为他治下的大众做好事、谋福利,这才能证明自己统治的合法性,才能让治下衷心服膺。可是,纵览希腊神话,有谁见过宙斯做过什么好事,有过什么政绩吗?好像没有,他甚至连一个为大众谋福利的念头都没有动过。那么他整天干什么呢?神话告诉我们,他整天只干一件事,即怎样寻花问柳追女人,怎样把人神两界的美女弄到手。

据神话披露,第一个不幸落入宙斯之手的美丽少女是伊娥。

伊娥本是宙斯之妻赫拉神庙里的处女祭司,此前,宙斯已经诱奸过伊娥的侄女俄伯,但他看到伊娥的美貌忍不住又动了欲念。每天夜里,他让伊娥产生幻觉,在她耳边情意绵绵地追捧她、蛊惑她。被幻觉折磨得痛苦不堪的伊娥求助于父亲,父亲心疼不已,求助于神谕。宙斯以神谕形式命令他把女儿从家里赶出去,否则杀死他们整个家族。被赶出家门的伊娥在父亲的草场上徘徊,宙斯释放烟雾把她围住并乘机强奸了她。嫉妒成性的赫拉发现此事后找宙斯算账,宙斯却矢口否认,坚称自己是无辜的。赫拉不敢报复自己的丈夫,只好把满腔仇恨发泄到伊娥身上。她让伊娥变成一头牛,把伊娥关进牢狱使她受尽折磨。这还仅仅是灾难的开始,此后伊娥受的折磨曲折复杂,一言难尽。总之,宙斯的一时风流毁了伊娥的一生。

伊娥的后代子孙中有一位漂亮女孩欧罗巴,也没有逃过宙斯好色的眼睛。宙斯变成一头英俊而温顺的白色牡牛接近她,天真的女孩被迷惑,便骑在他身上,他一路狂奔到海边,一头扎进海浪里。姑娘被吓坏了,问他是谁,他承认自己是宙斯,说自己之所以变成牡牛接近她是因为对她怀有无法克制的欲望。登上海岸后宙斯立刻变成人的模样占有了欧罗巴,纵情发泄后扬长而去,把欧罗巴遗弃在一个陌生的荒岛上,任凭她四顾茫然,举目无亲,自生自灭。

希腊神话中宙斯追女人的故事数不胜数,限于篇幅,不再转述。总之,宙斯不是一个合格的政治领袖,却是一个追女人的好手。他"往往违背女方的意愿勾引诱奸她们。与宙斯通奸的那些凡间情人经常会为自己的行为付出沉重的代价,她们会遭受赫拉的严惩。神祇赫拉是宙斯的妻子,她喜好猜忌,嫉妒成性。宙斯和非凡的女神们交合,生下了很多孩子,和凡间女子所生的孩子更是不计其数;希腊神话里那些伟大的英雄很多都是宙斯在凡间的私生子"。([美]菲力普·弗莱曼:《噢,诸神:希腊罗马神话人物现代解读》,北京时代华文书局2015年版,第19页,下引此书只注页码)。不仅如此,"为了满足自己的性欲,宙斯不光把目光投到女人身上,英俊帅气的男孩也是他追逐的目标"。(第31页)

人生启悟

如此频繁地不顾女性(乃至男性)的意志对女性进行骚扰、侮辱,直至强奸、强暴,现代读者一定感到惊奇,地位那么高的神,他怎么能、怎么敢、怎么好意思如此大胆地做如此不堪的事?原因很简单,他是超神,是神之主,地位至高无上,权力至大无边,没人监督,没人敢管,所以他敢于横行霸道,肆无忌惮。这种情境,这心理,正应了习近平总书记关于权力监督的论述:"没有监督的权力必然导致腐败,这是一条铁律。""权力是需要监督的,没有监督的权力就会异化,绝对权力导致绝对腐败。"宙斯的腐败不表现在金钱上,因为他从不缺钱,而表现在对女人的贪婪占有上。

也许有人会为宙斯辩护,说那时代的道德标准和现在不一样。是!我们当然知道不一样。但即使按当时的道德标准,宙斯的行为也是不合道德的。别的不说,就从宙斯每每做了不堪之事不敢直面妻子赫拉,赫拉可以对他理直气壮地声讨和控诉,就证明他做的事在神界也是不道德的。换句话说,即使那时,女人,对宙斯来说也是"稀缺资源"。

凡是稀缺的,正是人们所渴求的,于是贪婪地占有女人就成了宙斯的最大愿望。但道德规范不允许怎么办?对宙斯来说,没有什么"怎么办",他想怎么办就怎么办——不坏白不坏,坏了也白坏。因为他有权力,而且没有约束,没人敢管。是权力给了他底气,让他发疯。由此可见,没有约束的权力是多么害人,多么可怕;也由此证明,把权力关进法律和制度的笼子是多么重要。

笔者常想,"神"本身意味着神圣,令人尊敬甚至敬畏。宙斯是神界老大,希腊先民为什么不赋予他神圣的道德让他的形象庄严高大,从而引起人们的敬仰乃至敬畏呢?后来明白,这种想法的背景是中国文化观念,而创造希腊神话的人们,脑子里并没有这些观念。他们只是按照本心,怎么想就怎么说,毫无顾忌。一代代创造宙斯的先民们(神话是集体创作)也许想,如果我是宙斯,我也会那样。手中握有巨大权力而又没有约束,谁不想任性乱来呢?!因此,从创作心理看,宙斯的所作所为其实是反映了创作者的理想,形象地道出了创作者内心深处的隐秘愿望,用弗洛伊德的话说即潜意识。换句话说,从人性角度看,宙斯就是创作者,创作者就是宙斯。而神话的创作者无名无姓,其实就是一代又一代的普通人,由此来看,让我们再引申一步,从深层心理看,人人都是宙斯,宙斯就是每个人。

话说到这一步,一个深邃而严肃的问题出来了。宙斯形象,从精神实质上看,体现了、代表了人性的弱点。宙斯是古希腊人塑造的人性弱点的典型,为人们剖析人性提供了一个理想标本。这是古希腊先民对人类文明史的一个贡献。

宙斯与赫拉

普罗米修斯：人类哲学日历上最崇高的圣者和殉道者

普罗米修斯，名字意思是"先觉者"。在神的谱系中，他是被宙斯放逐的古老神祇的后裔，是地母盖亚与乌拉诺斯所生的伊阿佩托斯的儿子，是宙斯的堂兄弟。在中国读者心目中，普罗米修斯是希腊神话中仅次于宙斯，或者说是和宙斯齐名的人物。在所有神中，他是对人类最好，对人类生活贡献最大的神，最值得人类永远感谢、纪念的神。

普罗米修斯被兀鹰啄食肝脏

人物故事

普罗米修斯对人类的贡献表现在以下几方面。

首先，他创造了人类。神话告诉我们，天和地以及动物被创造出来之后，还没有具有灵魂、能够主宰世界的高级生物。这时，聪明的普罗米修斯以天神为模特，用泥土创造了人。他的女友雅典娜把灵魂吹入泥人,使人获得了灵性。

其次,他教会了人如何生存。泥人被创造出来之后,很长时间不会使用四肢,也不知道如何使用灵魂,总之什么都不会,傻呆呆地只是有生命而已。于是,普罗米修斯教人类如何观察日月星辰的起落,如何识别数字和文字,如何驾驭牲口为人类服务,教他们种地、盖房、冶金、医术,教他们发明船和帆,指导他们如何在海上航行……总之,教会了人类生存所需要的所有技能,让他们幸福地生活。

再次,他为保护人类,不惜一次次地冒犯宙斯。人神共处,高傲的神族不高兴,他们要求人类敬重他们,并以此作为保护人类的条件。在一次神祇讨论如何确定人类权利和义务的会议上,普罗米修斯作为人类利益的维护者出席会议。在会上,他设法使诸神不要因为答应保护人类而提出对人类不利的苛刻条件。在招待诸神的宴会上,他代表人类宰杀了一头大公牛,他运用智慧让宙斯和诸神吃了抹了油的牛骨头,而把肥美的牛肉留给人类享用。为此惹得宙斯大怒。

尤为值得一提的是,普罗米修斯公然违抗宙斯意志,盗火给人类。火对于人类生活来说简直太重要了,但盛怒中的宙斯坚决拒绝把火给人类。普罗米修斯太了解火的重要性了,为了把火给人类,即使得罪宙斯也在所不惜。于是他取了一根茴香秆,当太阳车走近的时候,他将茴香秆伸到车里点燃,然后带着闪烁的火种送给人类。大地上升起第一簇火焰,人类迈向文明的脚步加快了。

一次又一次地公然冒犯宙斯,惹得宙斯一次又一次地盛怒,他下狠心一定要严厉惩罚挑战他权威的人。于是,他吩咐火神给普罗米修斯最严厉的惩罚。

但是火神赫淮斯托斯很敬佩普罗米修斯,悄悄地对他说:"只要你向宙斯承认错误,归还火种,我一定请求宙斯饶恕你。"普罗米修斯摇摇头,坚定地说:"为人类造福,有什么错!我可以忍受各种痛苦,但决不会承认错误,更不会归还火种!"

火神不敢违背宙斯的命令,与两个仆人用暴力和强力,把普罗米修斯带到高加索山。几人用一条永远也挣不断的铁链把他绑在一个陡峭的悬崖上,下临可怕的深渊,让他永远不能入睡,疲惫的双膝也不能弯曲,在他起伏的胸脯上还钉着一颗金刚石的钉子。他忍受着饥饿、风吹和日晒。事情至此宙斯还不解恨,他又派一只兀鹰每天把他的胸膛撕开,啄食他的肝脏。但是附有神性的普罗米修斯长生不死,他的肝脏每天夜里重新再长出来,第二天再被啄食,如此周而复始,直到将来有人自愿为他献身为止。

人生启悟

普罗米修斯创造了人类,教会人类如何生存,并一心一意保护人类,是人类利益的代言人。为了人类,他愿意接受残酷无比的惩罚。他这样做对自己有什么好处呢?能从人类这里得到什么利益和回报吗?没有,什么也没有!他不求任何回报,他为人类完全是自愿的,没有任何功利目的。对于人类来说,普罗米修斯是彻底的无私、无我,彻底的献身、利他。自开天辟地,你见过这样无私利他之人吗?没有,普罗米修斯可以说是第一个。他是人类的大恩人,一个伟大崇高的人。正如马克思所说,普罗米修斯是人类哲学日历上最崇高的圣者和殉道者。

然而,对人类来说这么一个伟大崇高的人,在神那里却受到如此残酷无情的惩罚,这让人无论如何无法接受。按人类常情常理,好人应该得到好报,然而普罗米修斯的命运与此正相反,好人不得好报。这叫什么?这就叫"悲剧"!正如鲁迅先生所说,悲剧是将人生有价值的东西毁灭给人看。

普罗米修斯做好事为什么反而受惩罚？原因很简单，以宙斯为代表的特权阶层不高兴了，他们认为他们的利益受到损害了，因而果断而残忍地出手了。请注意上面这个话，是"他们认为他们的利益受到损害了"，而实际上呢，一点也没有受损害，只是相对来说，人受益了，而神界并没有受益而已。

给普罗米修斯招来大祸的，主要是盗火给人类。他所做的，并不是损神而利人，而只是想把人类生活的必需品带给人类。但以宙斯为代表的神界想的是，享用火是神的特权，人类是低等物种，与神有着巨大的等级差别，所以不应该拥有与神相等的待遇。而你，竟然把火传给人类了，这就相当于把人和神拉平了，相比较来说，人的地位上升了而神的地位下降了，所以宙斯不能容忍。由此可见，特权阶层的特权意识是多么顽固，特权阶层的思想是多么狭隘，特权阶层维护自己利益的手段是多么残忍。

纵观历史，特权阶层和非特权阶层的对立是永远存在的，因而可以料定，两个阶层的斗争将是永远的，而且是不可调和、不可避免的。由此来看，普罗米修斯的遭遇应该是必然的而不是偶然的。换句话说，为非特权阶层的弱势群体请命的好人得不到特权阶层的好报，这种荒诞处境的存在也将是必然的、永远的。

当然，话不能说绝。希腊神话中的宙斯时代毕竟是人类早期的事，随着历史的发展，社会的进化，人类文明程度的提高，类似普罗米修斯所遭遇的荒诞处境肯定会有所软化、弱化，直至消失。但小范围的荒诞恐怕还是免不了的。

古希腊早期先民借助普罗米修斯形象，发现了人类生活中荒诞处境的存在，实在是个了不起的发现。

美狄亚：情爱是一种极端的情感

希腊神话传说中有一个震撼人心的爱情故事，那就是美狄亚和伊阿宋的故事。

人物故事

美狄亚本是科尔喀斯（今高加索地区）国王的女儿，还是月亮神庙的女祭司，精通法术，本领高强，而且富有智慧，敢作敢为，在遇到伊阿宋之前过着无忧无虑、幸福安宁的公主生活。

电影《美狄亚》海报

伊阿宋是伊俄尔科斯的合法王位继承人，但是他的叔叔阴谋篡夺了他父亲的王位，并把他们父子赶出国门。伊阿宋长大成人后要求他叔叔归还王位，他叔叔答应只要他能取来金羊毛就把王位还给他。

金羊毛是传说中的稀世珍宝，来历与意义非凡，象征财富、幸福和尊贵，象征着冒险和不屈不挠的意志，象征着理想和对幸福的追求。曾经救了玻俄提亚国王阿塔玛斯的儿子佛索克里斯的金羊毛，当下在科尔喀斯国王手里，国王派一条火龙看守着。因为神谕告诉他,他的生命跟金羊毛紧紧地联系在一起,金羊毛存则他存,金羊毛亡则他亡。

为得到王位,伊阿宋异常激动和兴奋,他立刻奔赴希腊各地邀请各路高手相助。英雄豪杰们乘坐大船历经千难万险来到视金羊毛为国宝的科尔喀斯国。

国王埃厄忒斯是太阳神的儿子,性格残暴,心胸狭隘。当伊阿宋在佛索克里斯儿子们的引领下要求取走金羊毛时,他非常不情愿,但又无可奈何。于是提出两个非常苛刻的条件:驾驭两条鼻孔喷火的铜蹄公牛耕地,播龙牙于大地。这是任何人都无法做成的事,伊阿宋当然也不例外。但巧的是国王的女儿美狄亚被伊阿宋的美貌和英雄气质所吸引,已经疯狂地爱上了他,答应帮助他。但帮助的条件是要伊阿宋对天发誓成功后要娶她为妻,带她一起去希腊,而且终生对她忠诚不渝,永不变心。伊阿宋庄严宣誓答应了美狄亚。

在美狄亚的帮助下伊阿宋完成了这两件事,顺利取得了金羊毛。就在他们准备离开之时,美狄亚的父亲带着她的哥哥追杀过来,不许美狄亚跟伊阿宋出走。无奈之下美狄亚杀死了哥哥,并将尸体砍成碎块扔进海里,趁父亲忙于捡她哥哥尸块之时仓促逃离家乡来到希腊。回国后伊阿宋的叔叔出尔反尔不兑现承诺,美狄亚又使用毒计害死了他。但美狄亚、伊阿宋二人报仇的手段过于残忍,引起国人痛恨,两人被驱逐到另一个国家科林斯。在科林斯两人幸福地生活了十年,并且还养育了两个乖巧、可爱的儿子。

然而好景不长,自私的伊阿宋贪图权势,为了科林斯的王位,要遗弃美狄亚和孩子,准备与科林斯国王的女儿结婚,还要求美狄亚带着孩子迅速离开这个国家,以免妨碍他的美好前程。

美狄亚百般规劝伊阿宋回心转意无效,终于绝望,下决心报复他。美狄亚先是设计害死了即将和伊阿宋结婚的公主,国王来抢救公主时跟着也死亡了。最后,为了惩罚狠心的伊阿宋,美狄亚咬牙亲手杀死了两个儿子。在杀儿子时,她告诫自己:"我的心啊,不要软。为什么在做这可怕却又十分必须的事情时要犹豫呢?忘掉他们是你的孩子,忘掉你是生养他们的母亲,只要在这一瞬间忘记他们,以后你可以为他们痛哭一辈子!"当伊阿宋急忙赶回家中向美狄亚寻仇时,他听到里面传来孩子们的惨叫声。他在屋里找美狄亚没有找到。当他绝望地离开自己家时听到空中传来阵阵声响。他抬头一看,看到美狄亚坐在用魔法招来的龙车上升到天空,离开了她用恶的手段复仇的人间。伊阿宋无法惩罚她,绝望中拔剑自刎,死在自己家的门槛上。

人生启悟

至此,希腊神话中一宗美好的爱情故事以惊心动魄的悲剧终结。故事带给读者最深刻的印象是,情爱,作为情感,远远不是一般的情感,而是一种特别热烈、激烈,甚至可以说是一种非常极端的情感。情爱具有核爆级的威力,既可以成就惊心动魄的爱情,亦可以制造惊心动魄的悲剧。

美狄亚与伊阿宋素昧平生,凭什么爱上了他?这是因为天后赫拉和雅典娜两位大名鼎鼎的女神想让伊阿宋成功,于是求美神和爱神阿佛洛狄特帮忙,求她让有能力助伊阿宋成功的美狄亚爱上他。阿佛洛狄特倍感荣幸,派儿子丘比特将爱情之箭射中了美狄亚的心,她随即疯狂地爱上了美貌出众的英雄伊阿

油画《美狄亚》

宋。她和伊阿宋在神庙里幽会,情爱使她身体颤抖,忘却了一切,她愿意为他献上她的一切。就这样,情爱瞬间战胜了亲情,战胜了理性。在情爱的支配下,美狄亚欺骗了父亲,杀死了兄弟,背叛了祖国,心甘情愿背井离乡到了伊阿宋的家乡。还是为了情爱,她残忍地杀死不兑现诺言的丈夫的敌人,以至于惹恼国人也在所不惜。作为一个女人,她为丈夫的付出可以说够多够大,无以复加了。

由此我们知道情爱的力量究竟有多大——大到不可思议、不可想象,大到超出常情常理让人害怕。但是,也正因为爱得深爱得烈,所以当丈夫背叛自己的时候她的恨也就同样的深同样的烈。掷出的力量有多大,反弹的力量也就有多大,二者是相伴相随相辅相成的。

美狄亚和伊阿宋的故事,在读者这里激起的感情相当复杂。平心而论,美狄亚为情爱付出了那么多,那么决绝和义无反顾,是她给了伊阿宋一切,面对这样一个女人,伊阿宋应当绝对地、无条件地忠于她,一生永远都不能负于她。可是,情爱既是热烈的,同时又是最容易冷却最容易变化的。伊阿宋为了权欲竟然无情地背叛了她。她的报复、她的复仇是完全可以理解的。伊阿宋罪有应得,死有余辜。但是,美狄亚的复仇手段又实实在在太残忍,伤及无辜。不但杀死了无辜的新娘和新娘的父亲,甚至连自己的亲生儿子都成了她复仇的手段、复仇的牺牲品,实在太说不过去。于是读者对美狄亚由同情反过来变成怨她乃至恨她,怨她走得太远,过分了,读者感到,这女人也太狠了!

但是,情爱是一种极端的情感,不能以一般的"情"和"理"衡量之。如原子核一样的力量一旦爆裂起来,哪还顾得上理智,哪里还有理性啊!

非常巧合的是,笔者曾在网上浏览到一则消息,说的是上海海事大学研究生徐某和女友周某相爱五年后,女友提出分手,徐某无法忍受深爱多年的她爱上了别人,于是将网购来的氢氟酸泼向了周某,还捅刺了十多刀致使其当场死亡。杀人后徐某本想自杀,但看到周某躺在那里,他心疼了,遂打消了自杀念头,就想知道她怎么样了。在法庭上,徐某对自己的犯罪事实供认不讳,并且一再表示非常后悔,想尽自己的全力去赎罪。在庭审最后,徐某沉痛忏悔:"我承认自己所有的罪行,愿意承担所有的法律责任。我非常后悔,尤其是对周某及她的家人,给他们带来了极大的痛苦。做出这样毫无人性的事情,我觉得自己完全不能称为一个人。"为了弥补自己犯下的过错,为了给女友父母以安慰,徐某请求法庭判自己死刑并且立即执行。

从这则消息可以看出,徐某深爱女友,因此不能容忍她再爱上别人;他本意是要挽留她,可最后竟然杀了她。由此可见,男女之间的恩爱情仇是多么激烈动荡,多么容易失控。相亲相爱的男男女女本来恩恩爱爱,甜甜蜜蜜,转眼间刀光剑影,你死我活。看着徐某真诚忏悔速求一死的情景,人们不禁会说,早知今日何必当初!但这是局外人的话。局内的当事人"当初"血脉极度偾张,哪会想到"今日"啊!情爱是一种极其激烈的情感,受原始本能支配,在亢奋状态下是不计后果,什么事都可以干出来的。

回顾历史,俯瞰现实,类似徐某这样的人、这样的事该有多少啊!也许每时每刻都在现实生活中发生着。由此也可以看出,远在几千年前神话传说中的美狄亚是有生活基础,有心理原因,以无数生活原型为根据的。

美狄亚和徐某的故事告诉人们,浓情烈爱如烈火,既可给人以温暖,亦可夺人性命。世世代代陷于情爱的男男女女们万万不可轻易玩火,不可不慎之又慎!

帕里斯：原欲的力量大于精神

希腊神话传说中，读者熟悉亦特别感兴趣的，还有一个金苹果的故事。

波提切利油画《帕里斯的裁判》

人物故事

宙斯决定嘉奖他的凡间孙子珀琉斯，遂把美丽的海之女神忒提斯许配给他为妻。婚礼隆重而豪华，奥林匹斯山上的众神都出席了盛会。缪斯女神们翩翩起舞，其乐融融。因为害怕喜庆的气氛遭到破坏，所以专门制造纷争的女神厄里斯没有得到宙斯的邀请，这让她十分恼怒。为了报复，厄里斯不请自来，偷偷溜进了婚宴，故意把一个金苹果扔到舞池的正中央，上面赫然写着"献给最美丽的女人"。

宙斯妻子赫拉、智慧女神帕拉斯和美神、爱神阿佛洛狄特三个最有身份、地位的女神，都认为自己最有资格获得金苹果，因而互不相让，争执得不可开交。无奈，宙斯不得不用雷声震住了她们，然后宣布，这件事情要本着公平原则解决，要找一位对美女有所研究的人来判决，而这个人就是特洛伊年轻漂亮，颇似今天所谓帅哥或"小鲜肉"的王子帕里斯。

帕里斯作为王子，出生时被预言会让其国家灭亡，因而被抛到荒山野岭任其自生自灭,后被牧羊人抚养成人,又被国王认亲恢复了王子身份。一天夜里,赫尔墨斯突然带着三位女神来到他的面前,传达宙斯的命令,让他评判三位女神中谁最漂亮美丽。帕里斯欣喜若狂,但三位女神同样漂亮美丽,帕里斯挑花了眼,犹豫不决。女神们看出了他的为难,分别向他展开攻势。

赫拉说,我是宙斯的姨妹和妻子,如果你把金苹果判给我,我可以让你成为全世界最富有最有权的国王。帕拉斯说,我是智慧女神,假如你判定我最美丽,那么你将作为全人类最智慧和最勇敢的人留名于世。阿佛洛狄特一直以最美丽的眼睛在说话,此时她微笑着说,我是专司爱情的女神,我愿意送你一件礼物,它会带给你快乐,让你享受幸福的爱情:你如果把金苹果判给我,我愿把世界上最漂亮的女子送给你做妻子。

然后呢?然后帕里斯就把金苹果判给了阿佛洛狄特。美神告诉他,他的新娘叫海伦,是宙斯和勒达的女儿,目前已经结婚,是斯巴达国王的王后,但这一切都不是问题,她有办法让海伦投入他的怀抱。帕里斯的决定惹怒了另外两位女神,赫拉和帕拉斯发誓一定要报复帕里斯和他的国家特洛伊。美神终于兑现了自己的诺言,让帕里斯从希腊带回了他的美人,从此引起了一场旷日持久的大战。这是后话。

人生启悟

宙斯把评判谁最美的权力授予帕里斯,就体态外貌而言,三位女神同样健美漂亮,帕里斯分不出高下。接下来就看三位女神许诺的礼物,或者说给予的贿赂了。赫拉许诺的是权势和地位,帕拉斯许诺的是智慧和名声,阿佛洛狄特许诺的是最美丽的女人。三种礼物都是人和神最渴望得到的东西,都具有超级诱人的魅力,然而最终，美神取得胜利。这说明了什么呢？说明在帕里斯心里，美女大于权势、地位和智慧、名声。美女属于原欲追求的对象，权势、地位和智慧、名声属于精神追求的对象，换句话说，在帕里斯这里，原欲的力量大于精神，高于精神，压倒了精神。

这没什么不可理解的。站在帕里斯的角度考虑问题，这是自然而然、顺理成章的。帕里斯正值青春年少时期，荷尔蒙的分泌正旺盛，况且，他一直跟着牧羊人长大，对权势、名声之类尚无感觉，所以支配他做出选择的，主要是原欲和本能。赫拉和帕拉斯迷恋于自己所拥有的东西，不会换位思考，只拿自己喜欢的东西去诱惑他，所以失败了。而美神深谙美少年的心理，投其所好，直接许以美女，所以如愿以偿了。

帕里斯的选择，既符合人性、人情，又符合现代心理学家马斯洛的人的需求理论。马斯洛将人类需求像阶梯一样从低到高按层次分为五种，分别是：生理需求、安全需求、社交需求、尊重需求和自我实现需求。美女对应的是生理需求，权势、地位和智慧、名声对应的是高层次的尊重需求和自我实现需求。生理需求基于原欲即本能，力量顽固而强大，相比起来，尊重需求和自我实现需求的力量要弱小得多。当然，需求层次在不同人身上的表现不一样，不可一概而论。如在文明修养高的人那里，精神需求的力量往往大于原欲的力量，他们的需求可能会倒过来。但是，具体到帕里斯这里，一个牧羊人带大的孩子，尚谈不上文明修养，谈不上更高的精神追求，所以，他可能正是马斯洛理论的一个好案例、好标本。

自然性和社会性，原欲和理性，肉体和精神，都是人的精神生活的基本元素，它们作为两极，共同构成人的精神生活张力场。在这一张力场中，哪个力量更强大，谁战胜谁，不可一概而论，要具体情况具体分析。不过，就一般情势而言，往往是前者的力量更强大一些。美少年帕里斯如此,现代社会中许多身处高位的贪官,不也如此吗?!他们明明知道什么应该什么不应该,但"眼里看得破,肚里忍不过",他们同样在精神上败给了原欲,自觉不自觉地做了原欲的俘虏。

如果说在评判金苹果的归属时,帕里斯还是个孩子,阅历尚浅,没有社会经验,更不知其中的利害,所以原欲占了上风,尚可以理解,但当他成为正式王子,已经参与政事,并且被父王委以重任时,他依然是原欲当头,原欲压倒一切。

帕里斯的父亲普里阿摩斯的姐姐赫西俄涅,曾被希腊人抢去,虽然后来成为统治萨拉密斯的王后,但普里阿摩斯对此一直耿耿于怀,感到受了侮辱,所以任命帕里斯为统帅征讨希腊,如果不能和平解决,就用武力将赫西俄涅夺回来。帕里斯身负重任来到希腊,在为爱神阿佛洛狄特等三位女神的神庙献祭时,遇到了墨涅拉俄斯国王的王后海伦。海伦的惊人美貌一下子让帕里斯"感到说不出的惊羡,那双高举起向天祈祷的手不禁垂落下来。他几乎不能控制自己"。这时他一下子明白了,爱神阿佛洛狄特许诺给他的美女就在眼前:"帕里斯见到海伦心旌摇荡,便忘了父亲的委托和此行的使命,心中只有爱情女神迷人的许诺。"于是他不顾一切,率领军队冲进王宫,把希腊国王的财富掳掠一空,并劫走了美丽的海伦。帕里斯带海伦离开希腊时,海神涅柔斯向他发出了一项可怕的预言:如果你们这样一意孤行,希腊人将带着军队追来拆散你们罪恶的结合,摧毁你们古老的王国!你们国家将为你们的行为付出多少生命;一旦等到指定的时日来临,你们的国家将被希腊人烧成灰烬。

这是多么严厉的警告,多少恐怖的预言!"帕里斯听到这预言,心里非常恐惧。"但当海伦躺在他怀里时,"他马上把这可怕的预言忘得一干二净"。于是他们马上举行了婚礼,沉浸在新婚的快乐中,两个人都忘掉了家庭和祖国。

为了自己一己之欢娱,置父王、家族、国家、人民于不顾,这是多么不可思议呀！稍有一点点理性,有一点点责任感,就不会让国家和全民冒如此巨大的风险,就不会以国家和人民的命运做赌注。但帕里斯已经走火入魔,被燃烧的原欲折腾得神魂颠倒。帕里斯的行为招致了希腊和他的国家之间长达十年的战争,最终可怕的预言全部实现,特洛伊被灭。

帕里斯的一生,再典型不过地证明了人性的弱点,证明失去理智控制的原欲是多么可怕。

潘多拉盒子：探寻存在的奥秘

潘多拉不仅是中国读者,而且是全世界读者所熟知的人物。那么她及她手中的盒子又有什么寓意呢?

人物故事

传说提坦神的儿子普罗米修斯不仅创造了人类,还从天上盗火种送给他们,这让宙斯极为愤怒。为了抵消火给人类带来的巨大好处,宙斯决定让灾难降临人间,让人类经受各种痛苦和折磨。

潘多拉打开魔盒

宙斯命令火神依女神为模特儿制作了世界上第一个女人,然后命令众神参与后期制作:爱神教给她媚惑男人的手段,智慧女神雅典娜把她打扮得娇美如新娘,赫尔墨斯传授她说谎的本领,宙斯在她身上灌注了恶毒的祸水。这位众神合作而成的女人,名曰潘多拉,意即"拥有一切天赋的女人",是诸神为损害人类送的礼物。

接下来,宙斯命令把潘多拉带给普罗米修斯的弟弟埃庇米修斯(意为"后觉者")成为他的妻子。普罗米修斯深知宙斯不怀好意,曾预先警告弟弟绝不能接受宙斯送的任何东西。可是弟弟缺心眼,一看见近在眼前的美人,春心荡漾,立刻忘记了哥哥的警告,愉快地接受了潘多拉。

宙斯给潘多拉一个密封的盒子,里面装满了灾祸,如战争、洪水、疾病、地震、瘟疫等,嘱咐她送给娶她的男人。洞房花烛之夜,潘多拉被好奇心驱使,打开了那个盒子。顷刻之间,盒子里的灾害像黑烟似的飞了出来,迅速地扩散到地上。盒子底还深藏着唯一美好的东西:希望,但潘多拉依照宙斯的告诫,趁它还没有飞出来的时候赶紧关上了盖子,因此,希望被永远关在盒内了。从此,各种各样的灾难充满了大地、天空和海洋。疾病日日夜夜在人类中蔓延、肆虐而又无声无息,因为宙斯不让它们发出声响。各种热病在大地上猖獗,死神步履如飞地在人间狂奔。

人生启悟

关于潘多拉故事的意蕴,古往今来人们从不同角度进行了不同解读,各有各的道理。但从故事的基本情节看,笔者认为应该是希腊先民对灾祸和苦难原因的解释,深一层说,是对存在奥秘的探寻。

人类生活中存在着各种各样的灾祸和苦难,让人痛苦不堪,烦不胜烦。人们想,这些灾祸和苦难是从何而来的呢?人类不是普罗米修斯创造的吗?他创造的人类,一切都很美好,没有灾祸和苦难呀!后来为什么有了呢?那肯定是宙斯因为忌恨人类,同时也为了报复普罗米修斯,所以才制造了种种灾祸、苦难强加给人类——你让我看不顺眼,我就让你不好过。由此来看,潘多拉只是宙斯手中的工具,而宙斯才是人类灾难的总根源。

这样解释人类灾祸的根源,符合马克思对希腊神话性质的判断:任何神话都是用想象和借助想象以征服自然力,把自然力加以形象化;神话是"通过人民的幻想用一种不自觉的方式加工过的自然和社会形式本身"。

探寻灾祸的根源,原因是对生存现状不满。这种思考,从哲学上看,即对于存在奥秘的探寻。这就是人类,哪怕是早期的先民,也已经不仅仅满足于生存,而是生存之外还要对生存进行形而上的哲学思考。但受人类发展阶段以及知识的限制,先民们无力对此进行深入的思考,只好借助神话做一个简单的解释。

几千年过去,存在的奥秘依然是人类思考的问题。那么人类现在思考的结果如何?结论是什么?结论是,奥秘毕竟是奥秘,奥秘依然是奥秘,宇宙的、大自然的、人生的,简言之,存在的奥秘是不可破解的。因为,宇宙、自然、人生、存在是一个整体——至大无边、囊括无遗的整体,而人类只是整体中的一部分,以部分认识整体,是困难的,或者说是不可能的。对于整体来说,人类的所有思考成果只是破解整体奥秘的一部分,而对于整体的奥秘人类依然处于无知状态。整体对于部分,永远是神秘的。面对整体,人们的反应永远是惊奇:不但惊奇于世界为什么是这样,而且惊奇于世界竟然是这样。

你无法知道为什么是这样,只能接受它竟然是这样,人们对存在的奥秘保持兴趣,保持敬畏,这其实是人类认识的进步。在探寻存在奥秘的队伍中,作家史铁生应该算是成绩突出的一位,他对于存在的奥秘曾有过深入的思考。

在著名散文《我与地坛》中,他写到一个漂亮但却弱智的小姑娘,受尽流氓无赖的欺负。漂亮而聪明,符合人们的期待,但漂亮却弱智,人们却为此纠结。那么上帝为什么不能把漂亮和聪明都给了小姑娘呢？让漂亮的姑娘弱智，上帝居心何在？——由此，引出了史铁生对存在奥秘的思考："谁又能把这世界想个明白呢？世上的很多事是不堪说的。你可以抱怨上帝何以要降诸多苦难给这人间，你也可以为消灭种种苦难而奋斗，并为此享有崇高与骄傲，但只要你再多想一步你就会坠入深深的迷茫了：假如世界上没有了苦难，世界还能够存在吗？要是没有愚钝，机智还有什么光荣呢？要是没了丑陋，漂亮又怎么维系自己的幸运？要是没有了恶劣和卑下，善良与高尚又将如何界定自己又如何成为美德呢？"人们渴望消灭所有痛苦和不幸，让所有人一样健康、漂亮、聪慧、高尚，结果会怎样呢？怕是人间的剧目就全要收场了，一个失去差别的世界将是一潭死水，是一块没有感觉没有肥力的沙漠。

　　史铁生关于苦难、关于存在奥秘的思考，中心是什么？是——"看来差别永远是要有的。看来就只好接受苦难——人类的全部剧目需要它，存在的本身需要它。"史铁生的意思是，苦难之类是存在本身的构成部分，剔除了这一部分就不是存在，于是没有办法，人类只好接受苦难。

　　这是一个多么令人悲哀、伤心的结论，但再想想，这又是一个多么理智多么透辟的结论。看破了苦难存在的奥秘，理解了苦难存在的必然性，就释放了、消解了遭受苦难的怨气（"理解了也就宽恕了"），就增加了承担苦难应对苦难的勇气。既然苦难是宇宙、世界、人生、存在必不可少的组成部分，谁也无法消除，那就别和宇宙规律（存在）闹别扭了，那就坦然平静地接受吧！接受之后再想办法与它做抗争，再超越它。从这个角度看人生，史铁生说，人生的实质就是与困境相周旋。这就是人生智慧。正如罗曼·罗兰所说，看破了人生而后爱它，这才是明智之举。

　　几千年前的先民没有想通的道理，现代人想通了；那时的先民们没有做到的,现代人应该能够做到了。让我们在对苦难的接受和承担中,一路高歌,坚韧勇敢地前行吧!

伊阿宋：权欲是一剂毒药

伊阿宋

关于伊阿宋,我们在美狄亚的故事中已经有所了解,他们二人是一对相爱又相害的孽情冤家。他们的结局大家知道了,接下来我们问的是:本来那么深爱彼此的一对,何至于最后招致如此惨烈的结局?原因复杂,笔者以为,其中一个最重要的原因是,伊阿宋强烈的权欲导致了这样的结果。权欲是一剂毒药,毒死了他自己,也毒死了他们幸福的一家。

出生于权力争斗的政治世家

伊阿宋是埃宋的儿子,克瑞透斯的孙子。克瑞透斯在帖撒利的海湾建立城池和爱俄尔卡斯王国,并把王位传给儿子埃宋。后来,埃宋被同母异父的弟弟珀利阿斯篡夺了王位。埃宋死后,他的儿子伊阿宋逃到半人半马的肯陶洛斯族人喀戎那儿。二十岁时,长成英俊小伙子的伊阿宋得知前情身世,决定返回故乡,打算从叔叔珀利阿斯手中夺回王位。

古希腊时,类似伊阿宋祖父所建立的小国家中,王族为争夺王位,父子兄弟亲人之间你争我夺、你死我活的事例屡见不鲜。伊阿宋就生于这样的政治世家,他所了解的家族历史就是争夺权力,所以争夺权力对王族来说是天生的政治使命。伊阿宋就是这样的人,他虽然在外地长大,但骨子里流的仍是其家族的血。

为得到权力不惜冒险出征

当他回到故乡见到叔叔时,他大胆承认自己是埃宋的儿子,回来想看看父亲的旧居。狡黠的珀利阿斯不动声色,派人带侄子游览宫殿。伊阿宋以渴慕的目光打量着父亲的旧居,内心感到很满足。几天后他来到国王面前谦和地说:"国王哟,你知道,我是合法君主的儿子,你所占据的一切都是属于我的。但我仍愿意把羊群、牛群和土地都留给你,尽管这些都是你从我父王那儿夺去的。我其他什么也不要,只要讨回我父王的权杖和王位。"

珀利阿斯在慌乱中很快镇定下来,亲切地说:"我愿意满足你的要求,但你也必须答应我的一个请求,替我做一件事。这件事就是,到科尔喀斯的国王埃厄忒斯那儿去,取回金羊毛。这是一项至高无上的荣誉,当你带回这宝贵的战利品时,叔叔就把权杖和王位传给你。"你给我取回金羊毛,我给你王位,这笔看似公平的交易,其实是极大的不公平。首先,珀利阿斯的王位本来就是从伊阿宋父亲埃宋手中夺走的,现在还给侄子天经地义,应该是无条件的。其次,众所周知,金羊毛是世界级珍宝,科尔喀斯国王派毒龙把守,任何人都不可能取走,如果强行去取等于白白送命。这条件不但不公,而且极为苛刻和不近人情。这就是珀利阿斯的险恶用心:表面上给你机会了,可实际上这机会等于让对手白白送死。

伊阿宋当然知道这条件的不公和苛刻,知道叔叔用心的险恶,按理说他该严词拒绝。但在人屋檐下,不得不低头。伊阿宋对王位的渴望太强烈了,不惜以生命为代价冒险一搏——成功了就拥有王位,失败了也无所失,于是,他甘愿接受了充满危险、前途渺茫的条件。

没有得到王位的极度失落

历经千难万险,九死一生,终于得到了金羊毛胜利而归。按理说,珀利阿斯应该兑现承诺归还王位了。可是,贪恋王位的人哪有那么诚信的?他把王位传给了他的儿子,同时也是陪同伊阿宋出海征战的英雄之一阿卡斯托斯。被骗的伊阿宋夫妇愤怒至极,这时候,美狄亚再次发力,使用不可思议的魔法骗取国王女儿们的信任,引诱她们亲手斩杀了她们的父亲,毁灭了他们共同的敌人。但新国王传令驱逐伊阿宋夫妇,无奈,他们只好远走科林斯。在那里,二人一起生活了十年,并生养了两个可爱的儿子。

神话中,伊阿宋率领阿戈尔英雄们出征夺回金羊毛的故事,是何等勇武的壮举,为了王位这一伟大目标,付出再大再多也算值了。但如今落得竹篮打水一场空,伊阿宋内心的失落可想而知。这不是一般人的一般失落,而是极度渴望王位,并为此付出过巨大代价的人的失落,所以,伊阿宋的锥心之痛是可以想象可以理解的。

为攀高枝不惜狠心抛弃美狄亚

和美狄亚在科林斯的安宁生活并不能使伊阿宋感到快乐,因为他登上王位的目标始终没有实现。怎么办?不能当国王,那么能进入权贵高层也好,走一步说一步,也许将来有一天还有机会呢!为达此目的,他看上了科林斯国王的女儿。国王和公主也想和声名赫赫的英雄联姻,于是一拍即合,这桩政治婚姻就这样决定了。接下来的事情,读者已经从美狄亚的故事中知道了——伊阿宋狠心抛弃美狄亚,美狄亚被激怒,便疯狂报复,结果无辜的公主和国王死了,他们的两个孩子死了,伊阿宋众叛亲离成为孤家寡人,最后也不得善终。

人生启悟

回顾伊阿宋的一生,权欲像一条伏线始终贯穿在他的行为轨迹中。他身为王子却被剥夺王位继承权,此时命运苛待了他。他不甘心,要求叔叔归还王位,为此他不惜舍去所有的经济利益(羊群、牛群和土地),而只要王位。一个二十岁的年轻人,能如此慷慨大度,可见其权欲是多么强烈,王位对他又是多么重要。这一切,都可以理解。他为夺回王位九死一生地拼搏,最后仍没能如愿,对此读者也表示同情。

但是,他千不该万不该为了权欲伤天害理,忘恩负义,竟然狠心抛弃了为他付出一切的美狄亚。他明知国王不能容忍美狄亚的存在,要把她们母子逐出国门,使她们母子无生存的立足之地,但他也不收心。美狄亚苦口婆心求他改变主意,他仍然心如铁石,冷若冰霜,这才逼得美狄亚使出下策,演出一场惊天大悲剧。

如果说故事的前半部分,伊阿宋强烈的权欲尚可被理解和同情,但故事的后半部分,他的权欲的性质变了,变得凶狠、邪恶、极端自私,冷酷无情。你有权欲可以理解,但权欲的实现总该有个正当途径;你的行为、手段总该有个底线。可惜,伊阿宋没有守住底线,或者说他根本没有底线,他就是个为权欲丧心病狂什么都不顾的人。

真想不到世界上有些人的权欲那么强烈,那么偏执。记得元代忽必烈手下大臣严忠济说过一句话——宁可少活十年,休得一日无权。可见对权欲要求太强太盛者不是个别人,而是一批人、一类人。这种人活在古希腊,活在不同时代、不同国家、不同民族之中,而且将永远绵延不绝。

权欲本身是中性的,无所谓好也无所谓坏。只要适度、合理、合法,行走在正道上,都可以理解。但如果极度膨胀,为一己之私不顾一切,这时的权欲就是不折不扣的毒药,其结果往往是既害别人又害自己。古今中外例子多多,对权欲太盛之人不可不慎。

俄狄浦斯：命运啊，到底是咋回事？

希腊神话中，俄狄浦斯的故事也是相当著名、广为传播的，是希腊戏剧的题材和后世心理学家用于精神分析的经典素材。

人物故事

底比斯国王的儿子拉伊俄斯继承王位，娶伊俄卡斯特为妻。婚后，妻子很长时间未曾生育。渴求子嗣的他到特尔斐的阿波罗神庙求得

俄狄浦斯

一则神谕："你会有一个儿子。可是你要知道，命运之神规定，你将死在他的手里。这是克洛诺斯之子宙斯的意愿。他听信了珀罗普斯的诅咒，说你抢去了他的儿子。"拉伊俄斯年轻时犯了错误，被赶出故国，后住在国王珀罗普斯的宫殿里，受到宾客的礼遇。可是，他恩将仇报，拐走了珀罗普斯的儿子克律西波斯。拉伊俄斯知道自己罪孽深重，对神谕深信不疑，所以跟妻子分居，以免生育孩子。可是爱情又使他们不顾神谕的警告，两人同床共寝后生下一个儿子。孩子出世的时候，父母亲又想起了神谕。为了阻止预言

的实现，他们在孩子生下后三天，派人用钉子将婴儿双脚刺穿，并用绳子将婴儿捆起来，放在喀泰戎的荒山下。但执行这一残酷命令的牧人可怜这个无辜的婴儿，把他交给另一个在同一山坡上为科任托斯国王波吕玻斯牧羊的牧人。

执行命令的牧人回去谎称已执行了命令。夫妇相信孩子已经死掉，神谕不会实现了，于是平静地过起了日子。国王波吕玻斯的牧人解开孩子身上的绳索，给孩子起名为俄狄浦斯，交给国王波吕玻斯。国王可怜这个弃婴，待他如亲生儿子一般。俄狄浦斯渐渐长大，他相信自己是国王波吕玻斯的儿子和继承人，而国王除了他也没有别的孩子。

一件偶然事件使俄狄浦斯获知自己不是国王的亲生子，便向国王求证，国王劝他别听别人瞎胡说。俄狄浦斯将信将疑，悄悄地来到特尔斐神庙祈求神谕，希望太阳神证明他所听到的话完全是诽谤。可是阿波罗不但没有给他答复，相反，给了他一个新的更为可怕的预言："你将会杀害你的父亲，你将娶你的生母为妻，并生下可恶的子孙。"

俄狄浦斯听了，无比惊恐，因为他始终认为慈祥的波吕玻斯和墨洛柏是自己的生身父母。他再也不敢回家去，害怕命运之神会指使他杀害父亲波吕玻斯。另外，他担心，神祇一旦让他丧失理智，他会邪恶地娶母亲墨洛柏为妻。这是多么可怕啊！他决定到俾俄喜阿去。半路上他与坐在马车上的老人和车夫发生冲突，激怒中他失手打死了车上的老人。这个老人不是别人，正是底比斯国王拉伊俄斯，即他的生身父亲。当时国王正想到皮提亚神庙去。就这样，父亲和儿子都在小心回避的神谕，还是悲惨地应验了。

俄狄浦斯杀父后不久，底比斯城外出现了一个带翼的怪物斯芬克斯，这个怪物盘坐在一块巨石上对底比斯的居民提出各种各样的谜语,猜不中谜语的人就被她撕碎吃掉。现在执政的王后伊俄卡斯特的兄弟克瑞翁公开张贴告示,宣布谁能除掉城外的怪物,就可以获得王位,并可娶他的姐姐伊俄卡斯特为妻。正在这时,俄狄浦斯带着行杖来到底比斯。危险和奖励都在向他挑战。另外,由于他承受着一个不祥的神谕的压力,所以他也不看重自己的生命,于是他爬上山岩,猜中了斯芬克斯的谜语,斯芬克斯羞愧难当,绝望地从山岩上跳下去摔死了。克瑞翁兑现诺言,把王国给了俄狄浦斯,并把伊俄卡斯特——国王的遗孀,许配给他为妻。俄狄浦斯当然不知道她是自己的生母。婚后,伊俄卡斯特给俄狄浦斯生下四个儿女,他们既是俄狄浦斯的子女,也是他的弟妹。

多年后,这一秘密历经复杂的过程终于被揭穿并得到验证,俄狄浦斯为之震惊。母亲知道自己同时也是他的妻子羞愧难当,便悬梁自尽。俄狄浦斯哭喊着走上前去,解开绳索,把尸体放在地上,从她的衣服上摘下金胸针,用胸针刺穿了自己的双眼。然后他走到市民面前承认自己是杀父的凶手,是娶母为

俄狄浦斯与安提戈涅

妻的丈夫,是神祇诅咒的恶徒,是大地的妖孽。然后把王位交给克瑞翁,又请求为他不幸的母亲建造一座坟墓。他还把无人照应的儿女交给新国王。至于自己,他愿意被放逐出国,因为他以双重罪孽玷污了这块土地。

人生启悟

俄狄浦斯的故事曲折离奇。命运跌宕起伏,常常出人意料,让人唏嘘不已。故事的核心是两个字:命运!命运的特点是什么?两点。第一,命运是掌管人类吉凶祸福的人格神定的。人出生前就已经计划好了,出生后无非是按照神的预案一步一步落实罢了。第二,不可改变。无论你怎么努力都改变不了神的安排——神的意志不是人能够抗争得了的。

这就是神话时代希腊人的命运观,用现在大家熟知的术语表述即迷信!原因简单,那时人类的知识和认识能力极为有限,对人世间发生的一切,找不到确切原因,感到无法解释。典型的如人的命运,人们常常感到其神秘莫测,变化万千,总不按常理出牌,找不到因果关系,无法找到合理的解释,没有办法,只好说,命运是神早已定好的,你就安心接受吧!抗争没有结果,即使强大如俄狄浦斯,也不过如此。——这符合人们的思维规律,对于自己无法解释的东西就推给神,神就是在人类智力穷尽的地方出现的。你们不是解释不了万物的起源吗?对万物变化的规律不是感到神秘不可理解吗?那好办,于是作为人格神的上帝就出现了——这一切都是上帝创造的,也是他掌管的,你们就别瞎操心了,听他的安排,向他祈祷,求他保佑吧!

从希腊神话时代到现在,几千年过去了,人类的科学知识、认识能力不知道进化、提升了多少倍。如今谁都知道地球外面是太阳系、银河系、茫茫宇宙,那里没有天堂,没有上帝,所谓上帝支配人的命运,无非是无知无识时的愚昧罢了。

不过,我们不要轻易嘲笑希腊先民的愚昧,即使科学知识科学技术高度发达的现代,在命运问题上,不是还有人信吗?

为什么这些人迷信？因为他们感到命运神秘，不可捉摸，不可预测，不可思议，自己把握不了自己的命运，自己的命运总好像被一种神秘的力量所主宰，他们解释不了这种神秘，只好归之于神，把命运寄托于神身上。

那么现代迷信相信的神是什么神呢？毫无疑问，和古希腊人相信的一样，是人格神。所谓人格神即这个神像人一样有身体有思想有感情有意志，全知全能，高居天堂掌管着世间凡人的命运。可是，现代科学早已证明，天堂、地狱、人格神之类都是绝对不存在的，对人格神的迷信是毫无道理，不值得一谈的。

人的命运与人格神无关，那么与什么有关呢？影响人命运的因素都有哪些呢？现代科学理论认为，与人的命运相关的不是人格神而是无法掌控的超人力量，我们把它称为"宇宙神"。这里的"宇宙"不是天文学、物理学意义上的，而是哲学本体论意义上的；换句话说这里的"宇宙"指的是客观世界、客观存在、客观规律本身，神秘的大自然本身。这里的大自然也不仅是山川河流物候气象之类的物质世界，而是天地神人统一体，常被称为"一"，道生一的"一"。这种意义上的"神"也叫天、天地、天命，叫造化、大化，叫永恒、神秘、存在，叫道，叫宇宙规律、世界秩序，叫超人力量，也可以借用西方说法叫"造物主"、叫"上帝"，不过这里打了引号。总之，叫法不同，所指一也。

宇宙神听起来很深奥，其实联系实际一说就明白。

例如，你和你的那一位相爱了，结婚了，用日常眼光看，这没什么啊！但如果从宇宙神的角度看，就会感到这是天地间又一场惊险的奇遇，特别值得珍惜。因为，在茫茫的宇宙太空（或曰无边的生活海洋）里，空间何其大也，我们每个人的生活轨道何其小也，你和他或她相互交叉的可能性从概率论上来看趋于无限小，几乎等于零,然而现在这个几乎等于零的可能竟然变成事实了。导致这一结果的原因,从宇宙神角度看是无限的、无穷无尽的。其间,无论你或她(他)哪一方面的生活轨道中有一个小小的变动,你们就不会相见,很可能今生今世就永远失之交臂了。所以,用终极眼光看,你和他或她的相遇,完全可以视为一场惊险的奇遇,看成是"上帝"的安排。这样看来,平常说滥了的一个词"缘分",其中实在包蕴着无比丰富的人生内涵,包蕴着无比美妙的审美意味。这场相见,是已知的、出场的事实,而导致这场相见的无穷无尽的、未知的、未出场的原因,就谁也不知道、谁也说不清了。"谁也不知道、谁也说不清"就是神秘,这本来是常见的客观事物真相,但因为它太神奇,出乎个人能力的掌控,所以往往被当成人格神所为。换句话说,你们相见这一事实,交给任何一个最精明最有权势最有组织能力的人都不可能完成,能完成这一任务的只有宇宙神即造化本身。造化是多么智慧而神秘啊!这种神秘本来是宇宙、是世界、是本体、是存在的真相,但却被不明这一道理的人误以为是人格神在起作用。

明白了上述真相,就明白了神话时代的希腊人和现代迷信的误区在哪里——把宇宙神误认为人格神了。古希腊人的迷信尚可以理解,而现代人,尤其是那些贪官还迷信人格神,就让人感到可笑、可怜,甚至可鄙了。

西绪福斯:同荒诞命运作永不屈服的顽强抗争

西绪福斯在当今大名鼎鼎,然而在希腊神话中却是一个并不起眼的角色。

人物故事

关于西绪福斯的故事,在流传甚广的权威版本——德国人古斯塔夫·施瓦布编著的《希腊神话故事》中,只有这样一段:

油画《西绪福斯》

埃俄罗斯的儿子西绪福斯是所有的人类中最奸诈的人。他在两个国家之间的狭窄地带建立并统治着美丽的城邦科任托斯。由于他背叛了宙斯,死后被打入地狱受惩罚。每天清晨,他都必须将一块沉重的巨石从平地搬(有译本译为"推"——引者注)到山顶上去。每当他自以为已经搬到山顶时,石头就突然顺着山坡滚下去。这作恶的西绪福斯必须重新回头搬动石头,艰难地挪步爬上山去。

在这段叙述中,西绪福斯的性格是"奸诈"(而且是最奸诈),行为是"作恶",因背叛宙斯受罚。他对惩罚的态度呢,叙述人没有明确描写,只让读者看到他"艰难地挪步"的模糊身影。

这就是希腊神话中关于西绪福斯的全部内容。在这里,西绪福斯的形象是负面的。奸诈作恶加背叛,还不应当受惩罚吗?当然应该!所以他的受罚是罪有应得,大白话叫活该,不值得同情。

然而就是这样一个负面形象,到了法国作家、哲学家加缪的笔下,却成了一个令人敬仰的正面形象。加缪对西绪福斯的理解和阐释出现在他著名的哲学随笔《西西弗神话》中。

由于原著中没有对于西绪福斯(有人译为"西西弗")在苦难面前心态的描写,这为后来的解读者留下了理解、阐释的巨大空间。你可以认为他心情沮丧,痛苦不堪,视自己为全天下最不幸的人;你也可以认为他玩世不恭、吊儿郎当、满不在乎——推就推吧,无所谓,破罐子破摔;你还可以解释为,面对永无穷尽的苦役,西绪福斯并不畏惧,而是用坚定的意志进行顽强的抗争——这就是加缪所理解的西绪福斯。

人生启悟

加缪说他看到了一张饱经磨难的近似石头般坚硬的面孔,看到这个人以沉重而均匀的脚步走向那无尽的苦难,他超出了他的命运,他比他搬动的巨石还要坚硬。因为他清醒地意识到悲剧命运是不可避免的,所以与其痛苦悲观地无奈接受,不如乐观地接受。所以加缪说,推巨石上山"这个工作也可以在欢乐中进行","他爬上山顶所要进行的斗争本身就足以使一个人的心里感到充实。应该认为,西西弗是幸福的"。

加缪笔下的西绪福斯,当然是他理解中的西绪福斯,这样的西绪福斯是他的哲学思想的体现,是他"荒谬哲学"的客观对应物。加缪认为,世界是荒诞的,人生是荒诞的。荒诞表现于诸多方面,其中,人类的奋斗作为与徒劳无功这一后果之间的断裂,就是一种典型的荒诞处境。

面对这种处境,加缪认为人类有三种应对态度:其一是生理上的自杀,既然人生始终摆脱不了荒诞的阴影,甚至生存本身就具有被判了死刑的荒诞性,那么最简易的对待方式就是自行消灭以摆脱荒诞的重压与人生的无意义,当然,这是一种消极逃避、俯首投降的态度。其二是哲学上的自杀,即不敢正视荒诞,而是逃避到并不存在的上帝那里去,企望来世与彼岸,以虚妄神秘的天国作为逃避荒诞的乐园,这是自我理性的窒息与自残。加缪明确反对上述两种应对荒诞的方式。加缪提倡的态度是第三种,即坚持斗争,努力抗争。他把这种奋斗和抗争的态度,概括为西绪福斯推石上山的神话,视西绪福斯为整个人类生存荒诞性的缩影,是人类与荒诞命运抗争的形象符号。人类在荒诞境况中的自我坚持,永不退缩、气馁的勇气,不畏艰难的奋斗,特别是在绝望条件下的乐观精神与幸福感、满足感,所有这些都表现在《西西弗的神话》的精神里。

因此,与其说《西西弗的神话》是 20 世纪对人类境况的一幅悲剧性自我描绘,不如说是 20 世纪一曲胜利的现代人道主义颂歌。评论者说,这首颂歌既悲怆又崇高,在人类的文化领域中,也许只有贝多芬的《命运交响曲》在品位上可以与之相媲美。

在荒诞处境中坚持抗争,在绝望中提取幸福,在悲剧性命运中保持乐观,如此高昂健康的精神,不是神话原典中的西绪福斯所能有的。这样的精神,这样的人生态度,只能出现在现代。这不是原著所有的,而是加缪赋予了它。这样的西绪福斯,已经不是神话原典中的西绪福斯,而是哲学家和文学家加缪的西绪福斯。

如今,在精神文化领域里,在人生哲学范畴里,加缪的西绪福斯已成为现代人类理性精神的一种符号,成为积极健康的人生态度的代表。

柏勒洛丰：人在做，天在看

柏勒洛丰在希腊神话中是西绪福斯的孙子，科托斯国王格劳卜斯的儿子。和其他著名大神比起来，柏勒洛丰虽然不起眼，但却有故事。

人物故事

他因为过失杀人，被迫逃亡，来到提任斯，在这里受到国王普洛托斯的热情接待，并被赦免了罪行。柏勒洛丰仪表堂堂，身材魁梧。国王普洛托斯的妻子安忒亚

柏勒洛丰杀死了怪物喀迈拉

对他一见倾心，企图勾引他。可是柏勒洛丰心地善良，为人高尚，他对她的挑逗十分冷淡。她见企图不能得逞，恼羞成怒，于是在丈夫面前蛊惑说："我的丈夫，如果你不想受羞辱，败坏自己的名誉，就该把柏勒洛丰杀死，因为他是个不老实的人，他企图引诱我，让我背叛你的爱情。"

国王轻信了她的话，心里升起一股无名怒火。但因为他对年轻的柏勒洛丰十分赏识，所以又不忍心杀害他，想用别的办法报复

他。他派柏勒洛丰到他的岳父,即吕喀亚国王伊俄巴忒斯那里,并让他带去一封密封的家信。其实信上要国王把来者处死。柏勒洛丰被蒙在鼓里,毫不怀疑地出发了。他急匆匆往前走,走向死亡。这时,天上的诸神也一路保护他。他渡过大海,穿过美丽的河流克珊托斯,来到吕喀亚,见到了国王伊俄巴忒斯。这是一位热情有礼的贤君。他设宴招待外乡的贵客,并不问他是谁,更没有问他从哪里来。柏勒洛丰的高贵举止和俊秀仪表足以表明他不是一位寻常客人。国王使客人享受各种荣誉,每天都像过节似的宴请他,并为他宰牛敬献神祇。直到第十天,他才问起客人的身世和来意,柏勒洛丰告诉他,自己从普洛托斯国王那里来,并呈上一封家书。

伊俄巴忒斯国王看完信,吓得倒抽一口冷气,十分惶恐,因为他很喜欢面前这位风度翩翩的客人。可是他想,如果没有重大原因,他的女婿一定不会处死他的。国王若有所思地点了点头,不过他见面前这位在此做客十天的年轻人举止文雅,谈吐不俗,又不忍心派人杀害他。最后,他为了摆脱为难的境地,决定派他去做必死无疑的冒险。他先命令柏勒洛丰消灭危害吕喀亚的怪物喀迈拉。这怪物是巨人堤丰与巨蛇厄喀德那所生的儿子,上半身像狮子,下半身像恶龙,中间像山羊,口中喷着火苗,烈焰腾腾,委实可怕。

天上诸神都可怜这个无辜的年轻人。他们眼见柏勒洛丰将要遭到大祸,便急忙派波塞冬和墨杜萨所生的一匹双翼飞马珀伽索斯去援助他。可是飞马怎样才能援助他呢?它从来没有让人骑过,十分狂野,无法被抓住和驯服。柏勒洛丰努力了一阵,累得精疲力竭,最后竟在皮勒内河边睡着了。他做了一个梦,梦见他的保护神雅典娜。她交给他一副壮丽的带有金色饰物的辔头,对他说:"你怎么睡着了?带上它吧,给波塞冬献祭一头公牛,以后就可以使用这副辔头!"

柏勒洛丰突然从梦中醒来。他跳起身,看到手上果然有一副金光闪闪的辔头。柏勒洛丰找到解梦算命的波吕德斯,把梦中的情景告诉他,请他解梦。波吕德斯劝他听从女神的建议,杀一头公牛祭祀波塞冬,并给保护他的女神雅典娜造一座祭坛。等到这一切都做完以后,柏勒洛丰果然毫不费力地把双翼飞马驯服了,他把辔头套在马头上,然后穿上盔甲,骑马腾空而行,弯弓搭箭,射死了怪物喀迈拉。

接着,伊俄巴忒斯又派柏勒洛丰去攻打索吕默人。索吕默人蛮勇好战,居住在吕喀亚边地。出乎国王的意料,柏勒洛丰又在艰苦的战斗中取得了胜利。后来,国王又派他去跟亚马孙人作战,他也安然无恙地得胜回来。伊俄巴忒斯见难不倒柏勒洛丰,于是心生一计,计划在柏勒洛丰凯旋途中设置埋伏狙击柏勒洛丰。可是袭击柏勒洛丰的士兵全被他消灭,无一生还。

天马上的柏勒洛丰

直到这时,伊俄巴忒斯才明白这个年轻人根本不是罪人,而是神的宠儿。他再也不敢杀害他了,反而把他接回宫中,和他分享王位,还把美丽的女儿菲罗诺厄嫁给他为妻。吕喀亚人献给他肥沃的土地和丰盛的作物。他的妻子生下两个男孩和一个女儿,生活过得十分美满。

时过境迁,柏勒洛丰的幸福也到了尽头。他的大儿子伊桑特洛斯在跟索吕默人的战争中不幸阵亡。女儿拉俄达墨亚跟宙斯生了英雄萨耳珀冬,后来却被狩猎女神阿耳忒弥斯一箭射死。只有小儿子希波洛库斯活到高龄。他在特洛伊人反对希腊人的战争中派儿子格劳库斯参战。格劳库斯与他的表兄弟萨耳珀冬率领一队吕喀亚士兵援助特洛伊人。

柏勒洛丰因为拥有双翼飞马而变得骄矜起来。他骑着马想到奥林匹斯圣山参加神祇集会,尽管他是个凡人。可是神马却不愿听从他的指挥,在天空中直立起来,使他摔落坠地。柏勒洛丰虽然没有被摔死,但遭到神的抛弃。之后他到处漂流,羞于见人,一直躲躲藏藏,隐居在没有人烟的地方,在忧虑中度过余生。

人生启悟

柏勒洛丰的故事和他祖父西绪福斯正好相反:一个是因奸诈作恶背叛而受到神的惩罚,另一个是因善良正直遭迫害而受到神的保护。

柏勒洛丰过失杀人后逃亡,得到善良国王的赦免。因为他心地善良,为人高尚,又因为长得特别帅,所以国王妻子想勾引他。这是个巨大的诱惑,但他毫不迟疑地拒绝了。遭到拒绝的王后羞愤交加,诬陷并诽谤他。国王不明就里便设计害他。这对柏勒洛丰来说,极为凶险。好人反遭陷害,诸神看在眼里,不能容忍,所以在柏勒洛丰毫无戒备心按国王要求前往吕喀亚王国的路上,"天上的诸神也一路保护他"。

吕喀亚国王伊俄巴忒斯看到柏勒洛丰行为举止高雅,谈吐文雅不俗,不像坏人,不忍直接杀他。但又不能不按女婿要求杀他。为难之中他想出另外办法间接杀他,即委派他完成极为冒险、命悬一线的任务。危难中又是神一路帮助他,使他一次次化险为夷,终于获得国王信任,给他以巨大赏赐,和他分享王位,嫁女于他为妻。柏勒洛丰从此过上幸福生活。

幸福生活享受久了,柏勒洛丰"变得骄矜",忘了自己是谁了,作为凡人竟想参加神祇的集会,于是又遭到神的抛弃。

这叫什么?用中国话说即人在做,神在看;举头三尺有神明。神明察秋毫,人的所有举动都在他们的眼皮子底下,你是好人还是坏人,好心还是坏心,你做的是好事还是恶事,神都一清二楚,谁也隐瞒不了。而且,最重要的,神是维护公平、主持正义的。你是坏人,就让你有恶报;你是好人,就让你有好报。爷爷西绪福斯和孙子柏勒洛丰的命运就是明证。

世界上真有如此公正、主持正义、惩恶扬善的神明吗?哪有啊!这是神话,是古希腊先民的想象,是他们的理想、愿望的艺术化,他们渴望、盼望、希望有这样的神明。

为什么要创造这样的神?很明显,是因为现实生活中没有——有稀缺才有需求。现实生活中常常是好人未得好报,坏人未得坏报,善恶易位,是非颠倒,邪恶横行。这种现状活活气死众人,但他们眼睁睁看着没办法,于是只好到艺术中去寻求公平和正义。于是主宰正义的神明就出现了。

希望好人得好报,恶人得恶报,希望有神出来主持正义,仅仅是古希腊人的愿望吗?当然不是,世界文学史和中国文学史上这样的作品比比皆是。人同此心,心同此理,这类作品反复出现,说明从古至今,不公平、非正义的事情始终存在,因而渴望公平正义的作品就永远为人们所喜爱,具有永恒的价值。

堂吉诃德：旁观者清，当局者迷

《堂吉诃德》是文艺复兴时期西班牙著名作家塞万提斯的传世名著，在世界文学史上具有崇高的地位，对世界文学产生了极为深远的影响。堂吉诃德是作品主人公，是世界文学史上著名的典型形象。

堂吉诃德

人物故事

堂吉诃德本是西班牙拉曼却地区一个穷乡绅，因酷爱骑士小说，竟然变卖土地，遍搜天下此类书籍，终于走火入魔，满头满脑全是骑士行迹，而且全都信以为真，敬佩、羡慕之至。他感到自己也应该像骑士一样肩负神圣使命，闯荡天下，匡扶正义，除暴安良，于是断然决定要做游侠骑士。他骑上自己家皮包骨头的老马，为自己取名堂吉诃德，模仿骑士传统把邻村一个从没有见过面的养猪姑娘定为心上人，决心终生为她服务，还找了邻居桑丘做他的侍从。

一切齐全，他离开家乡闯荡天下。在他眼里到处都是妖魔鬼怪,都是他冒险的机会。他把风车当作凶恶的巨人,把羊群当作军队,把被押送的苦役犯当作受迫害的骑士,把理发师的铜盆当作魔法师的头盔,把旅店当作城堡,把旅店里的皮酒囊当作巨人头,把傀儡戏舞台当作战场,结果闹出无数荒唐可笑的事情。他打抱不平的结果不但予人无助,还处处给人带来灾难,自己也吃尽无数苦头。

就这样他做了半生游侠梦,临死才清醒过来,对人说自己过去是疯子,以前成夜成夜读的那些骑士小说都是胡说八道,只恨自己悔悟太迟,来不及再读可以启发心灵的好书。告诉外甥女不许嫁给骑士,否则不得继承他的遗产。

人生启悟

关于《堂吉诃德》的思想意蕴,笔者认为是理性主义者的自嘲和调侃。理由是:主人公堂吉诃德形象的塑造,折射着作者塞万提斯的影子。作者志存高远,一辈子追求远大理想却一生倒霉,最后落得个悲惨下场。这样的人当他回首平生的时候,一定是心情复杂,感慨万千:承认失败又不情愿,既后悔又不后悔,口头上激愤地否定自己而内心却可能恰恰相反。具体表现为自我嘲笑自我调侃——我这人啊,简直是一个疯子,一个傻瓜,一个活该倒霉的人。把这种复杂心态外化为一个艺术形象,就是堂吉诃德。

"理性主义者的自嘲和调侃",蕴含着作者心酸得掉泪的人生感慨。本文不讨论整部作品的思想意蕴,而只就典型人物堂吉诃德的故事本身,谈一点想到的人生启迪。

笔者从他身上获得的人生启迪之一是:旁观者清,当局者迷。

"旁观者清,当局者迷"这句话用在堂吉诃德身上实在是再恰当不过了。对于堂吉诃德来说,他痴迷于其中的"局"是骑士小说

《堂吉诃德》插画

世界。他读骑士小说读得失去理性,"满脑袋尽是书上说的什么魔术、比武、打仗、挑战、创伤、调情、痛苦等等荒唐无稽的事";而且,他还固执己见,"深信他所读的那些荒唐故事都千真万确,是世界上最真实的信史"。

事情若仅止于此,他的荒唐还只是在思想认识层面上,更可怕的还在于,他对于小说中骑士的豪侠行为由思想上的着迷发展到行为上的模仿。从此,现实世界的一切在他那里全变了形,全被他置换为艺术世界的相似物。行侠过程中无论遇上什么他都要与小说世界做类比,他严格按照书上写的骑士应该做的要求自己,认真严肃,毫不苟且。哪怕为此吃尽苦头也不改初衷。他不仅模仿骑士行侠,而且模仿骑士发疯。骑士是有缘有故发疯,他是无缘无故发疯,他比骑士走得更远,以求名扬千古。

堂吉诃德的行为,在头脑正常的人看来是不折不扣的神经病,但他自以为很正常,而且以为别人皆糊涂,唯有他正常。明明是他把看到的一切都歪曲了,变形了,颠倒了,他却认为别人把事情看错了。他对自己的行为特别自信、坚定、毫不怀疑,因为他生活于自己心造的世界里。在这里,一切自有自身的逻辑。

例如,一只理发师的铜盆,他偏认作是曼布利诺的头盔。为什么?堂吉诃德的解释是:"因为我们身边老跟着一大群魔术家,凡是和我们有关的事物,他们都要变化,爱怎么变就怎么变,全看他们是存心帮我们还是害我们。所以你看来是一只理发师的铜盆,我看来是曼布利诺的头盔,在别人眼里又可能是什么别的东西。其实呢,那是曼布利诺的头盔,卫护我的那位魔术家叫大家看作一只理发师的铜盆,这是他特别照应我。因为那只头盔是了不起的宝贝,人人都会追着我来抢我的。如果他们看着不过是一只理发师的盆儿,就不要了。"

听了堂吉诃德的解释,谁能说他是荒唐可笑,没有道理呢?!在他那个世界里,他自有逻辑,一切都能自圆其说。

堂吉诃德如此荒唐又如此自信,原因就在于"当局者迷"——他迷于他自造的世界里。他的世界自有规则,所以他自信;而他的世界虚幻不实、与客观现实相脱节,所以他荒唐。他的世界和常人的世界不相通,所以谁也说服不了谁,谁也改变不了谁,就像两条平行线,永远不相交。

类似堂吉诃德这种"当局者迷"的现象在人类生活中难道是少见的吗?常常看到政治、社会、日常生活中的一些人,明明错了,却自以为是,听不进任何人的意见,一意孤行走到底,撞到南墙也不回头。他们之所以如此固执,原因在于他们以为自己有道理,而且只有自己有道理,世人昏昏我独醒。看来,"当局者迷"是一种十分普遍的现象,是人类很容易犯的一种错误。

"当局者迷"的错误,错不在"自我",错在"迷于"自我,错在自我与客观实际相脱节。生活中的人,作为认识主体、行为主体,都有一个"主观",一个"自我",而且都特别容易相信自己的"主观"和"自我",这并没有错。问题是,你的主观一定要与客观相符合,你的自我一定要与世界相接轨。客观世界是十分复杂的,要想彻底认识它、把握它进而驾驭它、改造它是相当不容易的,因此人们必须走出自我,通过不懈努力不断地在实践中接近它、认识它。

这是一个漫长的反复的过程,在这一过程中,从认识论角度,人们切不可过于自信,不可执迷于自我而犯主观主义的错误。从这个意义上说,实事求是,一切从实际出发,不仅是马克思主义认识论的基本原则,同时也应该是日常生活中每个人立身处世的基本原则。

安塞尔模:不要轻易考验人性,因为人性是脆弱的

安塞尔模是《堂吉诃德》中一个虽不太有名但却有内涵的人物,通过他的故事作者传达了对人性温情的理解与评判,并对世人提出了中肯的提醒与告诫。

人物故事

在《堂吉诃德》中,作者用将近三章的篇幅插入了一个与主人公无关,自成一体、独立封闭的故事,名为"何必追根究底"(有译本译为"无谓的猜疑")。其梗概大致如下:

《堂吉诃德》插画

意大利弗罗伦西亚(通译为佛罗伦萨)城有两位富贵公子:安塞尔模(以下简称安)和罗塔琉(以下简称罗)。两人情投意合,交情甚深,人称"朋友俩",用中国话说即"铁哥儿们"。安爱上了一位高贵美貌的小姐卡蜜拉(以下简称卡),在朋友的说合帮助下如愿以偿地结了婚。婚后生活甜甜蜜蜜,两人关系如胶似漆,幸福得

不得了。

　　安结婚之后,罗为朋友的名誉考虑,出入安家的次数逐渐减少。安觉察后大加埋怨,说早知道结婚会妨碍朋友往来,宁可一辈子不结婚,于是他请求罗仍像以往那样随意出入他的家。但罗行为谨慎,唯恐别人说闲话,他诚心诚意地维护朋友的名誉和他们的友谊。

　　有一天,两人在城外散步,安向罗吐露了一桩隐秘而强烈的内心愿望。他说自己有富足的家产、贤德的妻子、忠诚的朋友,万事如意,按理该感谢上苍,可是他内心深处却苦恼不堪。因为,"不知从哪天起我心上纠缠着一个离奇古怪的愿望",那就是,"我想知道我的妻子卡蜜拉是否真像我想的那么贞洁、那么完美。我无法证实。金子要经过烧炼,才见得成色好坏;她照样也得经过考验,才见得她的节操"。他认为:"一个女人得有人追求,才能断定她是否贞洁。她如果对情人的许愿、送礼、流泪、日夜的纠缠不迁就,那才算坚贞。女人如果没人引诱她的不正经,她的正经有什么稀罕呢?"为此,他想让妻子接受考验,经受引诱,他请罗来充当这个引诱她的人,而且要求罗无论如何帮助他完成这桩心愿。

　　罗认为这是利用朋友干违反上帝的事,不但愚蠢而且卑鄙,这样做会既毁了安的妻子又毁了自己,还毁了友谊,遂苦口婆心劝安放弃这桩心愿。但安打定主意要做这番实验,执意要求罗按他的心愿去做。万般无奈之中罗答应了安的要求。

　　安塞尔模安排机会和时间让罗和卡蜜拉亲密接触,还备了钱和首饰让罗送给卡蜜拉。罗口头上答应,行动上却不照办,虚意应付。安发现后大为不满,指责罗不该骗他,说他辜负了自己的信任。罗很内疚,发誓按他的要求做。

　　为了给罗创造更方便的条件,他故意离开家,请罗帮助照料家务,陪妻子吃饭,而且强迫妻子接受自己的安排。开头几天,罗什么也不讲,卡的贞静、端庄和安详也让罗不敢轻易开口。但是,面对美貌贤淑的卡蜜拉,"石头见了她也不免动情,何况血肉之身呢。罗塔琉照理可以跟她说话的场合,只把她看了又看,觉得她真可爱。这个念头渐渐地侵蚀了他对安塞尔模的忠实。他千番百次想出城到别处去,叫安塞尔模一辈子见不到他,他也一辈子见不到卡蜜拉。可是他见了卡蜜拉又喜又爱,已经撇不下、离不开了。他极力克制自己这种贪恋之情,只顾天人交战,独个儿就责备自己疯了,骂自己不够朋友,甚至不是好基督徒"。就这样,他在安离家后头三天还只是内心交战,竭力要克制自己的爱情。可是之后他无论如何再也控制不了自己,于是不顾一切,率意而行,如痴如狂地向卡蜜拉说起疯话来。

面对罗的疯狂进攻,卡坚守阵地,写信向丈夫暗示罗的无礼,请丈夫赶快回来。安知道后不但不担心反而暗自高兴,拖延着不回家,还命令妻子无论如何不能离开家。她只好留下来,为免佣人猜疑也不再躲避罗。"罗塔琉抵死纠缠,使卡蜜拉渐渐心软。他流的泪,说的话让她动了怜悯之心。她十分克制,眼睛里才没流露感情。罗塔琉都看出来了,越加热情如火。——他称赞她美,借以打动她的虚荣;因为这点虚荣最能抵消美人的高傲。他紧攻紧打,用猛烈的火力来突破卡蜜拉的坚贞;她即使是铁人儿也抵敌不住。他流泪,央求,献好,赞美,纠缠不已,显得他一往情深,满腔热情,竟使卡蜜拉贞操扫地;他意想不到而求之不得的事,居然成功。"

——就这样,在安的要求和设计下,一对坚贞如铁的人,在爱情的考验也可以说是诱惑之下,一个接一个败下阵来,成了爱情的俘虏。

接下来的故事更加一波三折,惊险离奇:罗出于猜疑和嫉妒出卖了卡,后悔,向卡坦白,为掩饰他们的关系,与卡共同设计了一场惊心动魄的苦肉计。卡假装要杀罗,不成后又假意自杀,骗局演得天衣无缝。后来,卡因怕女仆揭露真相,仓促间与罗一起出逃。卡进了修道院,罗为逃避良心的谴责死在了战场上。知道真相后的安,精神崩溃,伤心而死。死前留下遗言对自己的行为表示忏悔:"我愚蠢无聊的愿望送了自己的性命。假如卡蜜拉听到我的死讯,我希望她知道我原谅她。因为她没有义务创造奇迹,我也没有必要这样要求她。我的耻辱是咎由自取。"知道这一切的卡蜜拉因悲伤太过,不久也死了。

人生启悟

这则相对独立于主人公堂吉诃德的故事相当完整,既曲折诱人又引人思考。幸福美满的一对夫妻和亲密无间的一对朋友,竟然毁于一个偶然的念头上,这个念头的荒谬绝伦可想而知。这大概就是故事的表层意蕴:对于珍贵的东西要爱护珍惜,千万不可无事生非,胡乱猜疑。就像得到一颗宝石,最好是珍贵地加以保存,千万不可用铁锤击打。钻石经得住击打,钻石还是钻石,并不能增加什么价值和光彩;如果碎了——这是可能的,你就一无所有了。这其实就是传统故事中惯有的劝世之言。讲一个故事,暗寓一个为人处世的道理,这种做法,中外相通。

但故事的寓意似乎不仅仅是一个简单的道德训诫,它让人想得更远更多。安、卡的婚姻是美满的,卡对安的爱情也是坚贞的;安、罗之间的友谊是真诚的,不掺一丝杂念的。但为什么后来都经不住考验,一个个都吃了败仗呢?叙述人的解释是:"要克服爱情,只有逃走一法,谁也不该和这样的强敌交手。因为人性使然,只有神力才能克服。"

"只有神力才能克服",什么意思?意思是让年轻的一男一女长时间地在一起,而又要求他们不犯错误,这种考验太大了,只有神能够经受得住,而人经受不住。经受不住就是人,经受得住才是神。

这就是说,卡背叛丈夫、罗背叛朋友的原因是一样的,即人性的软弱。卡、罗的道德境界,在经受安设计的考验之前,应该说都是高尚的,纯洁的,不容怀疑的。关于这一点叙述人用大量篇幅作了反复交代。但在计划实施的过程中,两人都败下阵来,可见所谓"忠贞""忠诚"这些高尚的道德品质,在人的原欲面前,是脆弱的,经不起考验的。

这里我们看到,作者对人性的拷问是冷酷的、严峻的,结论是足以让道德家尴尬的。不仅如此,更让道德家感到吃惊的是,在整个叙述过程中,作者对人性的软弱不是义正辞严的指责,而是充满温情的辩护。作者认为,要求人在爱情的诱惑面前像圣人一样不动心,是不近人情、违反人性的,这种形为等于向死亡求生命,向衰病求健康,向牢狱求自由,向叛徒求坚强,一句话,是在"追求不可能的事"。

正如罗劝安时所说的,卡蜜拉好比蕴藏着贤惠、美丽、贞洁、幽娴等品德的宝矿,你应该小心谨慎地爱护她,而不应该不顾矿井倒塌的危险还要挖下去,由新的矿脉里找新的、从来没有的宝藏;她那个矿井只靠她脆弱的天性做支架,是很不牢固的。

总之一句话,在作者看来,人就是人,既不是兽也不是神;拿神的标准要求人,是荒唐的,其失败是必然的。故事中具有荒唐之念的安塞尔模,临死前悟到了这一点,承认自己的"实验"是愚蠢的、无聊的,自己不该向妻子提出超出人性限度的苛刻要求——"她没有义务创造奇迹"(言外之意,在诱惑面前不动心是奇迹,动了心是常态),因此自己的耻辱是咎由自取,自作自受。

在这个故事里,安塞尔模家破人亡,身败名裂,真正是赔了夫人又折兵。安本该得到最多的同情,但作者对他的责备超过同情,既可怜他又埋怨他,说他活该。相反,对犯了"错误"的卡和罗,作者却是理解多于批评,同情多于指责。作者的情感倾向反映了文艺复兴时期的时代思潮。

由于这一思想合乎人情人性,所以被后来的思想家、文艺家所继承。如尼采在他的名著《查拉图斯特拉如是说》中就明确说道:"不要在道德上超过你们的能力!不要寻求违反你们的可能性的东西!"

"何必追根究底"的故事明显是"编的",有点不合情理,让人不太相信真会有这种事。不过,正因为这种"陌生化"的艺术手法,这种与真实生活的距离感,才显出故事的寓意:不要轻易考验人性,因为人性是脆弱的。你想让人不犯错误吗?唯一办法是让他/她远离诱惑,不给他/她遭遇诱惑的机会。

奥赛罗：警惕小人暗算，盲目轻信必然导致悲剧

《奥赛罗》是莎士比亚创作的四大悲剧之一。奥赛罗是剧作中的主人公。

人物故事

奥赛罗是威尼斯公国雇佣的黑人将军。他苦难的出身和英勇的戎马生涯让贵族元老的女儿黛丝德蒙娜深为同情和敬佩，她瞒着父亲与他偷偷相爱并私下成婚。姑娘的父亲得知后坚决阻止，但终因生米已经做成熟饭而不得不默认。

奥赛罗

奥赛罗手下旗官亚勾（不同版本中各人物的汉语译名各不相同，本文依照版本为曹未风译本《奥赛罗》，上海译文出版社1979年版），因多种原因忌恨奥赛罗，一心破坏其婚姻。他先是向元老院告密，不料却使两人的婚姻得到了公国最高首脑公爵的承认。他不死心，回过头来又千方百计挑拨奥赛罗夫妇的关系，他含沙射

影地说奥赛罗的侍从长卡西欧与黛丝德蒙娜通奸,并伪造了所谓定情信物等。奥赛罗信以为真,怒不可遏,在嫉妒的激愤冲动下掐死了自己的妻子。奥赛罗得知真相后发现自己上了小人的当,悔恨之余拔剑自刎,倒在了黛丝德蒙娜身边。

一个美丽纯洁、对丈夫无比忠贞的妻子,死在自己深爱的丈夫手中;一个深爱自己妻子,以能娶到这样的妻子为骄傲的丈夫,因轻信谎言而残忍地杀死了妻子,知道杀错后痛悔莫及,以自杀向妻子谢罪,由此酿成震烁古今的巨大悲剧。这样的悲剧震撼人心,让所有阅读文本的读者和观看演出的观众扼腕浩叹,为之惋惜和遗憾。

人生启悟

是什么原因导致了如此巨大的悲剧呢?简单说来,有外在和内在原因,或者说主客观两方面原因。从外在的客观原因说,大的具有普遍性的原因是弥漫于整个社会的种族歧视;小的具体而直接的原因是,小人亚勾太奸猾、太阴毒、太会装了。从内在的主观原因说,是奥赛罗头脑太简单太轻信太鲁莽了,他被亚勾骗得晕头转向,被玩弄于小人的股掌之中而不自知,以至于做出丧失理智的疯狂之事。本文主旨是讨论奥赛罗,所以重点分析一下奥赛罗方面的主观原因。

一个堂堂大将军,竟然毁在自己手下一个小兵手里;一个地位卑微的小兵,竟能玩弄奥赛罗于股掌之中,表面的直接原因是奥赛罗太轻信善于伪装的亚勾了;间接的或者说深层的原因还有许多方面。

一是奥赛罗的成长环境。奥赛罗是黑人,出生于非洲摩尔部落。贫穷落后偏僻闭塞的生活环境中长大的他,天性淳朴,思想单纯。这样的成长环境,与身处欧洲富庶之地的威尼斯贵族的生活环境迥然有别。贵族社会高傲的优雅、烦琐的礼仪下培养出来的虚伪举止、华丽言辞、弯弯绕的心机心计,对于直肠子的奥赛罗来说,是绝对想不到的。他怎么也不会想到一个地位低下、貌不惊人的旗手心里,竟然隐藏着那么多阴毒的诡计。

二是奥赛罗的军旅生涯培养了他直来直去、真诚率直的坦荡性格。他自己实话实说,直话直说,不曲不折,不弯不绕,没有暗含义、双关义、言外之意,一览无余,浅清见底,不用人猜。他自己是什么人,就以为别人也是这样的人,所以他听不懂亚勾说话的技巧,猜不出他的话里有话,含沙射影,旁敲侧击,当然就更想不到他话里暗藏着致人死命的陷阱和意味深长的玄机。

三是奥赛罗以君子之心度小人之腹,完全没有想到"小人之腹"里是一肚子坏水。君子坦荡不设防,相信别人如相信自己。他看人只看一面即表面,而看不出表面下面的"叵测",所以最容易受小人的蒙骗。亚勾为讨他的信任,装得无比忠诚老实,所以奥赛罗口口声声称他为"老实人""我的老实人","勇敢的亚勾,又诚实又正直",对他的话深信不疑。

君子被小人蒙骗、遭小人暗算不仅是奥赛罗的遭遇,而且是一种比较普遍的人生现象。例如中国古代的屈原、苏东坡,坦荡高洁,但一生受尽小人的攻击和陷害。结果是,君子斗不过小人。对于这种现象,苏东坡引用宋代宰相富弼的话做了解释:"(公)常言:'君子小人如冰炭,决不可以同器,若兼收并用,则小人必胜'。""君子与小人并处,其势必不胜。"

那么,君子为什么斗不过小人,小人为什么必胜呢?富弼的分析是,君子为道,小人为利,利之所在势在必得,所以疯狂而不顾一切,必胜而后已;其次是君子谦让而多所顾忌,处处讲究君子之道,而小人则不择手段,从无顾忌,"我是流氓我怕谁",斗起来如疯狗必欲置君子于死地而后快。富弼一生阅人无数,啥人都见过,他的分析应该说是准确的。这一分析,用在奥赛罗身上,也是合适的。

四是亚勾之所以能够玩弄奥赛罗于股掌之中,更重要、更具体的特殊原因是种族歧视让奥赛罗骨子里渗透了自卑感,亚勾抓住了这一致命弱点,针对他的软肋下手,结果导致奥赛罗中招,亚勾得逞。

关于当时社会对奥赛罗的种族歧视,作品中有相当充分的表现。

在第一幕开场不久,奥赛罗尚未登场,亚勾就乘着夜色在布拉般丘住宅外大声向他通报奥赛罗和他的女儿秘密结婚的消息,语言粗鄙之极:"一头老黑羊正在糟蹋你那只小白羊呢。快起来,快起来;赶快用钟声把打鼾的市民们敲起来,若不然,那魔鬼可就要叫你做爷爷了……你就宁肯把你的女儿都送给黑马骑了;你都愿意生一群马子马孙;再来一批马亲马眷。"

在亚勾看来,奥赛罗同黛丝德蒙娜的结合就是"禽兽一样的勾当",白人姑娘看上黑人是"反常,怪癖,不近人情"。在垂涎黛丝德蒙娜美色的威尼斯绅士洛多维勾眼中,奥赛罗根本就是"贪淫的粗野的摩尔人",是个"到处流浪,四海为家的异邦人"。而贵族元老布拉般丘平日热情邀请奥赛罗做客,但一旦发现他偷娶了自己的女儿,就一反常态地辱骂奥赛罗是"丑恶的黑鬼"。他前后五次咬定女儿是被妖法蛊惑了,因为只要凭着情理判断,像她这样一个年轻貌美、娇生惯养的姑娘,多少有财有势的俊秀子弟她都看不上眼,倘不是中了魔,怎么会不怕别人笑话,背着尊亲投奔到丑恶的黑鬼的怀里?所以他怀疑奥赛罗用法术蛊惑了自己的女儿。他恨不得置奥赛罗于死地而后快,要求公爵以"妨害风化,行使邪术"为名治奥赛罗的罪。出面调解的公爵没有以奥赛罗的战功或品德安慰布拉般丘,而是劝他忍了吧,因为事已至此,无可挽回,否则会招致新的不幸。这说明公爵也认为奥赛罗娶了白人姑娘是一种"不幸"。

虽然奥赛罗战功赫赫,现在已经是保卫威尼斯的军事统帅,而且虔诚地皈依了基督教,但整个贵族阶级依然从内心深处排斥他,认为他和黛丝德蒙娜的婚姻是贵族社会的耻辱,在他们眼里,奥赛罗永远是奴才和异教徒。作为白人社会的一员,亚勾对奥赛罗的歧视除共性原因外,还有个人原因。这就是,他认为奥赛罗阻止了他的升迁之路,还怀疑奥赛罗和自己的妻子有染,所以他对奥赛罗的仇视更强烈。他说,我恨那摩尔人,我的怨毒蓄积在心头。

这里插一个小资料:据司汤达在其著作《拉辛与莎士比亚》中介绍,1822年法国某地演出《奥赛罗》,当演到奥赛罗掐住黛丝德蒙娜脖子时,担任剧场警卫的士兵激愤地喊道:"我决不许一个该死的黑人,当着我的面,杀死一个白女人!"士兵边喊边开枪,结果打伤了扮演奥赛罗的演员的胳膊。由此可知种族歧视当年在西方社会是何等根深蒂固。

对于铺天盖地而来,连空气中都可以嗅得到的歧视,奥赛罗感同身受,深入骨髓。虽然他的战功和地位给了他一定的底气,尤其是黛丝德蒙娜与他的爱情给了他心理安慰,但黑白鲜明的肤色对比,年龄的悬殊,整个社会的不支持,仍然让他心里不踏实,没有安全感。狡黠的亚勾看准了这一点,哪壶不开提哪壶,矛头从对手最薄弱的地方攻入。

亚勾指认奥赛罗的侍从长卡西欧是黛丝德蒙娜的奸夫,因为他有奥赛罗所不具有的优越条件——"又漂亮,又年轻,凡是可以使无知妇女醉心的条件,他无一不备",更重要的,他是和她同肤色的白人。亚勾诬蔑黛丝德蒙娜可能变心,当初多少跟她同国族、同肤色、同阶级的人向她求婚她都置之不理,这分明不合常理,现在也许清醒过来后悔了。

这一下子击中了奥赛罗内心深处的自卑情结,从这里开始奥赛罗对妻子的怀疑愈来愈重。紧接着亚勾又消解了奥赛罗心中对黛丝德蒙娜越来越薄弱的信任:她当初小小年纪就轻而易举地骗过了她父亲,如今骗过你还不是小菜一碟吗!这些话像百发百中的射箭高手,箭箭射中奥赛罗自卑的靶心,让他的心绪再也无法宁静,屈辱的情结和愤怒的魔鬼已经控制了他。

最后,亚勾以一方奥赛罗送给黛丝德蒙娜的手帕为证,把奥赛罗彻底摧毁——他百分百相信了亚勾的话,认定妻子真的背叛了他。于是他开始疯狂地报复,发誓"要把她剁成一堆肉酱"。他口口声声怒骂黛丝德蒙娜是个娼妇,终于下了狠心杀死了她。真相大白后他又随她而去。

亚勾苦心孤诣设计的阴谋,一步步地实现了,他心里乐开了花。阳光、清白的人一个个死去了,而阴谋害人的人却活下来了。天理何在?!这才叫悲剧,才震撼人心到如今。

如今,导致奥赛罗自卑的种族歧视,在奥赛罗曾生存的国度或许已经不存在了,但时代易变人性难变,像亚勾一样阴险的小人或许还隐藏在人群中的某个角落,瞪着一双羡慕嫉妒恨的大眼捕捉猎物呢!所以,奥赛罗留下的人生教训也许并不过时。

麦克白：为野心而疯狂，为良心而崩溃

从古至今，人类历史上从来不缺少野心家、阴谋家。但他们是怎样玩弄阴谋、实现野心的，他们的灵魂深处有哪些秘密，却没人知道。因为他们从来都不告诉你——野心怎能外泄，告诉你还叫阴谋？不过不要紧，文学家来告诉你。什么是文学？德国人说，文学就是让看不见的东西被看见。这里向读者介绍一篇揭露野心家灵魂的经典作品，这就是莎士比亚的著名悲剧《麦克白》。

麦克白与三女巫

膨胀的权欲是剂毒药

《麦克白》是莎士比亚四大悲剧之一，故事情节并不复杂：苏格兰国王邓肯的表弟麦克白将军，为国王平叛和抵御入侵立功归来，路上遇到三个女巫。女巫对他说了一些预言和隐语，说他将进爵为王，但他并无子嗣能继承王位，反而是同僚班柯将军的后代要做王。女巫的话激发了麦克白的野心,在夫人的激励下他谋杀了国王,嫁祸于国王的两个侍卫,如愿登上王位。为防止班柯的子孙夺取王位,又谋杀了班柯。接下来又屠杀了维护国王的贵族麦克德夫的妻子和孩子。恐惧和猜疑使麦克白越来越冷酷。麦克白夫人在恐惧之下精神错乱而死。麦克白的暴虐引起了天怒人怨,最后被国王儿子和他请来的英格兰援军杀死。

故事开始时麦克白不但是领兵打仗的大将军,还是国王的表弟,皇亲国戚,深受国王信任,更重要的是,他在战场上出生入死,刚刚立了大功,得到晋升爵位的封赏,麦克白的人生达到了辉煌的顶峰。如此春风得意,接下来可以尽享尊荣,安度余生。但偏偏就在得胜回朝的路上,在一片旷野中遇上了三个女巫。女巫预言他将升高爵位,将当国王。预言莫名其妙,突兀怪异,没有根据,完全不可相信。但一下子击中了麦克白灵魂深处的秘密,他将信将疑,想信又不敢信,不敢信还偏想信。很快,他晋升爵位的预言得以实现,于是他由"疑"走向"信",从此走上罪恶的道路。

身为一国大将军,麦克白为什么对女巫的话从"疑"到"信"到走向行动?如此重大的人生抉择岂能听从来无影去无踪的女巫指挥?就因为女巫说中了麦克白的内心隐秘,女巫的预言正是他心中所想。这个"想",过去一直潜伏在他内心深处,一直是他的潜意识,平时不敢、也没机会暴露出来。但此时,他打了胜仗,立了大功,军队在手,他篡权夺位的条件成熟了,于是一直隐藏着的野心开始萌发了,膨胀了。如果说他自己以前还不太明确的话,那么女巫把它挑明了,潜意识一下子上升为显意识了。女巫的预言相当于给了麦克白行动的理由,于是他开始行动。行动的结果,是从人生的巅峰跌入无底深渊,走向毁灭。

由此看来,是野心毁了麦克白。权力是人心中力量强大的一种原欲,原为中性,无所谓正负对错。合规则合道德守本分,权力可以造福社会。但问题是,在实际生活中权欲往往是最容易膨胀的,膨胀失控就变成了野心。野心是一剂毒药,沾上它就没有好结果,轻则身败名裂,重则家破人亡。纵观历史,俯瞰现实,中了野心之毒的人该有多少啊!看一下,哪一个有好结果?麦克白仅仅是其中的一例,麦克白是莎士比亚洞察人性和历史,以如椽巨笔为我们塑造出的野心家的典型或者说是标本。

邪念易起不易灭

一旦起了要当国王的邪念,麦克白立马感到心惊肉跳:"为什么那句话(会当国王——引者注)会在我脑中引起可怖的印象,使我毛发悚然,使我的心全然失去常态,卜卜地跳个不住呢?想象中的恐怖远过于实际上的恐怖;我的思想中不过偶然浮起了杀人的妄念,就已经使我全身震撼,心灵在胡思乱想中丧失了作用,把虚无的幻影认为真实了。"麦克白的独白说明他心里明白是非,明白什么该做什么不该做,明白什么是正念什么是妄念;说明他是一个理智清醒、有道德意识的人。理性、理智、道德感告诉他,篡权夺位杀国王绝对是一种万劫不复的妄念、邪念,此事万不可行。可是,他内心另一种更原始更强大的力量促使他甘愿冒险——

> 星星啊,收起你们的火焰!不要让光亮照见我的黑暗幽深的欲望。眼睛啊,别望这双手吧;可是我仍要下手,不管干下的事会吓得眼睛不敢看。

正与邪两种力量在麦克白内心激烈斗争,对于这一点他是清醒的、自觉的,他一点都不糊涂。这时候,两种力量相互博弈,形成

双手沾满鲜血的麦克白夫人

一个张力强大的张力场。在这一张力场中,到底谁能战胜谁呢?按道理说,正义应该战胜邪恶。因为麦克白头脑太清醒了,他的是非观念、道德观念里明明白白知道自己的行为是"妄念",是邪恶,是不应该,应该及时灭掉杀王篡位的念头,但他又实实在在地控制不住自己"黑暗幽深的欲望",他意志坚定地表示"仍然要下手"。也就是说,麦克白对于自己的行为不由自主,身不由己,情不自禁。

这说明了什么?很明显,说明邪念的力量太强大了。邪念属于原欲,来自原始,来自本能,根基深且远,因而理性在它面前显得软弱无力。正如麦克白自己所坦白的:"没有一种力量可以鞭策我实现自己的意图,可是我的跃跃欲试的野心,却不顾一切地驱着我去冒颠踬的危险。"麦克白的意思是,按理性、理智、道德,这罪恶他绝不能干,可是非理性、非理智、非道德的野心又驱使他必须干。换句话说,他想,而又不敢。虽然不敢,但还下决心必须干。由此可知,在麦克白这里,理性战胜不了原欲,理智战胜不了心愿,道德战胜不了野心。邪念既然已经起了,就很难再灭除。如此纠结而又如此明朗,这或许是一切野心家共同、共通的心理状态。透过麦克白,莎翁让我们窥得了野心家心灵深处的秘密。

恶行一旦上路,就很难刹车

在正邪较量的张力场中既然失衡,正义屈服于邪念,邪念开始支配行动,那么邪念不灭,恶行就无法得到控制,只能是一往无前,将恶行进行到底。

麦克白恶行的起始点是杀害国王邓肯。善良的邓肯好心好意率众来到麦克白家里,当面向他宣示对他的恩宠和封赏,这本身是麦克白的无上荣光。但是,当天夜里国王却横死在你家里,这怎么向世人交代?你麦克白难道不是第一嫌疑犯?为了洗刷自己的罪恶,转移世人的猜疑,麦克白和夫人密谋,把杀人恶名转嫁到邓肯的两个侍卫身上。于是用酒将两个侍卫灌醉杀害,然后麦克白对外宣称,他发现国王被杀,怒不可遏,激愤中杀了凶手。众人疑惑而无证据,只能听他一面之词。

麦克白坐上了王位,但心里不踏实,因为,预言他坐上王位的女巫同时又预言班柯的子孙将会为王,为了永保王位不失落,于是他又派人杀害班柯及其儿子。班柯死于刺客刀下,其儿子逃亡。

麦克白罪行昭彰,太惹人眼了,终于招致忠于王室的贵族的反抗。贵族的反抗对麦克白的统治是极大威胁。为了消灭敢于反抗的贵族,麦克白决定杀一儆百,残忍地杀害了麦克德夫全家,逼得麦克德夫逃亡国外求援,和邓肯的儿子一起组织人马征讨麦克白。

麦克白的一系列恶行,恐怕是他自己远远没有料到的。他原本是国王麾下的忠良之臣。身为军队统帅,在前线他身先士卒,冲锋陷阵,奋不顾身,大有为国捐躯而在所不惜之气概。这时候的忠勇是真实的,不掺假的。这时候的他绝对没有想到自己有一天会杀害国王及王室重臣。但是,天下事,此一时也,彼一时也。自从他野心勃发,决定冒险夺取王位的时候起,他的命运就上了他自己制造的贼船。贼船好上不好下,开弓没有回头箭,恶行一旦启动,就再也刹不住车了。他必须用一个恶行去掩盖、去推动另一个恶行,或者说必须用一系列恶行去保障罪恶目的的实现。对此,麦克白自己的坦白是:"以不义开始的事情,必须用罪恶使它巩固","我已经两足深陷于血泊之中,要是不再涉血前进,那么回头的路也是同样使人厌倦的"。就这样,恶行就像滚雪球一样越滚越多,以至于罪恶累累,使麦克白堕入万劫不复的深渊。

仰面唾天,最终却掉入自己嘴里

仰面唾天,流行的解释是,仰头向着天吐唾沫,唾沫还是落在自己脸上。比喻本来想害别人,结果受害的还是自己。吐唾沫当然可以,不也可以吐痰吗?吐痰于天又掉入自己嘴里应该也在情理之中,这就更恶心。麦克白的遭遇,正像向天吐痰反落自己嘴里。因为他作恶后遇到的恶心事,决不亚于痰落于嘴。

麦克白作恶后所招致的反噬,一是蚀骨的内心折磨,二是绝望的精神崩溃,三是搭上了老命。

麦克白遭受内心折磨,从动邪念的时候就开始了。邪念初起的时候,他立刻进入幻境,血腥的景象使他毛骨悚然,全身震撼,心乱如麻,失去常态。仅仅是内心一闪的一个念头,就把麦克白吓到这种程度,由此可见,麦克白其实是一个心灵极为敏感、道德感极强的人。他有清醒的是非感,他知道自己的欲念是野心,是"妄念",知道弑君是罪恶。于是开始了激烈的内心折磨。

但是,实在忍不住勃发的野心,终于要付诸行动了。就在他打算弑杀邓肯的那天晚上,他正在犹豫不决的时候,突然出现了幻觉——一把匕首在眼前晃动,他想抓住却又抓不住。这把凭空出现的匕首其实是他精神紧张的外化,他感受到了事件的血腥。在他杀了国王之后,他又陷入极度的精神紧张之中,他心惊肉跳,耳朵里响起一个声音:"麦克白已经杀害了睡眠","麦克白将再也得不到睡眠!"杀人后,对于自己沾满血迹的双手,他看着也惊恐万状。他自言自语:"这是什么手!嘿!它们要挖出我的眼睛。大洋里所有的水,能够洗净我手上的血迹吗?不,恐怕我这一手的血,倒要把一碧无垠的海水染成一片殷红呢。"

接下来是派刺客谋杀同僚班柯。班柯被刺死但其儿子逃脱了,这让麦克白的心病再次复发,承认自己"被恼人的疑惑和恐惧包围拘束"。班柯死了,解除了对麦克白的现实威胁,但麦克白内心却感到极度不安。不安的表现是眼前再次出现幻觉。在招待群臣的宴会上,他看到班柯的鬼魂就坐在自己的座位上。他大惊失色,神思恍惚,此地无银三百两地向班柯鬼魂辩解:"你不能说这是我干的事;别这样对我摇着你的染着血的头发。"这样失态的胡言乱语,让众宾客感到莫明其妙。

恶念初起就幻想出血腥的景象,杀国王和班柯时的两次幻觉,都是他精神极度紧张,恐惧不安的折射,说明他内心在经受着前所未有的残酷折磨。

付出如此惨痛代价之后收获了什么呢?表面看,收获了王位的稳固,但内在呢?他坐稳了王位之后突然发现毫无意义,自己所追求的东西并不像原来想象的那么好。他发觉自己走进了人生的"围城"。他对妻子描述了这种感受:"我们为了希求自身的平安,把别人送下坟墓去享受永久的平安,可是我们自己的心灵却把我们折磨得没有一刻平静的安息,使我们觉得还是跟已死的人在一起,倒要幸福得多了。"

这种人生的虚无感在最后决战关头发展到顶峰。众叛亲离,自己被包围,在死到临头的时候麦克白终于彻底醒悟,发出了这样的人生感慨:"我们所有的昨天,不过替傻子们照亮了到死亡的土壤中去的路。熄灭了吧,熄灭了吧,短促的烛光!人生不过是一个行走的影子,一个在舞台上指手画脚的拙劣的伶人登场片刻,就在无声无息中悄然退下；一个愚人所讲的故事，充满着喧哗和骚动，却找不到一点意义。"意识到人生无意义，自己所做的一切全无意义，这种对人生的幻灭感，说明麦克白精神的崩溃。换句话说，麦克白的精神已经死亡，即使继续活下去，也与行尸走肉无异。

因忍受不了巨大的内心折磨而精神崩溃的还有麦克白夫人。这个女人对权位的野心比其丈夫还痴迷，还疯狂。最初，麦克白对自己的谋杀计划犹豫不决，是她的冷嘲热讽鼓起了麦克白的勇气。不仅如此，她还帮助丈夫执行并完善了谋杀的行动。但就是这个冷血的"女强人"，在阴谋得逞后夜深人静时，内心里对自己的罪行也感到恐惧不安。她终于患了梦游症——在寂静的夜晚，身披睡衣，手持蜡烛，面色惨白，双眼直勾勾地望着前方，一边不停地洗手一边自言自语，说自己手上总有洗不净的血迹，无论怎么洗都消除不了手上的血腥气。由于幻想忧郁太过，终于被心病折磨致死。

麦克白夫妇费尽心机，冒着极大风险终于使阴谋得逞，可是就在他们得逞的同时，又都遭受了巨大的心理折磨，最后双双精神崩溃。也就是说，他们在毁灭他人的同时也毁灭了自己。

人生启悟

莎士比亚不愧是艺术大师，他对历史，对现实，对人性有着深刻的理解，而且有正义终将胜利，邪恶必将失败的历史观和价值观，所以以天才之笔创造出一个既有独特个性又有普遍意义的野心家的典型。透过麦克白及其夫人这面镜子，读者看到了野心家阴暗而复杂的内心世界，看到了他们由动念到毁灭的全过程，揭示了历史活动的客观规律，给后人留下了无尽的启发。

维特:任性滥情的结果是被结构性道德困境困死了

维特是德国文豪歌德著名小说《少年维特的烦恼》(以下简称《维特》,杨武能译,人民文学出版社 1982 年版,下引此书只注页码)的主人公。

《少年维特的烦恼》的插图

众所周知,歌德以伟大的诗剧《浮士德》闻名于世,但此剧在他生前只出版了第一部。在此之前,歌德早在二十四岁就已享誉世界,原因即《维特》的出版把他推上了德国乃至世界文坛的高峰。《维特》1774 年问世,旋即风靡德国和整个西欧,广大青年阅读作品,模仿主人公举止打扮甚至模仿他自杀。《维特》的魅力迷住了所有读过它的人甚至迷住了盖世英雄拿破仑。随着作品的传世,主人公维特也成为世界文学史上著名典型人物。

人物故事

维特是个能诗善画、无比热爱大自然的文艺青年,依靠父亲的遗产过着无忧无虑的生活。春天,为了料理母亲的遗产事宜,他来到一个偏僻的小山村。这里大自然的美景,当地勤劳质朴的农民,都让他喜欢。他感到宛如生活在世外桃源,忘却了一切烦恼。不久,在一次舞会上,维特认识了当地一位法官的女儿绿蒂。姑娘年轻貌美、善解人意且富有教养,他一下子迷上了她。他与绿蒂一起跳舞、谈心,两人心有灵犀,互相爱慕。此后他与她频繁往来,经历了一段令他刻骨铭心、难以忘怀的美好时光。但绿蒂已和阿尔伯特订婚。不久,阿尔伯特旅行归来,在侯爵府任职,与维特也成了好朋友。与感情热烈奔放的维特相比,阿尔伯特成熟稳重,事业心强,二人形成鲜明对照。维特自感追求绿蒂无望,心里非常痛苦。为了摆脱烦恼,他告别绿蒂和可爱的小山村,到某地公使馆任职。但公使馆鄙陋的环境、污浊的人际关系、压抑个性窒息自由的贵族偏见,使他忍无可忍,于是他愤而辞职,返回了原先的小山村。但此时的绿蒂已与阿尔伯特正式结婚。此时的维特身份尴尬,与绿蒂的密切交往为这个和睦幸福的家庭蒙上阴影。丈夫对妻子开始有所猜疑,绿蒂也希望与他保持距离。爱情上的绝望让他心灰意冷,遂产生告别尘世以求解脱的念头。圣诞节前的一个晚上,他来到绿蒂住所和她告别。之后,维特在给绿蒂写完遗书之后的午夜时分,用手枪结束了自己的生命。

  维特死了,在当世和后世读者心中留下无尽惋惜和感叹,同时也留下了无尽的思考。好端端一个年轻鲜活的生命就这样以极端悲剧的方式毁灭了,太可惜了!什么原因把他逼上了绝路?他难道不能不死吗?他的死留给我们的教训是什么?把维特逼上绝路的原因,从深层看,或者从根本上说,是他进入了一个无法突围的结构性人生困境。他痴迷疯狂地爱绿蒂,可是当他遇见绿蒂时,她已经名花有主,先是订婚而后结婚,已经是一个受法律保护的婚姻关系中的一员了。不但如此,这个家庭还不是有矛盾、有间隙,关系淡漠、脆弱的家庭,而是关系亲密稳定、幸福和谐的家庭。一般的家庭关系已经是一个稳定的结构,而亲密稳定幸福和谐的家庭更是一个超稳定结构。在这样的家庭结构面前,维特的愿望是绝不可能实现的,所以他的失败是必然的,成功的可能性是没有的。

关于绿蒂和丈夫的关系以及二人之间的感情,作品中有明确的描述。

维特频繁地造访已经引起了阿尔伯特对绿蒂的猜忌,这使绿蒂十分不安。她明确要求维特圣诞节之前不要再来了,但维特不予理睬又来了。绿蒂意识到了要维特和她分手有多么困难,但丈夫的不快她又特别在意。绿蒂陷入两难,独处时"不禁集中心思考虑起自己眼前的处境来。她看出自己已终身和丈夫结合在一起;丈夫对她的爱和忠诚她是了解的,因此也打心眼里倾慕他;他的稳重可靠仿佛天生来作为一种基础,好让一位贤淑的女子在上面建立起幸福的生活似的;她感到,他对她和她的弟妹真是永远不可缺少的靠山啊"。(第118—119页)

在阿尔伯特离家的日子,维特去看望绿蒂,狂热激动中他吻了她。这本来是他们二人的秘密,她不说丈夫绝不会知道;而且绿蒂当时也表示了拒绝,因此在良心上也不应该有负罪感。但是,绿蒂自己心里过不去,她为此芳心大乱,迟迟不能入眠。她感到有愧于丈夫——"叫她怎么去见自己丈夫?叫她怎么向他说清楚那一幕啊?——她本来完全可以直言不讳地告诉他,可是到底没有勇气。"但是,另一方面,"她又怎么可以对自己的丈夫装模作样呢?要知道,在他面前,她从来都像水晶般纯洁透明,从来未曾隐讳——也不可能隐讳自己的任何感情"。(第132—133页)

阿尔伯特外出回来了——"她所爱的和尊敬的丈夫的归来,在她心中唤起一种新的情绪。回想到他的高尚、他的温柔和他的善良,绿蒂的心便平静多了。她感到有一种神秘的吸引力,使她身

不由己地要跟着他走去……"（第134页）

　　上述几段叙述交代说明绿蒂夫妇关系的紧密与稳定，说明绿蒂在感情上绝对忠于丈夫，没有越轨的意念，稍有不妥就感到对不起丈夫。当然，维特的聪明热情，和她意气相投，并且热烈地追求她，她也感到高兴。可是，维特的存在，已经让阿尔伯特产生猜忌，周围人的议论更加恶化了这一局面。和谐稳定的夫妻关系面临着严峻考验，这种情况下绿蒂就不得不在家庭和爱情之间有所取舍。她的取舍是明确的——舍弃爱情，保卫家庭。敏感、自尊心强的维特意识到了这一点，他不愿意让自己所爱之人为难，他也不愿伤害朋友阿尔伯特，所以他以一种有尊严的方式离开了——以决绝的极端的方式离开了。

　　和谐幸福的家庭是一个超稳定结构，对婚外恋情来说，是一个困境，一个死局、死结。一旦陷入就无法摆脱，无法解套，要么家庭解体，要么第三者明智退出，要么出现维特这样的悲剧。好的理想的结局不可能、不存在，无论是现实生活中还是文艺作品中，都证明了这一点。

　　这种困境、死局绝非维特所处时代、社会所独有。换句话说，这不仅仅是特定时代、特定社会的社会问题，而是超越时代和社会的人生问题，因为任何时代任何社会都可能遇到这种问题。婚姻、家庭是社会的细胞、社会的基础，是受法律保护的。按理说，除构成婚姻、家庭主体的夫妻关系之外，人们不应该再产生或再接受其他人的感情。可是，"应该"是应然，是理智、理性、理想状态，而事实却往往溢出理想轨道之外。世事无常，人生多变，谁也不敢保证结婚之后，会不会再爱上婚姻关系之外的其他人，或被其他人所爱上。所以，任何时代和社会都会有婚外恋情的发生。在这种情况下，如果婚姻质量太差，破裂也就破裂了，破裂了建立新的质量更高的婚姻关系未尝不是一件好事。但如果是像绿蒂夫妇这样稳定和谐的家庭,婚外恋情的发生就是一个死局。出现这种局面,没有好的解决办法。不是人们的智慧不够,实在是因为这原本就是一个结构性人生困境。

人生启悟

维特的悲剧过去几百年了,但现实生活中类似的悲剧还在不断发生,那么我们从维特的悲剧中能汲取点什么经验或教训呢?

首先,不要轻易进入死局。

对于婚姻关系的存续,尤其是婚姻关系稳定、牢固的男女,绝不要轻易产生非分之想,不要产生伦理道德所不允许的婚外恋情。换句话说,眼看这是一个无法解套的结构性人生困境,就不要试图进入。否则,一不小心进入了,麻烦跟着就来了。到那时你进也不是,退也不是,不进不退也不是;或者是你想进进不了,想退退不出,你被困死了。错误已经铸就,一步走错,百步难回。那时候后悔莫及,但悔之晚矣。

其次,用理智约束感情。

如果你真爱上了他人婚姻关系中的那个人,而那个人又像绿蒂那样左右为难,那你就应该为他/她着想,果断退出,别让他/她为难;默默祝福你的心上人幸福,还他/她一个安宁和睦的家;千万不要以个人为中心强迫他/她服从你的意愿。更好的是退到一边看着他们幸福,与他们和睦相处,就像绿蒂希望的那样。这看起来像是挑战人性的浪漫幻想,但事实上绝非不可能。

正是在理智与感情的关系上,维特出了问题。维特年少多情,热情有余而理智不足。不是不足,而是压根儿排斥理智,讨厌理智。他对阿尔伯特的理智表示反感,甚至嘲笑。他明知道对绿蒂的感情是一种没有结果的感情,但他又控制不住。"我很诧异,我竟是这样睁着眼睛一步一步地陷进了眼前的尴尬境地!我对自己的处境一直看得清清楚楚,可行动却像个小孩子似的;现在也仍然看得十分清楚,但就是没有丝毫悔改之意。"(第44页)

对于自己的行为维特也知道是犯傻。他自嘲说:"不幸的人呵!你可不是傻子吗?你可不是自我欺骗吗?这无休止的热烈渴慕又有何益?除了对她,我再不向任何人祷告;除了她的倩影,再没有任何形象出现在我的脑海里……可到头来仍不得不与她分离!"(第57页)这是什么?这是维特的理智。但他又说:"我常常拿理智来克制自己的痛苦;可是,一当我松懈下来,我就会没完没了地反驳自己的理智。"(第95页)就这样,理智在感情面前屡战屡败,终于成为感情的俘虏,深陷感情的泥淖,葬送了自己年轻的生命。

当然,如果为维特辩护的话,我们可以说维特太年轻,少不更事,正处于热情澎湃的年龄,所以成为感情的奴隶情有可原。但他的教训是深刻的,他提醒我们,无论哪个年龄段的人,在感情问题上一定不要忘乎所以,不要纵情、滥情。常有人以"爱情是非理性的""爱是没有理由的"为托词为纵情、滥情辩护。是!爱的感情确实是非理性的、没有理由的,但是,正因为它是非理性的,才更需要理性的约束;正因为它没有理由,才需要给个理由。爱情既然是爱情,就最少涉及两个人,甚至更多人,所以你就不能一意孤行,率性而为,想怎么样就怎么样,美其名曰自由。这是不负责任的个人主义,骨子里是自私。爱情固然是个人的事情,但任何人都是社会的一员,都是"社会关系的总和"(马克思语),因而不可能不顾及社会道德和文明规范。所以,遇到结构性矛盾,爱而不能的时候,最好像中国古代圣人教导的那样,发乎情而止于礼。

再次，爱是重要的但不是唯一的，是宝贵的但不是至上的。

在维特的自叙传里，我们看不到他对爱情之外任何事的兴趣及追求。我们只看到他在知晓绿蒂订婚追求无望的时候，离开小村庄到公使馆里做过短时间的办事员。在那里，平庸的上司，贵族的偏见，种种不快让他厌烦，他毅然辞职又回到绿蒂身边，继续开始对她狂热的追求。对此，作者借"编者"之口的分析是："他发现自己毫无出路，连赖以平平庸庸地生活下去的本领也没有。结果，他便一任自己古怪的感情、思想以及无休止的渴慕的驱使，一个劲儿和那位温柔可爱的女子相周旋，毫无目的、毫无希望地耗费着自己的精力，既破坏了人家的安宁，又苦了自己，一天一天向着可悲的结局靠近。"（第109页）

这就是说，在维特的精神世界里，除了对大自然的亲近，差不多可以说只有爱情这一件事。他把人生意义和价值寄托在爱情之上，而这个爱情又是压根儿不可能、不靠谱、毫无希望的，所以，当爱情尚能勉勉强强进行的时候，他沉浸在爱情的喜悦里，可是当进行不下去的时候，他的生存就没了依靠，就没了活下去的理由，没有办法只好以死了结。维特走到这一步，既与他过度敏感、脆弱的个性有关，也与他精神空间过于狭小、狭窄、狭隘有关。

由此可见，对人生来说，爱是重要的但不是唯一的，爱是宝贵的但不是至上的。除了爱，精神空间里还有无限广阔的天地，还有无限丰富的选项，人生中还有许许多多美好的有意义的事可做。把人生绑定在不靠谱的爱情上，结局往往是不美好的。对此，鲁迅看得很清楚。他在五四时期就告诫人们：人必生活着，爱才有所附丽。（《伤逝》）

最后，对于规矩，你可以讨厌但不能无视。

维特的人生经历提醒读者，年轻人（以及并不年轻的人），悠着点！社会,任何时代的社会,都是靠规矩、规范构成、维护、运转的,没有规矩不成方圆,没有规矩社会就乱套。你可以讨厌、蔑视、恶心乃至于反抗规矩,但你不可以无视它的存在,你逃不脱它对你的约束。这是没有办法的事。作品中的维特,多次表示对规矩、规范的厌恶和嘲弄,可最后还是不得不按它的要求无奈退出。与其有"不得不"的无奈,何如早早地接受？当然,年轻人嘛,凭血气之勇总想叛逆,总想与之较一把劲,可以理解！但胳膊扭不过大腿,以渺小脆弱的个人挑战社会,只能以失败而告终。

几百年前德国的维特死了,但他的灵魂还活着。维特的命运是一面镜子,照照它,就大致知道该怎样活。

浮士德：生命的意义在永无穷尽的追求过程中

　　《浮士德》是歌德的代表作，其创作过程从歌德青年时代起直至歌德逝世前，历时六十余年，可以说是他以毕生心血完成的一部杰作，是他一生思想艺术的结晶。

人物故事

　　《浮士德》没有首尾相连的情节，主要通过中心人物浮士德的"经历"贯穿全剧。浮士德的"故事"开始于他的书斋生活：深更半夜，浮士德在痛苦地抒发心中的焦虑，以至于痛苦得直想死去。

慕尼黑版《浮士德》的扉页

　　是什么原因让浮士德如此痛苦，想死不想活呢？他说得很清楚，他感到活着没有意义。什么学问学问，成年累月的皓首穷经，什么都知道了，但生命的活力却被榨干了。我的生命已经苍白、干瘪，因此活着不如死了好。——生存的无意义把他逼到了绝路上。浮士德是个渊博的读书人，他对生存的意义问题十分敏感，当他感到生存失去理由或根据时宁肯放弃生命。由此我们可知浮士德改变自己活法的愿望是多么强烈。

恰在这时,魔鬼靡非斯特出现和他谈判打赌,答应把他从书斋中解放出来,情愿当他的奴仆,为他服务,尽最大努力帮助他实现他想实现的一切欲望。但条件是当他感到满足时,他就算输了,灵魂归魔鬼所有,来世为魔鬼服务。浮士德深谙生命的奥秘:人的欲望是永远也不可能满足的。他自信自己永远不会满足也就永远不会输,于是毅然签下这个约,从此开始了后半生尽情释放生命活力,永无休止的追求历程。

浮士德走出书斋,魔鬼先用最为普通的世俗享受引诱他,但浮士德对此不屑一顾。魔鬼又带他到魔女之厨让他喝下魔汤返老还童,并帮助他得到美丽少女玛加蕾特的爱情。但浮士德放纵情欲导致姑娘一家家破人亡,他痛悔万分,从此否定纵欲的肉体享受生活而转向精神方面的追求。

接下来魔鬼安排浮士德在罗马宫廷当了大臣,试图让他迷恋于权力的追求之中。但一番努力后浮士德对权力也感到厌恶,他对海伦(古典艺术美的象征)一见钟情,说明他更喜欢古典艺术之美。在魔鬼的帮助下,浮士德与海伦结婚,生下儿子。此子性格奔放不羁,结果不幸坠落在父母的脚边摔死。海伦看到儿子死亡,也追随儿子于地下。这象征着浮士德所追求的古典艺术之美只是一种幻影,它不可能成为现实,不可能成为浮士德留恋驻足的地方。

美的追求幻灭后,浮士德感到一切脱离实际的幻想都是徒劳无益的,应该脚踏实地地面对现实做一些有利于社会之事。魔鬼带着浮士德乘云出现在高山上,浮士德看到下面的大海,顿生填海造田,为天下百姓建立一个理想王国的念头。适逢国中发生叛乱,浮士德在魔鬼帮助下平息了叛乱,皇帝赐给他一块海边的封地。从此浮士德开始了他的伟大事业。此时的浮士德已年至半百,双目失明。但他壮心不已,不断催促魔鬼加快工程进度。面对如火如荼的辉煌大业,浮士德沉浸在未来人民安居乐业的美好想象中:

浮士德在书房

  我愿看到这样的人群,
  在自由的土地上跟自由的人民结邻!
  那时,让我对那一瞬间开口:
  停一停吧,你真美丽!
  我的尘世生涯的痕迹就能够
  永世永劫不会消逝。——
  我抱着这种高度幸福的预感,
  现在享受这个最高的瞬间。
  (浮士德向后倒下,鬼怪们将他扶起,放在地上)
  (钱春绮译:《浮士德》,上海译文出版社1999年版,第637页)

  对这段话,传统的理解是浮士德在自己的事业中感到满足了,陶醉了,因而输给魔鬼了。细读文本,感到这样理解似乎是不准确的。因为,浮士德对这个"最高瞬间"的享受并不是现实的而只是想象的,只是对"这种高度幸福的预感"。他只是说"那时",让我对"那一瞬间"开口说满意。"那时"还只是一种未来时。也就是说,只要他所预期的理想境界没有真正地实现,他就不可能真正满足和陶醉,他还会继续不懈地努力奋斗。看来,魔鬼高兴得太早了,浮士德没有真输,魔鬼也就无所谓胜利。所以当魔鬼等候着要攫取浮士德的灵魂之时,天帝命天使下凡把浮士德的灵魂接往天国。

人生启悟

以上是《浮士德》情节的主干,一般文学史书将其归纳为五场悲剧:知识(书斋生活)、爱情(世俗生活)、从政(官场生活)、美(追求艺术)、事业(建立人间理想国)。情节之间没有现实的逻辑关系,而只是作者的一种心理实验。

那么这种实验的意义是什么呢?歌德以表意性的浮士德经历传达了他对人生意义的理解:人生是一个过程,人生的意义不在于任何一个具体、现实目标的实现,而在于每时每刻都必须重新开始的永无穷尽的向上追求中。每一个具体的现实的目标都是有限的,如果执着于其中就会导致生命的停滞,就等于生命的死亡,因而必须自强不息,永远追求。而这,也就是生命的真相,人的生存的真相,浮士德将这一真相传达得淋漓尽致。浮士德自强不息、永远追求的性格内涵被人们提炼为"浮士德精神"。

浮士德精神具有多重象征意义。

首先,它是作者歌德本人心路历程的艺术化表现。歌德本人是一个天性好动,喜欢创造,热心体验各种生活,永无休止进行追求的人。浮士德每一阶段的探索都和歌德本人生活经历,尤其是其精神生活的发展有着若即若离的关系,都渗透着歌德的人生体验和思考。所以论者一般都视浮士德为歌德心路历程的象征。

其次,浮士德的性格代表了上升时期资产阶级先进知识分子顽强奋斗、积极进取的精神,所以人们又把浮士德的心灵史视为近代欧洲三百年资产阶级精神发展史。

再次,我们更感兴趣的是,从人生角度看,浮士德的形象具有超越个人、超越时代、超越阶级、超越民族、超越任何时空的性质,即他的心灵史也可以视为整个人类的心灵发展史。

我们之所以这样说,是因为它内在的精神实质更符合人的本能、人的天性。人的生命、人的精神的本质特征就是发展、变化、运动,因而必须永无休止地追求,在追求中释放生命的能量,让生命在追求中得到自我实现。一旦停止发展,就意味着生命到了尽头。当然,作为个人,抑或人类,可能有沉沦或堕落的时候,但生命要求运动发展的内在本质终会自然生长出来克服之而继续前行。歌德深谙人性这一弱点,他借天主之口说,"人类的活动劲头过于容易放松,他们往往喜爱绝对的安闲"。怎么办?歌德借助天主,安排永不安分、永远充满活力的靡非斯特来做浮士德的伙伴,以刺激他内心深处的生命活力。这种安排,表面上看起来浮士德和魔鬼是两个人,而实质上正如我们前面所分析,他们其实是一个人。魔鬼不是别的,正是人天性中永不知满足的一面,与惰性相对立的另一面。所以,浮士德精神其实正是人类自己的精神。从这个意义上说,浮士德精神是德意志民族的集体无意识,也是全人类的集体无意识。

正是这个原因,浮士德形象一经创造出来,立刻引起接受者的广泛注意和普遍喜欢,人们从他身上好像看到了自己的影子,从此浮士德作为一个经典形象走进德国人乃至欧洲人,现在是全人类的心中。在此之前,人们也在努力、也在奋斗,但都是自发的,盲目的,是生命本身的意志。自从有了《浮士德》,人们才一下子清醒了,明白了作为人,就应该像浮士德那样活着;作为生命,就应该永无穷尽地运动、发展。这,就是生命的意义、生命的价值。

浮士德形象对后世影响深远,浮士德精神早已深入人心。人生的意义在于永无穷尽的追求已基本成为当今世界人们的共识。浮士德精神作为一种象征符号已经载入人类文学史、精神史和文明史,激励人们永远拼搏、永远奋斗、永远追求向上。

爱丝美拉达：为什么不能让完美的女孩同时拥有完美的命运呢？

爱丝美拉达是法国文豪雨果著名长篇小说《巴黎圣母院》的女主角。

《巴黎圣母院》是诗人雨果第一部长篇小说，也是他的代表作，于1831年出版。作品的故事场景设置在1482年的巴黎圣母院，内容围绕爱丝美拉达和主教代理克洛德·弗罗洛及其养子卡西魔多展开，叙述了几位主人公的命运悲剧。

爱丝美拉达

人物故事

爱丝美拉达是吉普赛少女，很小的时候被人从妓女母亲的呵护下偷走，在一个埃及女人那里长大后流浪街头以卖艺为生。虽然命运如此不幸，但在雨果笔下她却成了"美"的符号，以极致的美的形象呈现于读者面前。

爱丝美拉达的"美"表现在内外两个方面。关于她的形象美，作者在她初次露面时借其他人物之口称她虽身份低贱,但却是神品(李玉民译:《巴黎圣母院》,上海文艺出版社2007年版,第81页,下引此书只标页码),人们听到她的名字就感到"具有魔力":"这个天生尤物世间罕见,她那魅力和美貌,似乎在奇迹宫廷也有极大威力。黑帮男女都悄悄为她让路,他们看见她,粗野的面孔都笑逐颜开。"(第79页)总之,她的美让所有看见她的男性倾倒、爱慕,让所有贵族沙龙里的女性羡慕嫉妒恨。

爱丝美拉达不仅长得好看,而且纯真善良,乐于助人,菩萨心肠。作者用两个极端事件表现了这一点。

一是勇救诗人格兰古瓦。格兰古瓦在街头的演出被爱丝美拉达美妙的舞姿所破坏,他心中不快。晚上无聊时他偷偷跟踪她,没想到无意中闯入乞丐王国。乞丐王国里住满了受尽社会歧视的乞丐们,乞丐们决定吊死擅自闯入的诗人以报复社会。而他唯一可以脱险的机会就是与那里的某个女人结婚,以此成为乞丐王国的一员。格兰古瓦遍求诸位女性无果,正在乞丐们准备行刑之际,爱丝美拉达出于同情,表示愿做诗人的妻子,为此救下了与自己毫不相干的诗人的生命。

二是给卡西魔多喂水。卡西魔多受主教代理克洛德·弗罗洛指使劫持爱丝美拉达,事败后主犯逃脱,卡西魔多被抓。一番胡乱审判之后卡西魔多被判受鞭笞之刑。行刑时他被绑在耻辱柱上,烈日下疼痛难忍,口渴难耐。卡西魔多大声呼叫要喝水,围观的人不但不同情,反而尖叫着嘲笑他,用石块、罐子砸他。罪魁祸首克洛德看见只当没看见,掉头就走。此时爱丝美拉达出现,她不但没有责怪、嘲笑绑架自己的卡西魔多,反而不计前嫌,大庭广众面前给他水喝。这让卡西魔多感动不已,从此深深爱上了她。

貌美心也美,这样的女子人人爱。好人爱,恶人也爱;君子爱,小人也爱。爱丝美拉达的幸运在于人人爱,尤其是被好人爱;但不幸在于她被恶人和小人也爱上了。作为女人,没人爱当然是件不幸的事儿,但有人爱未必就是幸运的事儿,关键是看爱你的是什么人。爱丝美拉达被恶人纠缠上了,从此在劫难逃,最后竟丧失了宝贵的生命。

爱上他的恶人是巴黎圣母院的主教代理克洛德。克洛德自小接受宗教神学教育,自觉遵守教规,远离尘世生活,将自己紧紧裹在道袍中。但当他看到爱丝美拉达出众的美貌、曼妙的舞姿,坚守多年的精神堡垒像触电一样一下子被击垮了,潜伏的情欲像放出囚笼的野兽开始肆意狂奔。他斗胆策划让他的养子卡西魔多出面劫持爱丝美拉达,事败后装没事人儿任凭卡西魔多遭鞭刑。但当他听到国王卫队队长浮比斯要私下约会爱丝美拉达时,强烈的嫉妒心促使他跟踪浮比斯并狠毒地刺杀了浮比斯,然后嫁祸于爱丝美拉达。姑娘无辜被判绞刑。

在监狱中,克洛德向爱丝美拉达倾诉爱情,并以带她离开为条件逼她就范,但是被女孩断然拒绝。在绞刑架上,卡西魔多挺身而出把爱丝美拉达救下藏在巴黎圣母院。熟悉地形的克洛德半夜潜入爱丝美拉达的住室要强暴她。卡西魔多及时赶到阻止了他的罪恶,他恼羞成怒,发誓如果自己得不到她就将她毁灭。之后,克洛德乘乞丐们冲击圣母院时亲自劫持了爱丝美拉达,被认出后他对她发出最后威胁:要她在自己和绞刑架之间做选择。又一次被拒绝后他绝望了,他把女孩交给隐修女看管,自己则去向禁卫军告密,最终导致爱丝美拉达被抓住送上绞刑架。

平心而论,克洛德对爱丝美拉达的爱是痴迷的、强烈的、执着的,这本来应该是女性的荣耀、女性的骄傲,但因为爱丝美拉达不爱他,所以他的爱越是痴迷、强烈、执着,对女孩儿的伤害就越大。

他爱得自私,爱得专制,爱得残忍,最终"爱"死了她。

除了克洛德,贪恋爱丝美拉达美色的还有弓箭队队长浮比斯。此人英俊、轻狂,再加上一身戎装做行头,最容易俘虏年轻女孩子的心。浮比斯知道自己的优势,他充分利用这一优势到处寻找猎艳的对象。他一边和贵族少女谈对象,一边又贪恋爱丝美拉达的美色。在贵族沙龙里,当着一群嫉妒爱丝美拉达的女孩儿,"这位队长欣赏吉普赛姑娘,尤其还孤芳自赏,以大兵那种粗野天真的方式,围着人家转,大献殷勤,反复说道:'凭我的灵魂起誓,真是个漂亮的姑娘!'"这种公然的调情,让天真纯洁未谙世事的爱丝美拉达欣喜异常。她希望得到他的爱,他希望得到她的身。

浮比斯利用女孩的幼稚和对自己的爱,初次见面就提出私下约会的请求。姑娘无法拒绝他的诱惑,欣然答应。在约会中,浮比斯说尽甜蜜蜜的情话,称她是"我生命的天使","我的肉体,我的血液,我的灵魂,全部属于你。我爱你,除了你没爱过别人"。甚至夸张地半跪着发毒誓:"我若不能使您成为天下最幸福的人,那就让大魔鬼尼普图努斯一叉子将我叉死。"(第253页)姑娘没听过如此感人的情话,给个棒槌当针(真)使,哄得姑娘激动地表态即使不能结婚,情愿当他的情妇,供他消遣,供他玩乐,老了给他当奴仆。但浮比斯可没想那么远,他要的是当下,是她的肉体,所以他一边说情话,一边动手动脚解姑娘的衣服。他就是逢场作戏,玩玩拉倒。结果是让跟踪偷窥他们的主教代理克洛德妒火中烧,激怒中刺伤了浮比斯。凶手溜了,爱丝美拉达成了替罪羊。姑娘含冤走上绞刑架时,浮比斯冷眼旁观,任其冤死而不出来为她辩白。其冷血无情,令人发指。

所幸的是,危难之中冒出来一个卡西魔多,全心全意爱着爱丝美拉达,冒着生命危险拼尽全力保护她,可惜的是他超级丑陋的外表吓坏了姑娘。美如天仙的女孩儿,终其一生也没有找到真正值得她爱的人。

人生启悟

一个内外皆美,被誉为"天仙""女神"的女孩子,本应得到世人的呵护,有美满幸福的生活,有让人羡慕的命运,结果却因为自己的美而受尽折磨,苦难重重,直至丢掉性命。理想与现实、期望与结果的巨大反差,不能不让人悲天悯人,扼腕叹息。什么是悲剧?爱丝美拉达的命运就是典型的悲剧,"完美"的悲剧,标本级的悲剧。

那么,为什么不能让一个完美的女孩子同时有一个完美的命运呢?现实层面的原因各有不同,除此之外,还有一个终极层面的原因,那就是通常人们常说的"上帝"。这个"上帝"是加引号的,非基督教堂里敬奉的上帝,而是宇宙规律意义上的上帝。关于这个上帝,作家史铁生在他的著名散文《我与地坛》中追问过,并且给出了回答。

在地坛,史铁生见过一个长得漂亮但却弱智的小姑娘,受尽了流氓无赖街头小混混的欺负。史铁生对此问道:上帝为什么不能把漂亮和聪明都给了小姑娘呢?让漂亮的姑娘弱智,上帝居心何在?——对此,史铁生的思考是:"谁又能把这世界想个明白呢?世上的很多事是不堪说的。你可以抱怨上帝何以要降诸多苦难给这人间,你也可以为消灭种种苦难而奋斗,并为此享有崇高与骄傲,但只要你再多想一步你就会坠入深深的迷茫了:假如世界上没有了苦难,世界还能够存在吗?要是没有愚钝,机智还有什么光荣呢?要是没了丑陋,漂亮又怎么维系自己的幸运?要是没有了恶劣和卑下,善良与高尚又将如何界定自己又如何成为美德呢?"人们渴望消灭所有痛苦和不幸,让所有人一样健康、漂亮、聪慧、高尚,结果会怎样呢?怕是人间的剧目就全要收场了,一个失去差别的世界将是一潭死水,是一块没有感觉没有肥力的沙漠。

史铁生关于苦难、关于存在奥秘的思考,中心是什么?是——"看来差别永远是要有的。看来就只好接受苦难——人类的全部剧目需要它,存在的本身需要它。"史铁生的意思是,苦难之类是存在本身的构成部分,剔除了这一部分就不是存在,于是没有办法,人类只好接受苦难。

顺着史铁生的思路,我们再问一句,人世间难道不能把坏蛋、恶人、小人统统消灭干净吗?回答应该是不能。因为恶人和好人是相伴相随的,没有了恶人,好人也就无所谓好人。这就是存在的秘密,宇宙规律的秘密。

这是一个多么令人悲哀伤心的结论,但再想想,这又是一个多么理智多么透辟的结论。看破了存在的奥秘,理解了苦难和恶人存在的必然性,就释放了、消解了遭受苦难的怨气,就增加了承担苦难、应对苦难的勇气。既然苦难、恶人是宇宙、世界、人生、存在必不可少的组成部分,谁也无法消除,那就别和宇宙规律(存在)闹别扭了,那就坦然平静地接受吧!接受之后再想办法与苦难、与恶人做斗争。

众所周知,雨果是浪漫主义作家。浪漫主义的特点不在写实而在表意。表意就需要凸显矛盾,适当夸张。雨果把爱丝美拉达的悲剧写得如此扎眼,如此刺心,目的就是要唤起读者对美好、善良的珍惜与呵护,唤起对恶人、小人的憎恶与鄙弃,从而培养高尚的道德情操。雨果的目的达到了,《巴黎圣母院》所传达的道德观和价值观,感染着一代又一代的读者。可以相信,只要世界上还存在美与丑、善与恶的斗争,还有恶人和小人,这一经典名著就永远有意义。

克洛德·弗罗洛：可恶可恨的可怜人

克洛德·弗罗洛是《巴黎圣母院》中若萨的主教代理，主教的副手，还是另外两地的首席神甫，管辖一百四十多位乡村本堂神甫。

人物故事

克洛德出身于中等家庭，早在幼年就由父母决定献身神职。他在童稚之年，就被父亲送进神学院，过着隐修学习的生活，在经书和

卡西魔多从刽子手手中救出爱丝美拉达

辞典中长大成人。他生性忧郁，神情庄重，学习勤奋，进步很快。在他看来，人生的唯一目的就是求知，所以十六岁时各方面的神学造诣就已经出类拔萃，之后又博览群书，在其他学科上获得学士、硕士、博士学位，年仅二十岁就得到教廷的嘉惠殊恩，当上了神父，成为圣母院中最年少的教士。

克洛德不仅是优秀的神父，还是饱含亲情的哥哥。十九岁时父母因瘟疫双双去世，给他留下一个尚在摇篮中的小弟弟。他把弟弟抱走，从此大发悲悯之心，对弟弟产生挚爱和献身精神。"这

种亲情发展到特殊的程度,在一颗白璧无瑕的心灵中,这种感情就像初恋一般。"(李玉民译:《巴黎圣母院》,上海译文出版社2007年版,第122页,下引此书只标页码)他对弟弟的关怀无微不至,简直成了一位母亲。"他决心对上帝负责,全身心献给这孩子的前途,决心一辈子不要女人,不要孩子,只保证弟弟的幸福和前程。"(第123页)克洛德对弟弟的亲情让人感动。

克洛德不仅是亲情满满的哥哥,还是普施爱心的善人。年轻时他在路上遇见一个遭人痛恨的弃婴。这孩子身体畸形丑陋,丑得吓人,众人视他为魔鬼。这情景惨不忍睹。看到此克洛德"百感交集,悲悯之心油然而生,就把孩子抱走了"。(第123页)从此既当爹又当娘地把他养大,然后给他找了安身立命的工作——在圣母院敲钟。这孩子就是卡西魔多。

一个年轻的男人(十八九岁)亲手把弟弟和养子两个孩子带大,这要付出多么巨大的辛劳和耐心!同时他还是忠于职守的好神父。也就是说,在遇到爱丝美拉达之前克洛德的生活是平静幸福;心灵是纯净无瑕的;道德是洁白高尚的。无论是作为一个人还是作为神父,他都是可爱的、令人尊敬的。

但是,自从看到在广场上跳舞唱歌的吉普赛女郎爱丝美拉达,克洛德平静幸福的生活被打破了。女孩的美貌和曼妙的舞姿令他头晕目眩,他一直潜伏着的情涛欲海突然掀起了翻天巨浪。他发疯一样爱上了爱丝美拉达,从此食不甘味,夜不安寝,每时每刻都在刻骨铭心地思念她。但限于教士的身份,他不能接触她更不能爱她。万般无奈中他不惜铤而走险,亲自出马和卡西魔多一起在黑夜里强行劫持了爱丝美拉达。就在行动即将成功时被巡逻的国王卫队及时阻止。卡西魔多被逮捕,他却偷偷溜走了。

由于英雄救美的偶然事件,卫队长浮比斯看上了女孩的美色,女孩也爱上了救她的"英雄"。轻狂浮躁的浮比斯一见面就提出私下约会的要求,女孩欣然应允。这次私密约会被克洛德知道了,他妒火中烧,秘密跟踪他们并在激怒中刺杀了浮比斯后逃亡。他逃之夭夭,但无形中把杀人的罪责栽在了无辜的女孩头上。为此,女孩含冤被判绞刑。

爱丝美拉达被劫和被判绞刑,这一切都是克洛德惹的祸。但他不思悔改,不出面为女孩辩诬,反而贼心不死,还想乘人之危逼女孩爱他。深夜里他偷偷地潜入牢房,放下了神父的架子,卸掉了神圣的假面,跪下来用烈焰般的目光死盯着女孩,向她呼喊"我爱你"。黑夜遮掩下他向女孩坦白了他爱她的全过程。

他说自己在遇见她之前是幸福的,但自从看见她之后猛然惊恐得全身战栗,感到自己被"命运"抓住了,被神秘的蛊术控制了,灵魂中本应觉醒的东西全都沉睡了,从此她在他心里生了根,再也逃避不开。"我见到你两次,就想千次万次看见你,时时刻刻看见你。——从这地狱的斜坡上滑下去,又怎么能刹住车呢?——可见,我已经不能自主了。魔鬼用线一头拴住我的翅膀,另一头系在你的脚上。我变得像你一样到处游荡。我在人家大门口守候你,在街角探察你,在我的钟楼上窥视你。每天晚上,我反躬自省,发现自己越发迷恋,越发沮丧,越发中魔,越发堕落啦!"(第280页)

克洛德明明知道自己中魔了,堕落了,但他却控制不住自己在堕落的路上裸奔:"我看见了你的脚,这双脚我愿用一个帝国换取一吻,然后死而无憾,我愿撞碎头颅,死在这脚下而感到无限欢欣。""爱一位女子! 又身为教士! 被她憎恨! 以心灵的全部狂热去爱她,深感为换取她一丝微笑,情愿献出鲜血和生命,情愿牺牲名誉和灵魂,情愿舍弃今生和来世,舍弃永世和永生!"(第282页)克洛德沉痛叙述自己为爱所受的折磨:在漫漫长夜里血脉奔腾,心肠破碎,脑袋炸开,用牙齿咬双手,就像穷凶极恶的打手不停地上刑,在烧红的烤架上,在情思、嫉妒和绝望的念头上备受煎熬!(第282页)

读者听听,这是什么样的爱呀!简直是泣血之爱,索命之爱。这种爱是真实的、深入骨髓的、感人至深的。他如此表白的目的是什么?当然是试图打动姑娘的心,希望姑娘跟他走。他口口声声哀求:姑娘,开恩吧!抚慰我吧!可怜可怜我吧!我是一个可怜的人,我爱你!如果你还有心肝,就不要拒绝我!你若是愿意,我们一起逃走,我们会多么幸福!

克洛德掏心的倾诉和泣血的哀求,如果放在其他女人身上,实在是非常感人的。但在爱丝美拉达听来却并不动心。不是姑娘心太硬,也不是她不识好歹,而是因为"这个魔影一直是她命中的灾星,把她推向一个又一个灾难,直到惨遭酷刑"。她看见他,自己悲惨遭遇的所有细节一一清清楚楚浮现在脑海,心上的一道道创伤重又开裂,一齐流血,所以一看见他立刻痉挛似的尖叫:"又是那个教士啊!"

将一个美丽善良、单纯无辜的姑娘推入死地,然后又向人家表白我如何如何爱你,这种情势,相当于什么?叙述人好有一比:

> 教士则凝视姑娘,那是一副鹞鹰的目光:鹞鹰在高空久久盘旋,围绕着躲在麦地里的一只可怜的云雀,而且不声不响渐渐缩小飞旋的大圈子,然后疾如闪电,突然猛扑下去,一爪抓住惴惴抽动的猎物。
>
> 姑娘低声说道:"结果了吧!结果了吧!最后一击!"她惊恐地把头缩进肩膀里,犹如一只羔羊等着屠夫大锤的打击。

(第277页)

云雀不可能接受鹞鹰的情,羔羊也不可能接受屠夫的爱。鹞鹰对云雀、屠夫对云雀的爱,其实质不是真正的爱,而是占有,是霸占,是吃掉。后者是前者口中的食物。

姑娘理所当然地拒绝了克洛德的爱,于是他的本来面目立马暴露:我如果不能得到你,谁也别想得到你,我立马毁灭你。后来,当姑娘在绞刑架上被卡西魔多藏在圣母院后,克洛德潜入她的卧室试图强奸她。事情败露后他趁广场混战之际把她劫持出去,再次表白再次求爱,并且直接把她拉到绞刑架下,让姑娘在绞刑架和他之间做选择。这是生与死的抉择,倔强的姑娘冷冷地说:"它(绞架)还不像你这么可恶。"这一下,他终于彻底绝望,向国王卫队告发姑娘藏身之地,直接导致爱丝美拉达的死亡。

人生启悟

反思克洛德与爱丝美拉达的命运悲剧,让人唏嘘不已,感慨良多。

平心而论,克洛德作为一个男人,爱上爱丝美拉达这样一个美丽善良纯洁无瑕的姑娘,撇开宗教的因素,是完全可以理解的。正如他自己在向姑娘做最后的表白时所说:"归根结底,一个男人爱上一个女人,这不能怪他!"(第403页)所以,我们不能因为他是教士就剥夺他爱的权利。其次,克洛德对爱丝美拉达的爱不但是真诚的,而且是刻骨铭心、深入骨髓的。整部小说中,以笔者看来,克洛德表达对爱丝美拉达的爱的文字,写得最充沛最有人情味,因而也是最成功最感人的。他的倾诉,字字血声声泪,都出自肺腑,不是像浮比斯那样浮夸瞎编。可以设想,没有真真切切、实实在在的感受是说不出这种语言的。(当然我们知道,这是作者雨果的

想象。笔者猜测雨果有过对女性如此刻骨铭心之爱,否则不会凭空有如此细腻动人的文字)

如此真诚炽热的爱却没有得到相应的回报,从这方面说,克洛德是可怜的、值得同情的。正如他自己对爱丝美拉达说的:"我呀,我爱您。唉!这可是千真万确的。唉!姑娘啊,日日夜夜,真的,日日夜夜都在燃烧,难道这一点也不值得怜悯吗?告诉您,这是日思夜想的一种爱情,是一种痛苦的折磨。——噢!我可怜的小姑娘,我太痛苦啦! ——我敢肯定,这是值得同情的。"他自己认为自己是可怜的、值得同情的,读者也认为他是可怜的、值得同情的。

但同时,他也是可恶可恨的。首先,他的爱是极端自私的,以自我为中心的。他看姑娘长得漂亮就想占有,就千方百计要弄到手,为此不择手段,直至采用极端恶劣的绑架这种流氓无赖手段,实在太卑劣太恶毒了。其次,爱情中的男女双方人格是平等的,是基于双方的感情交流、心灵默契,而不是居高临下的压迫、强迫,乃至逼迫。克洛德的爱是单向的——我爱你,你就必须也爱我。他从来不考虑对方的感受,不考虑对方愿不愿接受。他的爱太强势,太野蛮,太粗暴,就像手拿刀子威胁对方:说,你是不是爱我!这哪还是爱呀,这不是强盗是什么?!再次,尤其不应该的是,在爱情上表现出残忍而邪恶的破坏心理。我想要你,你就必须归我;如果不能为我所有,我就毁灭你。于是他把爱丝美拉达拉到绞刑架前让对方选择:不爱我就让你死。姑娘最终还是不爱他,于是他就告发,把她送上了绝路。

克洛德由虔诚的教士迅疾转化为邪恶的坏蛋,让读者看到他身上神性的脆弱和兽性的顽固。由于爱丝美拉达直到上绞刑架前仍然拒绝克洛德所谓的爱,他绝望中把她送上死亡之路。对于这一结局,他内心其实是痛楚难忍的。他在广场祈祷后一回到圣器室就脱掉法衣,一个人跑到荒野释放心灵的极度痛苦。他洞烛自己的灵魂:"他想到终生侍奉上帝的许愿是多么荒唐,想到守身修德、求知信教是多么虚空,想到上帝又是多么无用,他又满心欢喜地沉溺于邪恶思想中,越陷越深,就感到撒旦在他身上爆发一阵阵狂笑。"(第303—304页)

克洛德对自己的变化也感到吃惊。他曾向爱丝美拉达当面承认自己是"中魔",是"堕落",也感到危险想收手,但就是欲罢不能。他说:"人一旦作恶,就必须干到底,只有疯子才会中途罢手!罪恶的极端就是狂喜。""任何邪念都是执拗顽固的,非要成为事实不可。正是在我自认为无比强大的领域,命运比我更强大。"(第280—281页)克洛德所说的"命运"其实就是他无法战胜的"邪念",就是"兽性"。兽性战胜神性的结果是:"这种腐蚀毒化心灵的爱,转化为绝情仇恨的爱,结果只是把一个送上绞刑架,把另一个引入地狱,她成了绞刑的冤魂,他成了炼狱的恶鬼。"(第304页)

克洛德在爱的深度、强度、烈度上超过了常人,但在恶毒、残忍、野蛮方面也超过了常人。他在爱丝美拉达面前,既卑贱(他说自己不敢吻她的脚,而只敢吻她脚下的土地)又强势,所以他既可怜又可恶,既让人怜悯又让人痛恨。他是一个深度复杂的人,他为我们考察人性提供了好标本,他留下的人生教训,值得后人永远记取。

卡西魔多：纯情无私为爱人

卡西魔多是《巴黎圣母院》中重要人物之一，是主教代理克洛德的养子，圣母院的敲钟人。

人物故事

卡西魔多的命运极为不幸，因为长相极丑——独眼、驼背、罗圈腿，三分像人七分像鬼，周围邻居认为他是怪物，因而遭到痛恨和威胁，生下来就被父母抛弃了。圣母院主教代理克洛德见此情景惨不忍睹，悲悯之心油然而生，毅然把他抱走作为自己的养子将他抚养成人。成人后，克洛德安排他做了圣母院的敲钟人。

对于卡西魔多与克洛德的关系，作品中的比喻是"狗和主人"："卡西魔多觉得义父恩重如山，他深挚而又无限地感激。……对于这位主教代理，卡西魔多既是最忠顺的奴隶、最听话的仆人，也是最警觉的猛犬。在这人世上，他只同两样东西有关系：一是圣母院，一是克洛德·弗罗洛。""主教代理对敲钟人具有无与伦比的支配力量，而敲钟人对主教代理也怀有无与伦比的依恋之情。"（李玉民译：《巴黎圣母院》，上海人民出版社 2007 年版，第 130 页，下引此书只标页码）

因为有这种关系，卡西魔多对克洛德唯命是从。克洛德看上了吉普赛女郎爱丝美拉达，命令他和自己一起劫持她。卡西魔多什么也不问就坚决执行，但在劫持过程中被巡逻队捉住了，而主犯克洛德却逃跑了。卡西魔多被判鞭笞,烈日下被打得遍体鳞伤,饥渴难耐,又受到无聊大众的疯狂嘲笑。他一遍又一遍地呼喊口渴却没人理睬,这时受害者爱丝美拉达不顾众人笑骂,不计前嫌,给他喂水喝。而克洛德看见了却装作没看见,转身走开。这种鲜明的对比,让卡西魔多对他们两个人有了新的认识。

克洛德跟踪浮比斯密会爱丝美拉达,激怒中刺伤浮比斯逃跑,导致姑娘被当作凶手被判绞刑。绞刑架下,卡西魔多以惊人的勇敢和闪电般的身手将姑娘救进圣母院,然后尽心尽意地照顾她。克洛德乘黑夜潜入姑娘房中试图施暴,被卡西魔多发现愤怒地将他赶了出去。事情败露后,克洛德对于不能占有爱丝美拉达死不甘心,于是与诗人格兰古瓦密谋,乘广场混战之际把她劫持出去,再次表白再次求爱,并且直接把她拉到绞刑架下,让姑娘在绞刑架和他之间做选择。当姑娘再次坚决拒绝了他时,彻底绝望的他向国王卫队告发姑娘藏身之地,导致她被杀害。克洛德在巴黎圣母院楼上冷眼观看姑娘被绞死时,卡西魔多怒不可遏,亲手把他推向楼下摔死。

纵观卡西魔多与爱丝美拉达的关系史,让读者感到卡西魔多对后者的爱是最真诚最纯净最无私的。他之所以爱她,她的绝色美貌当然是原因之一,但单是这一条还不足以让他爱得如此之深。因为,外貌美丑的巨大差异会让他自惭形秽,因而不敢接近她。导致他深深地爱上她并冒死拼命保护她的,是她的善良和高贵。试想,一个相貌丑陋的弃儿,无论走到哪儿都被侮辱被嘲笑,从来没有被人尊重过,甚至在被鞭笞求水喝时还被人戏耍扔石头。在极端被人作践侮辱之时,一个被自己伤害过的美丽姑娘当众给他水喝,这种行为让他何等感动!这种行为不仅解除了他口渴的肉体需求,更伟大的意义在于给了他有生以来从来没有得到过的做人的尊严。这种心理上的抚慰,对卡西魔多来说是无比珍贵、胜过生命的。他说:"一点点水、一点点怜悯,这个恩情,我一辈子也报答不完。"(第317页)

爱丝美拉达对卡西魔多的善意是天生的、纯洁的、自然的,所以无比高贵。卡西魔多对此心领神会,感恩戴德,从此深深地爱上了她,并决心拼尽全力当她的保护神。

卡西魔多对爱丝美拉达的保护,除在大庭广众之下冒险把她救入圣母院避难外,更表现于在圣母院中对她的百般呵护。姑娘被他救下时几乎是赤身裸体,他赶紧拿来行善者给她的衣服让她穿上,自己用大手掌遮住眼睛避开。然后取来自己的饭食、铺盖,为她安排好生活。他殷切嘱咐姑娘安心待在教堂里千万别出去,出去就会被杀死,"你要死了我也就不活了"。从这话可知,他已经把她视为自己的生命了。

卡西魔多对爱丝美拉达的呵护,除安排食宿、严加保护外,更感人的是对姑娘心灵无微不至的关怀和尊重。他知道自己长得丑,让她看了害怕,他告诉她:您一眼也别瞧我,只听我说话就行了。为了不让她看见他,他在她睡觉时去看她,等她醒来看见他时他赶紧躲到墙后头去。她于心不忍,呼唤他"过来",因为他耳聋听不见声音只看见她嘴唇翕动,以为是赶他走,于是站起来耷拉着脑袋一瘸一拐痛苦地走开,甚至不敢抬起头望姑娘一眼。姑娘邀他进屋里,他坚持待在门口,他说猫头鹰不能进云雀的窝里。他在她面前谦卑至极。他向她表示,圣母院的钟楼很高,一个人若是掉下去,不等着地就没命了,您什么时候高兴要我跳下去,不用说话,使个眼色就行了。姑娘同情他的不幸,示意让他在她那儿多待一会儿,他立即表示不行,他说:"我在这儿不应该待得太久。您看着我,看得我浑身不自在。您是出于怜悯,才没有转过脸去。我找个待的地方，能看见您，又不叫您看见我，那样好些。"(第 317 页)听听这话，多么温柔细腻，多么情真意切，没有时时处处设身处地为对方着想的心，是决然说不出这话的。况且，还要想到的是，卡西魔多一直被人认为是粗糙野蛮的怪物，他能够说出这样温柔多情、善解人意的话，需要一颗多么真诚、多么纯洁、多么善良无私的心！

当他把她视为自己的生命之时，他就自觉把一颗心放在她身上。他以她的喜怒哀乐为自己的喜怒哀乐，为了让她高兴，他愿意尽最大努力为她服务。姑娘藏身的小屋上方有个雕像怪吓人的，她曾多次在卡西魔多面前表露过。一天早上，她忽然发现那雕像不见了，卡西魔多趁她熟睡时敲掉了。她知道，一直攀登到雕像那里，无疑是冒着生命危险的。为了更好地照顾爱丝美拉达，他送给她一个哨子，只要她一吹他就会出现在她身边，他像忠实的保镖一样守护在她身边。

爱丝美拉达天真幼稚，拙于识人，一直迷恋于花花公子般的军人浮比斯。她思念他，想和他相见，卡西魔多自告奋勇前去为她寻找她的梦中情人。为此卡西魔多在浮比斯出入的贵族府邸等了一天一夜，好不容易才等到他时，他对于爱丝美拉达想见他的要求根本不予理睬，还用鞭子抽打卡西魔多。卡西魔多强忍着，为了不让爱丝美拉达伤心难过，他没有告诉她实情，只说没有找到他，为此还受到心爱的姑娘的责骂。虽然遭受误解也绝不辩解，由此可见他对她忠心、贴心到了何种程度。他愿为她牺牲自己的一切，包括自己的生命，所以当乞丐王国的人冲入圣母院时，他以为那些人是来捉拿女孩的，他拼死和他们搏斗，唯一支撑他的念头就是不能让自己心爱的女孩落入他们手中。当爱丝美拉达终于被绞死后，他伤心欲绝，找到埋葬她的山洞，紧紧拥抱着她的尸体，和她死在了一起。活着的时候因自己长得丑,自卑地感觉不配和她在一起,如今她死了,没有这一顾虑了,所以义无反顾地随她而去。到天国再去陪伴她,照顾她,为她服务,让她幸福。

人生启悟

综观卡西魔多对爱丝美拉达的爱情,可以看出几个特点。首先是深明大义,明辨是非。克洛德是他的义父,亲手把他养大,给他找到安定职业,对他可谓恩重如山。他对义父也是唯命是从,绝不打半点折扣。但当他发现义父就是造成姑娘一切无妄之灾的罪魁祸首时,这才看清了义父的真面目。大义所在,恩怨分明,所以他决绝地把克洛德送上死路,让他得到应有的惩罚。

其次,与克洛德对爱丝美拉达的爱不同,克洛德有的只是肉欲之爱,而卡西魔多对她的爱是高贵的纯情之爱。克洛德心心念念执着追求的只是肉体的占有。他自己曾向姑娘承认随着年龄的增长性欲的力量也随之膨胀,每当看到女人从身边经过肉体就冲动起来。他还承认自从见到爱丝美拉达就再也忘不掉她的身影:"总是在夜间梦里感到你的身形在我的肉体上滑来滑去,由此,我渴望再次见到你,触摸你";"天啊!爱她的双脚、她的手臂、她的肩膀,想她那蓝色的脉络、棕色肌肤乃至通宵不眠,在斗室的地上打滚呻吟"。(第280、282页)即使在刑场上他为她做临终祈祷时,"爱丝美拉达还是发现,他的目光闪烁着淫欲、嫉妒和渴念的神色,饱览她这几乎赤裸的身体"。(第298页)与之相反,卡西魔多从来没有想过肉体的占有,他把她视为天神,心中唯一的欲念就是呵护她、爱护她,必要时拼出老命来保护她。

再次,卡西魔多对爱丝美拉达的爱,只有付出和奉献而不求回报。他愿为她做她喜欢的一切事,即使被错怪了,他也不愿意惹她伤心,全部痛苦都由他一人忍受。卡西魔多的生活远离女性,没有和女人相处的任何经验,但只要有了一颗真诚爱护的心,就能处处站在对方立场为对方着想,就能做到无微不至。他为她所做的一切都是为了让她高兴,她高兴了他就高兴。对他来说,能为她付出和奉献而她又愿意接受是一种幸福。

总之,雨果通过几个男人对爱丝美拉达的爱的对比,传达出他的价值观和爱情观:真正的爱情应该是纯洁无私的,是一心为对方着想,是人格的尊重、感情的付出而不是专注于肉体的占有。雨果还告诉我们,衡量人的美丑,重要的不在身份、地位与外表而在内心,内心的美才是真正的美。卡西魔多虽然外形丑陋,但是他的内心与其他几个男人相比是善良的、高贵的,因而也是美丽的。相反,浮比斯外表英俊但内心丑恶,他对女人只是玩弄而没有尊重。(遗憾的是爱丝美拉达竟然没有看破他)克洛德身份高贵,但虚伪透顶,极度自私和冷酷,对美丽女性一心想的只是肉体的占有,而从来没有想过理解她、尊重她,而是自己得不到就毁灭她。雨果的上述思想曾借助卡西魔多唱给爱丝美拉达的歌加以表现:"不要看面孔,姑娘,要看心。英俊少年的心往往长成畸形。有些人的心中留不住爱情。松柏不好看,不像杨柳那么娇艳,但是冬天松柏叶常青。"(第325页)

雨果所表达的人生观和价值观,至今仍然有意义,而且在人类文明的长河中,会有永恒的价值与意义。

于连：社会需要高度警惕极端利己主义野心家

《红与黑》插图

于连是法国著名作家司汤达的名著《红与黑》中的主人公，是一个野心勃勃的人物。

《红与黑》是司汤达的代表作，是公认为开创了19世纪法国现实主义小说先河的经典名著。作品发表时不被重视，后来却受到世界各国读者的普遍欢迎，由此步入世界名著行列，至今仍是最受文学爱好者欢迎的文学读物之一，而且可以肯定，其不朽价值将随历史流传下去。

人物故事

《红与黑》的故事围绕主人公于连展开。于连是法国小城维里埃尔一家小锯木厂厂主的儿子，凭着聪明才智，被市长聘为家庭教师。其间，与市长德·雷纳尔的夫人产生恋情，事情败露后由神父介绍其进了省城神学院。神学院里派系斗争复杂龌龊，聪明过人的于连遭受打击和排挤，后经神学院院长举荐，到巴黎给保王党中坚人物德·拉莫尔侯爵当私人秘书，很快得到赏识和重用。与此同时，于连与侯爵女儿玛蒂尔德恋爱并私下结为夫妻。侯爵极为愤怒，遂调查于连的历史。在教会的策划下，市长夫人被逼写了一封告密信揭发他，使他飞黄腾达的梦想瞬间化为泡影。于连在极度愤怒狂躁中开枪击伤市长夫人，而后拒绝众人的营救，拒绝忏悔，终被判处死刑。

读《红与黑》，读者印象最深的是，作品成功塑造了于连这一典型人物形象，《红与黑》靠于连而经久不衰。那么于连究竟是一个什么样的人，他能给我们现代人带来什么启发呢？

说到于连，人们首先想到的第一个形容词就是野心。这首先是因为作者在提到于连时经常用"野心"一词来描述他。于连出身微贱，但聪明过人，少年时就有出人头地的决心，做过无数有关英雄、伟人的美梦。他渴望像拿破仑那样凭借战功年纪轻轻就成为显赫的将军。然而生不逢时，封建王朝的复辟堵死了平民的上升之路，平民上升的唯一途径就是献身上帝，当手握重权的主教。于是于连把人生目标又设定为当主教。这就是于连的所谓野心。

将军或主教并非贵族的专利，中国古代尚且有"王侯将相宁有种乎"的观念，更何况于连时代的法国已经经过"自由、平等"思想的启蒙。所以平民想当将军或主教，毫无疑问具有正当性与合理性。如果把这种愿望叫作野心的话，那么这种意义上的野心可以理解，不含贬义，应该加上引号。

具体到于连来说，他属于法国大革命以后成长起来的一代知识青年，在王政复辟时期，是被排斥在政权之外的中小资产阶级"才智之士"的代表，这类人受过资产阶级革命的熏陶，为拿破仑的丰功伟绩所鼓舞,早在心目中粉碎了封建等级的权威,而将个人才智视为分配社会权力的唯一合理依据。他们大都雄心勃勃,精力旺盛,在智力与毅力上大大优越于在惰怠虚荣环境中长大的贵族青年,只是由于出身微贱,便处在受人轻视的仆役地位。对自身地位的不满,激起这个阶层对社会的憎恨;对荣誉和财富的渴望,又引诱他们投入上流社会的角斗场。这就是说,平民想当将军或主教是他们的权利,在当时的社会背景下,客观效果上是反抗贵族特权,破除社会不公,推动社会进步的动力,是合乎时代潮流的力量。由此看,于连的野心具有正当性与进步性。

但是,就其主观动机来说,于连没有为社会、为大众服务的意识,于连的野心完全是为个人一己之私。他想当将军是要出人头地,成为众人仰望的明星,从而摆脱卑贱的社会地位,让虚荣心得到满足;他想当主教是因为主教既有权又有钱。时代变迁,既然不能再"红"(当将军),那就转而投"黑"(穿上主教的道袍),于是不顾一切地走上为实现野心而拼搏之路。

由于缺乏公共意识,纯为一己之私,所以于连的野心让人感到可怕。他明明白白地说:"在我们称为生活的这片自私自利的沙漠里,人人都为自己。"(《郝运译,上海译文出版社1990年版,第307页,下引此书只注页码)这就是于连的人生观!这其实是法国版的"人不为己,天诛地灭",典型的自我中心主义、利己主义。

在作品中,我们看到诸多对于于连利己主义的描写。在市长家,他为了显示自己的勇气,显示对贵妇人的征服,完全不顾善良的雷纳尔夫人处境的危险与精神的恐惧,直接通知她某天凌晨两点他要到她卧房去。离开神学院到巴黎前,他想会见雷纳尔夫人,再次不顾她的处境,无视她面临的巨大风险,于众人环伺之下在她卧房待了一天一夜。总之,于连在采取行动的时候,首先考虑的是自己而完全不顾及对他人可能造成的伤害,是彻底的自我中心主义(利己主义)者。

于连因出身卑微,一生仇恨贵族,仇恨特权,但是一旦有机会,他便会充分利用特权为自己谋利。于连在侯爵府当秘书,得到主人赏识,他感到自己在主人面前有了面子,胆子比以前大了,于是立马向侯爵为自己的父亲和熟人谋取职位。当他发现自己把事情做错时,他对自己的莽撞感到惊讶,但他立刻对自己说:"这算不了什么,如果我要发迹,还得干出许许多多不公正的事才行,而且还得善于用富有感情的漂亮话来掩饰它们。"(第263—264页)

于连和雷纳尔夫人

请看,这还没有掌权呢!仅仅是利用主子赏识自己这点面子,就开始为亲朋好友谋利,知道错了也不改正,而且公然承认自己有权后还会干更多坏事,干完再用漂亮话掩饰。如此无耻不是和恶魔一样吗?他本来极力反对特权,但自己稍有机会便利用特权。反对和利用都是为自己。

在侯爵客厅,有一次于连和人谈到大革命时期杀人的事情,他毫不隐讳地说:"要达到目的,就得不择手段;如果我不是一个微不足道的人,而是有几分权力的话,我会为了救四个人的生命而绞死三个人。"说这话时,"他那双眼睛显露出坚定的信念和对世人毫无价值的见解的藐视"。(第279页)好家伙,于连的心残忍得让人毛骨悚然。

人生启悟

中国老百姓说,谁变蝎子谁蜇人;《红楼梦》中说孙绍祖,子系中山狼,得志便猖狂;鲁迅说,一阔脸就变。于连就是这种人。这种人极端自私,野心越大,对社会的危害越大。于连如果掌权,肯定是无恶不作的贪官,危害社会的恶官。所以,社会需高度警惕于连这种极端利己主义的野心家。这种意义上的"野心"就是不折不扣的恶念。

于连死了,但在他身上曾有过的思想、欲望、情感、心绪并没有死,而是在一代又一代的人身上相接相续。从这个意义上说,于连永远不会死。

我们这样说是有现实根据的。因为,无论哪个时代,社会上的人总是分为不同层次的。身处下层的人,尤其是有知识、有能力的年轻人,总是不希望社会阶层固化,总是想通过自己的努力上升到高端阶层去。这种情形,剥掉具体的社会历史内容,就其愿望而言和于连相通。

身处下层的人想通过努力交流、上升到上层,从而改变自己的命运,这一愿望是合理的、正当的。一个健康的社会,应该始终保持社会阶层互相交流变动的渠道畅通。从这个角度说,有于连那样的愿望,完全可以理解。但是,同时需要提醒的是,于连式极端利己主义的野心也是要不得的。后来者要引以为戒,认真汲取于连的教训,避免重蹈他的覆辙。当人们为占领高端而拼命时,往往会忘乎所以,不顾一切,最容易误入歧途,等到发现时悔之晚矣。所以,提前听一听于连野心破灭后的反思,是十分必要的。

葛朗台：心理变态的大财迷

葛朗台老头是巴尔扎克的名著《欧也妮·葛朗台》中的主人公。

人物故事

葛朗台本是个箍桶匠，后来成为法国索漠城最有钱、最有名的商人。索漠城盛产葡萄酒，因此，酒桶的市价一直比较高。1789年大革命时，葛朗台已经是个富裕的箍桶匠了。他粗识文墨，能写会算，四十岁时娶了一位富翁（有钱的木板商）的女儿；买下了区里最好的葡萄园；他承包了革命军用的葡萄酒供应，大捞了一笔钱。拿破仑执政时期，他当上区长，还得到拿破仑颁发的荣誉团十字章。后来他又从丈母、外婆、外公处得到三笔遗产，成为州里首屈一指的暴发户。

葛朗台精明狡猾，他搞投机买卖，从不失败，区里人人都吃过他的亏。他做木桶生意，预计得"像天文学家一样准确"。论起他的发财本领，叙述人对他的描述是："葛朗台先生是只老虎，是条

《欧也妮·葛朗台》插图

巨蟒:他会躺在那里,蹲在那里,把俘虏打量半天再扑上去,张开血盆大口的钱袋,倒进大堆的金银,然后安安宁宁地去睡觉,好像一条蛇吃饱了东西,不动声色,冷静非凡,什么事情都按部就班的。"在做交易时,他讨价还价,装口吃,把对方弄得晕头转向而陷入他的圈套,结果是让别人上当,他得便宜。

这位赫赫有名的富翁除以阴狠冷酷的手段贪婪地捞钱之外,腰缠万贯的他,有一个极为突出的特点:吝啬,或者说财迷。

葛朗台家的生活极为寒酸:餐桌上从来都是粗茶淡饭,从来不买肉和蔬菜,这一切全由佃农送来,面包也由女仆去做。他亲自安排一天的伙食。为了不浪费每个金币,为了省钱,除购买十分必要的生活用品外,他对家中一切开支都非常吝啬,每天都要仔细考虑后才拿出全家要吃的几块方糖、几块黄油、一条面包,连多用一块糖、多点一根蜡烛也不许可。为了节俭,每年十一月中旬前不许在屋里烤火,冬天还没过去就要求把火熄掉。

葛朗台家中只有妻子、女儿欧也妮和仆人拿侬。老葛朗台对待太太就像使唤奴隶一样,毫无感情可言。太太和女儿也像女工一样劳作。就这样,葛朗台平时还要克扣女儿和妻子的零用钱。全家的衣服都由妻子、女儿缝制。女儿已二十三岁了,葛朗台从来没有想过她出嫁的事,因为他害怕女儿带走他的财产。女儿想替母亲绣一方桃花领,也只能用睡眠的时间,还得找借口骗取父亲的蜡烛。葛朗台太太尽管给丈夫带来三十万法郎的遗产,而丈夫给她的零用钱,每次从不超过六法郎。

欧也妮是家中唯一的孩子。葛朗台为表示对女儿的疼爱,每年她生日时都咬着牙送她一枚金币,然后交代她千万别乱花,要一分一分地攒起来。有一次,欧也妮母女正在欣赏查理赠送的首饰盒,恰好被葛朗台撞见了。他看到首饰盒上的金子,眼睛里发出亮光,把身子一纵,向首饰盒扑去,"好似一头老虎扑上一个睡着的婴儿"。他把首饰盒抓在手里,准备用刀子把金子挖下来。欧也妮急了,她声称如果父亲敢碰盒上的金子,她便用这把刀子自杀。父女争执起来。直到葛朗台的妻子晕过去,他才住手。

葛朗台家里的所有杂务全由女仆拿侬包办,她忠心耿耿,任劳任怨。原因是在她穷困之际,葛朗台雇用了她,毫不嫌她丑陋。她"像一条忠心的狗一样保护主人的财产"。她身躯高大,像个掷弹兵,雄赳赳的脸上生满了疣。拿侬在葛朗台家当牛做马三十五年了,每年也只有六十法郎的工资。

葛朗台的弟弟破了产,请求他做儿子查理的监护人,希望他资助一笔钱让查理外出闯荡,葛朗台老头左思右想舍不得出钱。查理为父亲的自杀哭得死去活来,全家人都跟着哭,而老头却说"这孩子没出息,把人看得比钱还重"。女儿欧也妮出于同情,将自己的私房钱偷偷给了查理,老头知道后像被割了心头肉一样难受,一怒之下把女儿关进屋里,只准给凉水和面包。他的暴怒吓得妻子大病不起。有人告诉他,他妻子一死财产要重新登记,女儿将继承母亲的遗产。老头这才害怕起来,决定向女儿屈服,巴结她,诱哄她,以便牢牢抓住几百万家财。

葛朗台的妻子长年患病,没有过上一天好日子。妻子死后,老头儿马上要女儿放弃继承母亲的遗产,只让她保留财产的虚有权;女儿对此一点也不懂,就在文件上签了字,老头这才放了心,紧紧拥抱女儿说:"你给了我生路,我有了命了;不过这是你把欠我的还了我:咱们两讫了。这才叫做公平交易。人生就是一件交易。"

老年的葛朗台患了疯瘫症,不得不让女儿了解财产管理的秘密。他不能走动,但坐在转椅里亲自指挥女儿把一袋袋的钱秘密堆好。贮藏室的钥匙他贴身放着,当女儿将钥匙交还他时,他把它藏在背心口袋里,不时用手抚摸着。临死前,他要女儿把黄金摆在桌面上,他一直用眼睛盯着,好像一个才知道观看的孩子一般。他说:"这样好叫我心里暖和!"神甫来给他做临终法事,把一个镀金的十字架送到他唇边亲吻,葛朗台见到金子,便做出一个骇人的姿势,想把它抓到手。这一下挣扎便要了他的命。临终前他最恋恋不舍的不是唯一的亲人——女儿,而是他终生积攒的财富。他唤欧也妮前来,对她说:"把一切照顾得好好的!到那边来向我交账!"然后怀着蚀骨的遗憾撒手人寰,他死后留下的财产是一千七百万法郎。一千七百万,在那时可真不是个小数目。

如此富得流油,又如此尖酸抠门儿,巨大的反差让人感到荒唐可笑,不可思议。无法用正常人的心理去衡量,只能说他心理变态,性格扭曲。他已经没有正常人的思维,没有正常人的感情,已经异化成为另类的人,俗称"神经病"。

人生启悟

从艺术创作角度看,巴尔扎克是将某种性格、某种心态、某种情结夸张了、强化了。正因为夸张、强化,才让葛朗台老头走出芸芸众生而成了典型形象,进入世界文学典型人物的画廊。葛朗台已经成为贪婪、吝啬、财迷的化身。当人们说起这类人时,人们立刻想到的艺术符号便是葛朗台。

类似葛朗台老头这种为金钱而疯狂的人,在当时(乃至于以后不同时代)的社会上,在巴尔扎克所创造的艺术世界(《人间喜剧》)里比比皆是。在小说《夏倍上校》里,巴尔扎克借助于律师但尔维之口,揭示了拜金主义者的普遍性:"我亲眼看到一个父亲给了两个女儿每年四万法郎进款,结果自己死在一个阁楼上,不名一文,那些女儿理都没理他!我也看到烧毁遗嘱;看到做母亲的剥削儿女,做丈夫的偷盗妻子,做老婆的利用丈夫对她的爱情来杀死丈夫,使他们发疯或者变成白痴,为了要跟情人消消停停过一辈子。我也看到一些女人有心教儿子吃喝嫖赌,促短寿命,好让她的私生子多得一份家私。我看到的简直说不尽,因为我看到很多为法律治不了的万恶的事情。总而言之,凡是小说家自以为凭空造出来的丑史,和事实相比之下真是差得太远了。"

巴尔扎克笔下的这批人,大多是疯狂的拜金族。他们一心想的是金钱,除金钱之外,看不到任何东西;除了发财的快乐,体验不到任何幸福。这批人"执迷"的是金钱,与此相类,其他人执迷的,除金钱之外,可能还有权势、地位、名誉、美色等。总之,人之所欲者皆可以成为"执迷"的对象,都可以让人失去自我,乃至于发疯。

葛朗台老头的形象之所以典型,就因为其具有极广泛的代表性和普遍性。读者稍加思索就不难发现,19世纪欧洲文学作品,不,在全人类各个时期的所有作品中,像这样执迷地追求个人欲望满足的人不是比比皆是吗?滚滚红尘,芸芸众生,大多如此。有所区别的不过是执迷的程度深些或浅些,意志的力量强些或弱些,行动的力度大些或小些罢了。

拉斯蒂涅：被虚荣浮华勾魂的大学生

拉斯蒂涅

拉斯蒂涅是巴尔扎克小说《高老头》中的人物。作品虽然以"高老头"命名，但贯穿小说始终的中心人物却是拉斯蒂涅。拉斯蒂涅不但是贯穿《高老头》的中心人物，由于他后来反复出现在巴尔扎克其他小说中，所以也可以说他是贯穿整个《人间喜剧》的主要人物。如此频繁地出现在自己不同作品中，由他来穿针引线，引发故事，结构情节，由此可见作者对这一人物的重视，也由此可见解读这一人物对于理解巴尔扎克作品的重要性。

本文只以《高老头》为限，谈谈对拉斯蒂涅的理解，以期从他的人生经历中汲取有助当下的人生教益。

人生故事

拉斯蒂涅出身于法国南方破落贵族家庭。家里有父母、两个弟弟两个妹妹，还有一个除了养老金别无财产的老姑母。家里收入微薄,全家节衣缩食供他到巴黎上大学,希望他将来能够重振家业。小说开始的时候,他二十一岁,是个热情且具才气的青年,聪明帅气,抱着发家致富、步步高升的想法在巴黎学法律。大学第一年学业不重,他有大量时间观赏、体验巴黎纸醉金迷的繁华生活。歌厅舞厅戏剧院,他无处不入。"一样一样地入门以后,他就脱了壳,扩大眼界,终于体会到社会的各阶层是怎样交错起来的。大太阳的日子,在天野大道上辐辏成行的车马,他刚会欣赏,跟着就眼红了。"(傅雷译:《高老头》,人民文学出版社1963年版,第25页,下引此书只注页码)

暑假回故乡,他看到家里贫寒窘迫,处处不得不俭省节约的习惯,和他在巴黎所见到的生活形成鲜明对比。对比给拉斯蒂涅以强烈刺激,从而使他对于权位的欲望与出人头地的志愿,加强了十倍。怎么办?像一切有志气的人一样,他先是想没头没脑地用功,发誓靠自己的本领去拼前程。可是,他马上又意识到这样做前途渺茫,恐怕靠不住,于是又感到应酬交际的必要,发觉女子对社会生活影响极大,突然想投身上流社会,去征服几个可以做他后台的妇女。

年轻的拉斯蒂涅面临人生道路的选择,要么刻苦用功走普通人的路,要么攀附权贵走上层路线往上爬。第一条路艰难渺茫,第二条路简捷便利,相比之下,他当然愿意选择第二条路。拉斯蒂涅从自己姑母处知道有一位远房表姐鲍赛昂子爵夫人,她是巴黎社交界的明星,多少人以能在她府上露脸为荣。姑母写了封信给他,让他回巴黎后把信寄出去,几天后夫人寄来舞会请帖。自此,拉斯蒂涅走上了攀附贵族的爬坡之路。

鲍赛昂子爵夫人当时被情人抛弃,正伤心欲绝,对于拉斯蒂涅的到来她不理不睬。但拉斯蒂涅表示愿意跪在她的裙下,愿为她出生入死，即使杀人也在所不惜。他的忠心获得了贵夫人的好感，她表示愿助他一臂之力，引他进入贵族社会。她开诚布公地向他传授处世的"秘诀"："社会又卑鄙又残忍……你得以牙还牙对付这个社会。你想成功吗？我帮你。你可以测量出来，女人堕落到什么田地，男人虚荣到什么田地。……你越没有心肝，越高升得快。你得毫不留情地打击人家，叫人家怕你。只能把男男女女当做驿马。把它们骑得精疲力尽，到了站上丢下来；这样你就能到达欲望的最高峰。"（第70页）她让拉斯蒂涅隐藏起自己真实的想法，要善于作假，并让他在巴黎找个出人头地的年轻漂亮有钱的女人作幌子。由于她认为金钱的力量无比强大，就怂恿拉斯蒂涅去勾引有钱的纽沁根太太，作为他上爬的跳板。她说："你能爱她就爱她，不能爱她利用她也好。"鲍赛昂子爵夫人把他带入社交界，并告诉他："社会不过是傻子跟骗子的集团。你别做傻子，也别做骗子。"（第71页）就这样，鲍赛昂子爵夫人给拉斯蒂涅上了如何混世的第一课，成为他向上爬的第一个领路人。

拉斯蒂涅从鲍赛昂子爵夫人豪华的府上回到肮脏破旧的伏盖公寓，环境强烈的对比更刺激了他的欲望。要在上流社会厮混，就需要钱，而他自己却是一无所有的穷学生，怎么办？无奈之中，他只好分别写信向最亲爱的母亲和妹妹求助。他告诉她们，贵夫人答应提拔他，为交际应酬需要钱，将来是青云直上还是留在泥里就在此一举，拿了这笔钱他将上阵开仗。拉斯蒂涅要求的这笔钱对于收入微薄的家庭来说是不小的数目，对于妹妹们来说，她们只有更微不足道的私蓄。他想到母亲的为难和妹妹们的牺牲，心中不忍，不由得落下几滴眼泪。这说明拉斯蒂涅心中亲情尚在，"还没有忘记做儿子做兄弟的本分"。但是，与梦想中的虚荣相比，顾不得这些了，他觉得自己的"前程"更要紧。

拉斯蒂涅拿家里的血汗钱为自己置办了一身价值不菲的行头,从此开始频繁出入社交界。和他同住伏盖公寓的逃犯伏脱冷,目光锐利,一眼看出拉斯蒂涅不顾一切向上爬的内心秘密。他想把拉斯蒂涅拉为同伙,但他也深知年轻人和他不是一路人,不会轻易就范。为了拿下拉斯蒂涅,让他成为自己攫取不义之财的工具,伏脱冷从多方面对他进行"劝降"。

　　首先,伏脱冷为他分析"前途"。一心想出人头地,想当一个法官,这条路根本就走不通。大学毕业最多到一个小地方当代理检察官,一个月一千法郎薪水,到三十岁薪水会涨到一千二百法郎。混得好,有靠山,到四十岁可以竞争首席检察官。但是全法国只有二十个首席检察官的空缺,而候补的有两万人。或者,拉斯蒂涅也可以选择当律师,但这条路更辛苦。伏脱冷说,你数数看,五十岁左右每年挣五万法郎以上的律师,巴黎有没有五个?一席话说得拉斯蒂涅如梦初醒。

　　其次,伏脱冷向他灌输自己的人生观和社会观。他开导拉斯蒂涅:巴黎人打天下,不是靠天才的光芒,就是靠腐蚀的本领。"在这个人堆里,不像炮弹一般轰进去,就得像瘟疫一般钻进去。清白老实一无用处。"社会上到处都是坏蛋,无所谓正人君子,正人君子是大众的公敌。社会"跟厨房一样腥臭。要捞油水就不要怕弄脏手。只消事后洗干净。今日所谓的道德,不过是这一点。世界一向是这样的。道德家永远改变不了它"。(第95页)"世界上没有原则,只有世故;没有法律,只有时势;高明的人同世故跟时势打成一片,任意支配。""要向上爬,势必你吞我、我吞你,像一个瓶中的许多蜘蛛。"(第98页)

　　再次,伏脱冷针对拉斯蒂涅缺钱,为他设计了具体的捞钱计划。他指引拉斯蒂涅去色诱泰伊番小姐。泰伊番小姐的父亲是个大银行家,在大革命时代谋财害命,为了保存财产,把全部财产传给儿子,把女儿赶出了家。伏脱冷建议他们两个合作,由拉斯蒂涅去追求泰伊番小姐,他设法去弄死她的哥哥。这样,泰伊番小姐就有一百万家财陪嫁了。如若事成,伏脱冷索要二十万法郎作为报酬。

伏脱冷的"劝降"分析得头头是道,捞钱计划具体可行,拉斯蒂涅听得有点动心,但却明确拒绝了他。不为别的,就因为他良心未泯,道德感尚在。不过,虽然嘴上拒绝了他,但伏脱冷的话还是在他心里引起剧烈的动荡。他的内心在正邪两道上痛苦地挣扎:"忠于德行,就是做一个伟大的殉道者!每个人都相信德行,可是谁是有德行的?我的青春还像明净无云的蓝天,可是巴望富贵,不就是决定扯谎,屈膝,在地下爬,逢迎吹拍,处处作假吗?不就是心甘情愿听那般扯过谎,屈过膝,在地下爬的人使唤吗?要加入他们的帮口,先得侍候他们。呸!那不行。我要规规矩矩、清清白白地用功,夜以继日地用功,凭劳力来挣我的财产。这是求富贵最慢的路,但我每天可以问心无愧地上床。白璧无瑕,像百合一样纯洁,将来回顾一生的时候,岂不挺美?我跟人生,还像一个青年和他的未婚妻一样新鲜。"(第101页)

正邪搏斗中的拉斯蒂涅,理智上倾向于让"正"的一面占上风,可是,内心深处对于荣耀、金钱等虚荣东西的向往却在不依不饶地纠缠他。他承认自己越想越糊涂,最后决定什么也不想,听凭感情的指导。(第101页)

决定权一旦交给感情,行为的天平就一下子向现实利益、向虚荣的目标倾斜。

拉斯蒂涅虽不敢接受伏脱冷的建议,但他的话已深深印在了他的心里。之后他看见泰伊番小姐,就有个声音在耳边回响:"八十万,八十万……"金钱的力量招引他走以牙还牙,以不道德对不道德,不择手段的极端利己主义的道路。拉斯蒂涅既然要不顾一切向上爬,必然要按他们的话去做。他先去追求纽沁根太太,发现她没有财权(她的陪嫁被丈夫控制着)。他发现计划落了空,眼看着自己没有钱,没有前途,便又想起了伏脱冷的计划,转而追求泰伊番小姐。但就在这时,伏脱冷被捕了。拉斯蒂涅只好再去追求纽沁根太太,因为他不想冒触犯法律的危险。

因为伏脱冷的"教导"、引诱,应该说伏脱冷是拉斯蒂涅混世的第二个领路人。而使他终于走出摇摆状态,走出心灵挣扎,义无反顾地要和"社会"搏斗的,是和他同住伏盖公寓的高里奥老头。这样说并不是说高老头像鲍赛昂子爵夫人和伏脱冷那样对拉斯蒂涅有过什么"教导",而是他的悲惨命运使拉斯蒂涅对于社会、人心的真相有了更深的了解,绝望之中他终于下决心与社会一拼。

高老头是做面粉生意的商人,大革命时期搞粮食投机发了大财,拥有二百万法郎家产,后来又当了巴黎的区长。妻子死后他把爱完全彻底地倾注于两个女儿身上。他精挑细选择良婿,大女儿嫁了侯爵,小女儿嫁了银行家,出嫁时每人陪嫁八十万法郎。两个女儿财产被丈夫所控制,但在社交场上却挥金如土,一掷千金,手里没钱时就来向父亲讨要。为了满足女儿的要求,高老头花光了所有积蓄直至一无所有。即使这样,也换不来女儿的孝心,老人临死前两个女儿以各种理由拒绝探望。最后,老人在条件极为简陋的伏盖公寓凄惨死去,死时只有拉斯蒂涅和另一个大学生在侧。高老头的死对拉斯蒂涅是一个极大的刺激,他从老人的命运中看穿了这个世态炎凉的社会,对于人与人之间的所谓正义、亲情、友善等不再抱有任何幻想,于是抱定决心以一个挑战者的姿态杀进上流社会的角斗场。在埋葬了高老头之后,《高老头》的结尾有一段富有诗意和画面感的描写：

> 拉斯蒂涅一个人在公墓内向高处走了几步，远眺巴黎，只见巴黎蜿蜒曲折地躺在塞纳河两岸，慢慢地亮起灯火。他的欲火炎炎的眼睛停在杜姆广场和安伐里特宫的穹窿之间。那便是他不胜向往的上流社会的区域。面对这个热闹的蜂房，他射了一眼，好像恨不得把其中的甘蜜一口吸尽。同时他气概非凡地说了句："现在咱们俩来拼一拼吧！"（第253页）

果然，经过几番拼杀、搏斗之后，当读者在巴尔扎克其他作品中再见到这位青年时，他已经混出个人样来，在暗黑的浊流中已经如鱼得水了。

人生启悟

走出《高老头》回望拉斯蒂涅的成长经历，让人感慨良多。拉斯蒂涅从一个清纯朴实的外省青年蜕变为义无反顾与社会搏斗的野心家，原因多多，概括起来，不外乎内外两种。

从内因说，他的性格渴慕虚荣，极易受到诱惑。拉斯蒂涅出身低微，虽然他的家庭也是贵族，但早已破落，沦落到贫苦大众的行列。未到巴黎前，他本来是个清纯朴实的青年，但是，来到现代都市后，上流社会奢侈浮华，纸醉金迷的生活让他开了眼界，见了世面，引发出羡慕嫉妒的虚荣心，勾引出他跻身其中的野心，给了他不顾一切向上爬的原始动力。

从外因说，贫富悬殊、善恶易位、是非颠倒、物欲横流，有钱就有一切，"我是流氓我怕谁"，越胆大无耻活得越得意的社会现实，等于是无字教科书，都给他以怎样活的人生启示。再加上鲍赛昂子爵夫人、伏脱冷的"教导",从现实到理论,触动了他的灵魂,改变了他的人生观和价值观,给了他走出清纯,投身社会,与污浊随波逐流的决心。

一个人,尤其是年轻的时候,身处低位羡慕他人、虚荣可以理解,因为这是人性的弱点,普遍的人性弱点。这时候如果得到良好的教育,教之以正确的人生观和价值观,识破虚荣的本质,自会获得精神抵抗力。拉斯蒂涅从小耳濡目染,无意识中也得到过这种教育,内心也有这种正能量。如,他原本打算靠发奋读书改变命运,靠正派做人奔前程;还有,每当他遇到诱惑的时候,他内心也有迷茫与挣扎,也有良心的抗争与呼喊。只不过这种力量微弱,远没有黑暗势力强大,所以一步一步地在挣扎中放弃抵抗,最终出卖灵魂,屈膝投降。

由此可知,要想避免重蹈拉斯蒂涅的覆辙,首先要坚守正确的人生观和价值观,对一切虚荣的诱惑具有清醒的识别力和自觉的抵抗力。但是,单靠个人的主观力量是远远不够的,把拉斯蒂涅的投降全都归因于他个人的弱点也是不公平的。拉斯蒂涅被拖下水,很明显,污浊的社会现实负有巨大的责任。对于渺小的个人来说,社会是个体量巨大的庞然大物,它由纵横交错、盘根错节、层层叠叠的网络所构成。在这里,黑红相间,真善美与假恶丑交相混合,谁也没法把它洗白了,过滤了,提纯了。社会力量之强大,往往使个人身不由己地被裹挟着往前走。人在成长过程中,永远面临着虚荣的诱惑,面临着真善美与假恶丑的斗争。从某种意义上说,人就是在与假恶丑的斗争中磨炼和成长的。为了帮助青年人健康成长,社会一定要给力,一定要用干净、纯洁、阳光、正义的力量给青年人以引导,以支持。

高老头：被金钱毒害的父女关系

高老头即巴尔扎克同名小说《高老头》中的高里奥，是巴尔扎克塑造的一系列富有典型意义的人物形象之一。在巴尔扎克众多小说中，《高老头》与《欧也妮·葛朗台》在中国最为著名，影响也最深远。高老头和葛朗台两个老头，在喜欢外国文学的读者中，几乎无人不知。

《高老头》插图

人物故事

高老头是做面粉生意的商人，大革命时期通过投机大捞了一笔钱，成为远近闻名的富翁。在作品中出现的时候，他已经六十九岁，在六年前关闭了生意，住到了伏盖公寓。高老头最早每年交一千二百法郎的膳宿费，他衣着讲究，每天还请理发师来给他梳头发，连鼻烟匣都是金的，算得上公寓里最体面的房客，人们尊称他高里奥先生。寡妇老板娘伏盖太太还向他搔首弄姿，试图让他娶了她。但他不受诱惑，把全部的爱都倾注于两个女儿身上。第二年，为了省钱，高老头要求换次等房间，整个冬天不生火，膳宿费也减为九百法郎。大家感到不理解,把他当作"恶癖、无耻、低能所产生的最神秘的人物"。两个贵夫人常来找他,人们以为他有艳遇,高老头告诉大家,那是他的女儿。第三年,高老头又要求换到最低等的房间,每月房钱降为四十五法郎,同时戒了鼻烟,打发了理发匠,金刚钻、金烟匣、金链条等饰物也不见了。人也越来越瘦,看上去活像一个可怜虫。

大家不理解的高老头之谜后来被拉斯蒂涅揭开了。拉斯蒂涅是从外地来巴黎读大学的青年,通过在上流社会里游走,他弄明白了侯爵夫人雷斯多太太是高里奥的大女儿,银行家纽沁根太太是高里奥的小女儿;一个是贵族夫人,一个是资产阶级阔太太。高老头的妻子死后,他把整个心都放在两个女儿身上,为她们的幸福愿倾其所有。出嫁时,他给她们每人八十万法郎作为陪嫁。他以为女儿嫁了体面人家,自己便可以受到尊重、奉承。哪知不到两年,女婿竟把他当作要不得的下流东西,把他赶出家门。高老头为了获得他们的好感,忍痛出卖了店铺,将钱一分为二给了两个女儿,自己则搬进了伏盖公寓。

高老头父爱无疆。他把女儿当天使,乐于牺牲自己来满足她们的种种奢望。为了女儿的体面,他歇了生意,只身住进公寓;为了替女儿还债,他典当了金银器皿和亡妻的遗物,出让了养老金,弄得身无分文;最后,仍然是为了给女儿弄钱,他竟想去偷、去抢、去替人家服兵役、去卖命、去杀人放火,去洒尽自己最后一滴血。总之,为了女儿,高老头无所不做。如,当他得知拉斯蒂涅爱自己的小女儿,竟卖掉自己的生活必需品购买了一幢小楼供他们幽会。

父亲用生命爱女儿,可是女儿们呢?当他有钱时,女儿围着他撒娇;当他手中还有一点年金时,女儿经常来看望。为什么看望呢?为了要钱。即使在他一无所有时,他的大女儿雷斯多夫人还来哭着告诉父亲：她的丈夫用她卖掉了项链的钱去为情人还债，现在她的财产已差不多全部被夺走，她要父亲给她一万二千法郎去救她的情夫。小女儿看不下去，与她吵起嘴来，高老头爱莫能助，急得晕了过去，患了初期中风。

高老头患病期间，小女儿没来看他一次，她关心的是自己即将参加盼望已久的鲍赛昂子爵夫人的舞会；大女儿来过一次，但不是来看父亲的病情，而是要父亲为她支付欠裁缝的一千法郎定钱。高老头被逼得付出了最后一文钱，致使中风猛烈发作。可怜的高老头快断气了，他还盼望着两个女儿能来见他一面。眼看着女儿的确不来时，他哀叹着："倘若我有钱，倘若我留着家私，没有把财产给她们，她们就会来了，会把她们的亲吻来舐我的脸！""所有的爱都被我对她们用尽了，她们对我不能再有爱了。做父亲的应该永远有钱，应该笼络儿女，像对付狡猾的马一样。"他怨恨自己："一切都是我的错，是我纵容她们把我踩在脚下的。"拉斯蒂涅差人去请他的两个女儿，两个女儿推三阻四都不来。老人每只眼中冒出一颗泪珠，滚在鲜红的眼皮边上，长叹一声，说："唉，爱了一辈子的女儿，到头来反给女儿遗弃！"

眼看着亲闺女不来料理高老头的丧事，无奈，只有拉斯蒂涅和皮安训张罗高老头入殓。两个女儿、女婿只派了两驾空车跟在灵柩后面。棺木是皮安训向医院廉价买来的，丧葬费由拉斯蒂涅卖掉金表支付。一个有钱的富翁，极为凄凉地离开了他所挚爱但只认他的钱的亲闺女。

人生启悟

纵观高老头的一生，让人心里酸楚沉重。一个父亲，对女儿一个劲地付出、付出、付出，奉献、奉献、奉献，直至从身家几百万的富翁到一无所有;而女儿们呢？只知享受、享受、享受、索取、索取、索取，直到父亲一无所有了还在索取。这二者的反差也太大,太荒谬,太离谱,太有违人之常情了吧！这种情况,在现实生活中如果不是绝无仅有,至少也是比较少见的。但巴尔扎克为什么这么写呢？

从创作角度看,笔者以为,这是作者有意对现实生活作了大幅度的夸张——如果夸张小了,不能有效引起读者的注意。夸张是为了艺术效果,结果,作者的目的达到了。触目惊心的荒谬反差让读者看到了故事发生的时代里,金钱对社会生活的腐蚀,对世间最宝贵的人伦感情的毒害。金钱像霉菌一般充斥于社会、人心的各个角落,招引出人性中最阴暗、邪恶的那一面。

中国有句俗语——兴啥啥不丑。因为人人都为金钱而活,所以高老头的女儿们只认金钱不认老爸,也就不以为丑,不以为耻。从这个意义上说,是充斥社会的金钱崇拜害死了高老头。

金钱,是快乐之源,也是痛苦之源;是活力之源,也是罪恶之源。巴尔扎克看到了金钱的魔力,对金钱的罪恶做了前所未有的控诉。巴尔扎克对金钱的揭露和批判,使他的作品具有无可替代的认识价值(对此,马克思、恩格斯都作过高度肯定),至今仍给我们以深刻的启示,让我们感受其永恒的艺术魅力。

换个角度看,高老头的悲剧,他自己也有责任。高老头没有文化,只知认钱。大革命时期人们都在关心政治关心社会,而他在浑水摸鱼,做投机生意赚大钱。在他这里,人生的最大意义就是赚钱。对于他来说,钱就是爹就是爷就是神,正如他自己说的:"钱是性命,有了钱就有了一切。"有这样视钱如命的老爸,怎么会没有视钱如命的女儿?！女儿是老爸的血脉,也是老爸的影子和镜子。在金钱至上的价值观下,有钱就是幸福,能尽情娱乐,尽情吃喝嫖赌,这就是幸福。在他们眼里只有物质没有精神,只有低级享受而不知高级享受,只有自己而无他人。在这样的人面前,你怎么能指望他们表现得有点人样呢?!从这个意义上说,是金钱至上、金钱崇拜的人生观和价值观害了高老头的女儿们,最终也害死了他自己。

高老头的人生教训还让我们联想到对孩子的教育问题。因为高老头自己没有文化,不知道人生除金钱等物质享受之外还有比这更重要的东西,所以他当然不知道对孩子进行正面的人生观和价值观方面的教育。精神价值的缺失,势必为物欲、金钱的入侵提供空间。不过,这道理是高老头无法理解的,所以他为此付出惨重代价也是势所难免的。

吕西安:在充满诱惑的人世间迷失自我的年轻人

吕西安是巴尔扎克的名著《幻灭》中的主人公。吕西安也像今天在北上广深等大城市漂泊的年轻人一样漂在巴黎。正因为他曾是蜗居巴黎的小蚁族,所以他一路拼搏一路迷惑于梦想幻灭的心路历程直至更值得今天的年轻人思考和借鉴。

巴尔扎克

人物故事

吕西安出身于小城贫民家庭,为了生存,母亲受雇伺候病人,妹妹为人洗衣,全家靠母女俩微薄的收入和一点房租勉强度日。一家人尽量节俭,把不多的钱几乎全花在吕西安身上。吕西安风华正茂,酷爱诗歌,擅长写作,长相俊美,人见人爱。他的性格,叙述人的介绍是:轻浮,莽撞,勇敢,好幻想,爱冒险,地位低下但自命不凡。(《幻灭》,人民文学出版社 1978 年版,第 22 页,下引此书只注页码)他羡慕奢侈浮华的贵族生活,一心一意想到贵族世界闯一闯。就在这个时候,他的美貌和才华引起了贵妇人巴日东太太的青睐,二人一拍即合,产生了所谓的爱情。后来,他们的私情曝露,巴日东太太为避风头到巴黎投靠亲友。吕西安一贫如洗,但由于抵抗不了"成功"的诱惑,终于携全家所有积蓄,跟着巴日东太太到了巴黎。

在巴黎,吕西安无依无靠,想投靠贵族却受尽屈辱,无奈只得住进了穷苦青年聚居的拉丁区。在这里,青年们不怕穷苦,朝气蓬勃,充满自信而自得其乐。刚到这里的吕西安行动拘谨,拼命用功。白天在图书馆刻苦读书,晚上回到阴冷潮湿的房间专心致志地写作。他过着纯洁无邪的生活,视娱乐和消遣为邪念。一旦偷懒,立刻想到家人,家人像护身神一样守护着他的纯洁,日子过得艰苦而充实。

在拉丁区,他遇到了立身处事完全相反的两种人。一种是"小团体"的代表大丹士,一种是在报界混得如鱼得水的罗斯多。两种人完全不同的人生观和价值观给了吕西安完全不同的影响。

吕西安生活艰难,成功之路遥远,他想投身热闹且容易成功的新闻界,但他的想法遭到"小团体"朋友们的批评。所谓"小团体",是一群生活艰苦、情操高尚、志趣相投的青年学子自发形成的友谊团体,全是好学、严肃、有前途的人。这批人物质方面的极端穷苦和精神方面的巨大财富成为奇怪的对比,污浊的生存环境和他们之间纯洁的友谊形成巨大的反差。吕西安对这批朋友无比佩服,为自己能够被他们接纳而感到幸福。

对于吕西安的想法,朋友们直言不讳地表示反对。他们认为报界是一个地狱,干的全是欺诈骗人的勾当,你闯进去就休想清白地走出来。朋友们担心他抵御不了恶劣风气的诱惑。朋友们苦口婆心地劝他耐住寂寞做学问,告诉他天才就是要有耐性,要有超人的意志。

就在吕西安犹豫不决之时碰上了报馆记者罗斯多。罗同吕一样也是从外省漂流到巴黎谋生的穷青年,而且和吕一样渴慕光荣、权势,受着金钱的吸引。罗本来也想靠文学写作打开一条门路,但却遭到惨败。因此对于吕想通过文学写作扬名文坛的想法,罗认为幼稚可笑。罗痛心地告诉吕:我本是好人,心地纯洁,当初到巴黎的时候热爱艺术追求光荣,抱着许多幻想,后来发现完全不切实际,为生活所迫才投身报界,报界虽然黑暗但却容易成功。他劝吕到报界闯一闯。

罗斯多这番话让他深为震撼。但受着贫穷的煎熬和野心的煽动的吕西安已经顾不了那么多,此刻,哪怕前面是地狱,他也非跳下去不可。

随后,罗带吕去拜访出版界大亨道利阿,在那里他进一步了解了这里的内幕。成百上千的作家消耗生命,为之坐到深更半夜,绞尽脑汁建造起来的精神大厦,在出版商眼里不过是一桩桩赚钱或赔钱的生意。书店老板只管你的书好销不好销,而不管其他。而且越是好书越不好销,做真正的艺术家就必须准备长期受冷落。况且即使是好书出版之后还必须有人捧,这就让评论家、报纸操纵了作家和书的命运,作家要向评论家和报纸屈膝点头。吕西安认识到了这一切现象的实质:"整个的谜只要一个字就可道破,就是钱!"(第251页)吕感到孤独无依,要想成名必须尽快挤进这个社会,必须学会利用这个社会既定的游戏规则,于是下决心投身新闻界。

就这样,吕下海了,在罗斯多的引荐下他与报馆签订了合同,等同于签下了卖身契。在报馆,他看到这里是一个不折不扣的灵魂交易所,报纸利用人的隐私大敲竹杠,报馆老板无学识无才能,居然靠别人代写的文章当上一份副刊的主编。这里没有真实的新闻,没有责任和良心,是"贩卖思想的妓院"。一桩桩见不得人的勾当让吕开了眼界。他的灵魂麻木起来,开始在报界翻手为云,覆手为雨,信口雌黄。以吕西安的才华,只要卖掉灵魂,没有什么做不到的,所以很快在新闻界大出风头,把一个美丽的女演员养为情妇,开始过起奢侈浮华的生活。他不忘旧日仇恨,利用报纸攻击抛弃他的情人和情敌,上流社会对他恨之入骨。

为了收服风头正健的吕西安,贵族社会以贵族头衔为诱饵拉拢他投靠保王党。跻身贵族是吕西安朝思暮想的美梦,于是他举手投降,转投于贵族门下,从此卷入党派之间的恶斗,成为政治斗争的打手。等到吕失去进步党支持之时,贵族突然变脸,再次把他遗弃,让他里外不是人,成为谁也瞧不起的一条狗。失去了依附的社会势力,经济上也断了来源,奢侈生活无法维持,情妇于困苦中死去,吕西安重又变得一贫如洗。在巴黎待不下去,只得灰溜溜返回家乡。

在家乡,妹夫一家靠小印刷厂过着安分守己的日子,他们倾其所有供吕西安出去闯荡,但他不但没能使他们幸福,反而把全家拖入无边的苦海。吕在巴黎曾冒用妹夫之名签了三千法郎的期票,为此妹夫负债被起诉,没有办法,只好躲起来。吕西安眼看着自己给家人带来了深重灾难而无力救助,痛苦万分,企图以自杀了结这走投无路的人生。恰在这时,他遇上了化装成西班牙教士的伏脱冷。

伏脱冷,一个老于世故、深谙社会秘密的混世魔王,一眼看破吕西安的幼稚与天真。他劝吕不要急于轻生,要振作精神继续活下去。为了活得更好,在社会的战场上一定要不择手段,不讲道德,充分利用有权有势的人,等爬上去了再甩掉他们。为了利益可以忘恩负义,不讲情面,阴狠无比……总之,伏脱冷教给吕西安一套完整的"厚黑学"。

这一套说教冷酷自私,骇人听闻,然而无一不切中社会要害,无一不符合生活实际。这正是一切恶人成功的秘诀。吕西安说,这不是强盗理论吗?!伏脱冷承认是,但认为这不是自己的发明,而是一切暴发户的理论,一切所谓成功者的理论,是他们不说在口中却在行动中奉行的理论。伏脱冷的话挑动了吕西安的心弦,他结合自己的人生经历,深感伏氏的话有道理,以前自己的失败全是因为不够卑鄙,不够毒辣,不够心狠。于是,"吕西安重新看到了巴黎,当初因手段笨拙而放下的缰绳又拿在手里了,他想报复了!"(第613页)

就这样,接受了伏脱冷教诲的吕西安,彻底洗去了少年时的幻想,消除了以前的幼稚和单纯,埋葬了最后一点羞恶之心,重又点起了征服社会的野心。他奉伏脱冷为"上帝派给他的保护神",在伏氏人生哲学的指导下,重回巴黎旧战场。

人生启悟

回望吕西安的人生经历,我们思绪翻腾,感慨万千。吕由一个充满理想的追梦青年最后沦落为不顾一切博取名利的野心家,其中原因相当复杂。导致他走向堕落的某些原因,有当时社会的特殊性,但排除这些特殊性因素,认真反思一下他走向"幻灭"的人生轨迹,发现有许多值得今人认真思考的人生启示。

我国青年大多熟知作家柳青的一段名言:人生的路是漫长的,但最关键的却只有几步。以此反观吕西安,他的人生之路也有最关键的几步,让我们看看他是怎样走过来的。

第一步:未踏入社会之前

未踏入社会之前的吕西安热情好学,才华出众,对人生充满幻想,尤其是在受到贵妇人赏识之后。但他也珍惜朴实温馨的家庭生活。摆在他面前的有两条路,一条辉煌耀眼,充满诱惑与艰险;一条安稳踏实,平平淡淡,默默无闻。吕选择了第一条,是对,是错,难以评说!也许我们可以说这选择是一个错误,但这是一个可以理解可以原谅的错误。请看一看生活吧,面对诱惑和艰险,哪一个青年不想搏一下呢?!

怀着美梦踏入社会的吕西安还没踩上贵族的门槛就被抛弃了,他受尽屈辱,不得不回归社会最底层从头做起。

第二步:在社会底层

这时候,吕西安的路应该怎么走呢?他又来到一个人生的十字路口上。摆在面前的又是两条路,即"小团体"的路和罗斯多的路。

"小团体"的代表人物大丹士告诉他,一个人要伟大就要坚守灵魂的高贵,在顽强努力中耐心等待,准备迎接各式各样的考验。罗斯多告诉吕个人苦斗的艰难和绝望,告诉他新闻界里的种种偷巧和实惠。这是完全不同的两条路:一边是高贵的精神,一边是现实的利益;一边是清白的灵魂,一边是压不住的情欲。二者不可兼得,怎么办?这又是一次严肃的选择和考验。经不住诱惑的吕西安选择了后者。

第三步:失败后

在社会的污泥中拼搏失败后又是一个十字路口。在这一十字路口上,或者总结教训,调整人生航向,走一条全新的路;或者心有不甘,认为自己的失败是因为还不够黑不够恶,为了报复,转而以恶对恶以黑吃黑,更彻底地出卖良心——"我是流氓我怕谁"。

在这一次人生选择中,吕西安选择了后者。他奉伏脱冷为精神导师,开始了新一轮的人生征战,曾一度跻身上流社会,最后阴谋败露被捕,在狱中自杀身亡,以彻底失败而告终。

吕西安失败了,败得很惨很彻底。我们可以说他败于不切实际的幻想,败于不可遏止的虚荣心,败于意志的薄弱、道德的沉沦,也可以说他败于社会的复杂与黑暗,败于人心的险恶与卑劣,更可以说他败于二者的交互作用。对于他的惨败,我们既感受到他的活该又对他充满同情。他是害人者也是受害者,他痛恨社会的水脏,但由于他的搅和使社会之水更脏。

巴尔扎克写《幻灭》,主观意图是清醒的、明确的:一是为时代画像,二是给当时及后来在巴黎奋斗(或者说挣扎)的青年人提个醒。在《幻灭》第二部(《外省大人物在巴黎》)初版序言里,巴尔扎克明确地说,塑造吕西安这一人物的目的,是想让人们从中可以学到这样一个道理:"要得到高贵而纯洁的名声,坚忍不拔和正直可能比才气更为必不可少。"(第433页)

吕西安走了,他所生存于其中的时代和社会也一去不返了。但"一去不返"的只是表层,而主宰那个时代和社会的人性和人的欲望还在,那个时代和社会的某些"人间喜剧"还在重演;具体到个人,吕西安的灵魂还在,他那躁动不安或者说充满活力充满欲望的个性还在,还在一代代的后来人身上活着。那么,后来人能从吕西安身上反思点什么,从而注意点什么吗?

卡斯塔涅：经历穷奢极欲后的空虚才知道灵魂生活的高贵

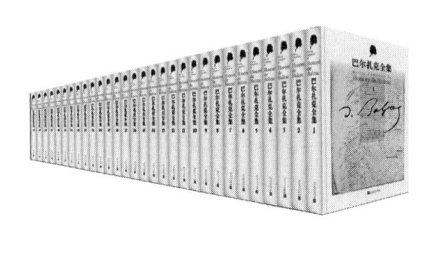

卡斯塔涅是巴尔扎克小说《改邪归正的梅莫特》中的主人公。《改邪归正的梅莫特》是巴尔扎克艺术殿堂里一部不大著名的中篇小说，但却是体现他人生观的一篇

《巴尔扎克全集》

重要作品。作者把它归在"哲理研究"部分，说明这是一篇讨论人生哲理的作品。

人物故事

军人出身的银行出纳员卡斯塔涅，多年来谨小慎微，忠于职守，深得老板的信任。卡氏家有妻子，却又养了一位年轻貌美的情妇。他极其宠爱这个女人，为了让她过上奢侈浮华的生活，他花尽了所有积蓄后又大量借债，最后不得不铤而走险利用职务犯罪：模仿行长笔迹签下几张信用证，准备带情妇出逃国外。他深知这是一桩严重的犯罪行为，内心感到惶恐不安。

正当他提心吊胆之时，魔幻人物——约翰·梅莫特——神秘地出现在他面前。梅莫特原为作家麦图林的小说《漫游者梅莫特》中的人物，他曾把灵魂出卖给魔鬼从而使自己变为魔鬼。巴尔扎克小说中的梅莫特出卖灵魂后得到了他所期望得到的一切,但很快又厌倦了这一切,他想恢复自己原来的身份,为此必须收买一个人的灵魂,让他变为魔鬼来接替自己的位置。他看到困境中的卡氏为了贪婪的物欲情欲,正准备犯罪,或者说正准备出卖灵魂。这是一个极好的时机。梅找到卡,首先向他炫耀自己神奇的魔力,说自己有能耐让卡氏永远享乐并赐给他幸福。为了让卡氏屈服,梅威胁已经掌握了他的罪行。梅施展魔法让他看到情妇对他的无耻背叛,看到银行老板和警察正在策划抓捕他,看到他怎样被判二十年监禁并戴上镣铐。等卡氏万分惊恐时梅又向他许诺,只要愿意出卖灵魂,就可以为他抹掉一切犯罪的痕迹,黄金就可以滚滚流进他的腰包,前提条件是同意和自己交换位置。

面对严重的威胁和巨大的诱惑,卡同意接受梅的条件应该是情理之中的事。于是,二人互相易位,梅"改邪归正"还原为人,卡出卖灵魂变为魔鬼。

变成魔鬼后的卡斯塔涅立刻面目全非:脸色铁青,像梅莫特那样又凶狠又冷酷,眼中射出阴森森的目光,憨厚的姿态变得专横而高傲。他对情妇说,我把灵魂卖给他,我感到我已不是原来的自己,他要走了我的本质,把他的给了我。从此,卡变得无所不知,无所不能。

既然买到了可以随心所欲享福的权力,就要充分利用它。他首先拿这一权力用来满足口腹之欲。他举办宴会漫无节制,穷奢极侈。他好比一个浪荡公子正在欢度最后一个节日,对什么都不加珍惜。他利用手中权力尽可能地享受着他能想到的各种享受,然而尽情享受的结果却没有给他带来预期的快感。——"他的味觉曾经变得异常敏感,在饱食过度时突然麻木。他对珍馐和美女已完全腻烦,觉得毫无乐趣可言,既不想吃,也不想再爱了。""过去认为等于一切的东西,如今等于没有。"也就是说,一切来得太容易,一切变得没意思;过去他无限渴求的财富和权力,如今对他已毫无意义。他掌握了随时获得幸福的最高权力,却为此权力而深感忧郁。总之,他对获得的一切厌倦了,他和他的前辈魔鬼梅莫特一样,产生了乐极生悲的感觉。他"突然发现人性的空虚,因为随着无限的魔力而来的便是虚无"。

怎样摆脱"有"的过剩或者说"虚无"的困扰呢?途径是重新回归于"无",重新向往"无"追求"无"。现实中的一切已丧失了吸引力,于是"他憧憬某种无边的东西,地球已不能满足。他明显而绝望地感到有个光明的区域,他整日想展翅飞越过去。他内心焦躁,那些无法吃喝的东西强烈地吸引着他,使他又饥又渴"。

到了这一步,卡斯塔涅才理解了梅莫特为什么面孔干枯嘴唇血红,因为他有渴求——渴求自己所没有的东西。因为已经被逐出了天堂所以梅莫特特别向往天堂,于是迫不及待地与自己交换身份,让自己做了他的替身。梅莫特的做法让卡斯塔涅深受启发。既然他是因为收买了自己的灵魂而走向天国的,那么何不像他那样也找一个替身呢?于是他来到证券交易所,那里聚满了欲火中烧两眼冒火随时准备出卖灵魂的人。在这里,像梅收买自己那样卡很快做成一笔交易,让别人当了魔鬼而自己也"改邪归正"了。

人生启悟

不用说,小说的故事情节是魔幻的、荒诞的,然而其中所蕴含的道理却源于生活,是真实的、深刻的。

那么,巴尔扎克想要表达的哲理是什么呢?

身处资本主义迅猛发展、生存竞争日趋激烈、物欲横流、道德沦丧的社会,巴尔扎克看到了太多太多出卖灵魂而"成功"的暴发户。这些人在物质享受方面穷奢极欲,然而这就是真的幸福吗?巴尔扎克认为未必。幸福绝不像金钱"英雄"们所理解的那么简单。为此,他写下了《改邪归正的梅莫特》,提出了他对幸福的理解,其实也就是他的劝世之言。

作品中的梅莫特和卡斯塔涅有着共同的心灵发展轨迹:为满足贪欲而沉沦犯罪(出卖灵魂变为魔鬼)——得到期望得到的一切——厌倦已得到的一切——渴望通过忏悔赎回灵魂(改邪归正,重新做人)。

得到了渴望得到的一切而后又厌弃它,想方设法摆脱它,这是真实的吗?这是不是有点矫情呢?这是日常生活中一般人都会有的疑问。因为普通人的人生欲望没有得到过全部满足,总是处于"渴望"状态中,所以对"厌倦"感到不可理解,这是人生世情的常态。如果故事仅仅停留于这一层面,那么就只好承认追求欲望满足是合理的,看不出其中的荒诞,所以巴尔扎克打破生活常态,引进一个魔鬼,让故事在"心理实验"中进行,让启示在"心理实验"中完成。

在"心理实验"中,厌倦得到的一切,厌倦随心所欲的生活,不但是可能的,而且是必然的,因为它以深刻的哲学规律为根据,符合生活和心灵的辩证法。

生活和心灵的辩证法告诉我们,幸福不是一种纯粹客观的状态,没有可以量化的外在标准,主要表现为一种主观的心理体验。没钱的人感到有钱买东西就是幸福,但亿万富翁因什么都可以得到所以连购物欲都没有;乞丐感到有东西吃就是幸福,皇帝想吃什么有什么但却什么也吃不下。总之,正如小说中所描写的,享尽快乐等于没有快乐;占有一切则一切都失去意义。幸福表现为一种满足感,而满足感是以缺憾为前提的,没有了缺憾的衬照,就无所谓满足,也无所谓幸福。这就是"乐极生悲"的内在机制。这里的心理路线图是:不满足寻求满足,太满足导致麻木,转而又寻求不满足。人类永远走在"不满足—满足—不满足—"这一循环往复的路途上。看来,物欲的满足其实也是一个"围城":城外的人想冲进去,城里的人想冲出来。

透过物欲满足的"围城",我们领悟到物欲满足和精神生活的悖论关系:物欲不能满足时急于出卖灵魂,出卖灵魂换来了物欲的满足,同时也换来了精神的痛苦,因而又急于赎回灵魂。看来,贪婪的物欲与高贵的灵魂生活无法共存,前者是后者的大敌,要想保持高贵的灵魂,必须抑制贪婪的物欲。

通过物欲满足的"围城",作者还让我们对于"幸福"有了更深一层的理解:幸福绝不仅仅是物欲的满足,更主要的是精神的享受;单纯的物质占有往往导致精神上的痛苦。在魔鬼眼里,所谓幸福仅仅是情欲的放纵,物质的占有,所以每当欲火中烧之时往往不顾一切地出卖灵魂,视灵魂为利害交易的筹码。卡氏如此,他的后继者亦如此。

然而,灵魂是这样一种东西:当你拥有它时觉得它可有可无,当你失去它时觉得它无比宝贵。例如变成魔鬼后的卡氏,知道女人唾手可得、会顺从他任何任性的要求时,"他就极端渴望一种真正的爱,希望她们比实际上更钟情一些";作为魔鬼已经谈不上信仰与祈祷,然而此时他渴望的正是"信仰和祈祷这两种起安慰作用的动人的爱"。他因为失去了天堂,因而愈加向往天堂。他的前辈梅莫特也一样。改邪归正后的梅氏,临死时他的脸上"由于信仰而显得崇高。灵魂仿佛从每个毛孔渗出,光彩照人,用无限仁慈的感情暖人心房",正是精神的渴求让他们恢复为人。

卡斯塔涅的经历显示人性是复杂的:有向恶的一面,也有向善的一面;有追求物欲的一面,也有追求精神的一面。人和动物的区别在于精神的需求,因而人渴望赎回曾经出卖的灵魂,回归心灵的安宁。

　　巴尔扎克关于物欲与灵魂关系的思考,至今仍有着迫切的现实意义。

瓦朗坦:"你的心愿须用你的生命来抵偿"

《驴皮记》插图

人生而有欲而且渴望得到满足,当一无所有时千方百计想占有,而且想占有一切,恨不得占有全世界。可是当他占有了一切时又怎样呢?巴尔扎克的表意性长篇小说《驴皮记》讨论了这一问题。

人物故事

小说主人公拉法埃尔·瓦朗坦是一个聪明好学、虚荣心极强、渴望拥有一切而又一无所有的青年。他借住于巴黎一间肮脏而简陋的小阁楼里,过着极为穷困潦倒而又紧张勤奋的隐居生活。他决心通过潜心研究与写作获得文名,从而挤进上流社会,得到他所希望得到的一切。然而这谈何容易!

正当他困窘异常、一筹莫展之时,具有丰富混世经验的拉斯蒂涅挖苦嘲笑了他的生活方式,鼓励他参加社交活动,掌握社会诀窍为自己谋取利益,启发他挥金如土及时行乐,怂恿他像江湖骗子那样去冒险。瓦朗坦经不住这番诱惑,随后就开始了他在上流社会追求虚荣、追求奢华、追求纵欲的混世生活。他混迹于挥金如土的豪门贵族之中,用维持最低生活水平的钱去赌博,去追求冷酷自私的贵妇人,出入于舞厅妓馆。但因为他缺少混世的起码条件——金钱,所以他一败涂地,最后竟至于走投无路打算投塞纳河结束生命。

　　正当他要投河之时,一个类似于中国神仙式的人物——百岁老人古董商来了。老人看出他欲火中烧却一无所有,提出给他一张驴皮(驴皮是一个"灵符",相当于中国的"宝葫芦"),说这张驴皮可以满足他的一切欲望,但是有一个条件,这条件即印在驴皮上的神秘文句:

>　　你如果占有我,你就占有一切。但你的生命将属
>于我。这是神的意旨。希望吧,你的愿望将
>　　得到满足。但你的心愿须用你的生命来
>　　抵偿。你的生命就在这里。每当你
>　　　的欲望实现一次,我就相应地
>　　　缩小,恰如你在世的日子。
>　　　你要我吗?要就拿去。
>　　　　神会允许你。但
>　　　　　愿如此!

　　这里的条件很简单:要想占有一切,必须以生命作抵偿。这是一个非常残酷的条件,它尖锐地凸显了"占有"(得)与"失去"(失)之间的深刻矛盾。然而对于一心想纵欲享乐的瓦朗坦来说,这一切全顾不得了。他想在青春时刻享尽一切荣华富贵:"我需要在最后的一次拥抱中把天上人间的一切快乐都享受一番,然后死去。"用现在流行的时髦话说即"过把瘾就死"。他勇敢地接受了驴皮,他同命运签订了契约。

从此，瓦朗坦开始一步步地占有他所需要的一切：先是一笔从天而降的横财——六百万法郎的遗产，然后是奢侈浮华的豪宅，完美无缺的爱情……人所能想到的享受在他这里应有尽有。为了对瓦朗坦的纵欲生活有些许的感性了解，让我们一睹他的豪华盛宴吧！先看餐厅布置："所有的房间铺陈的无非是丝绸和黄金，华丽的烛台上燃着无数的蜡烛，使得金色柱头的最细微的地方，铜器上精致的雕镂和木器的富丽堂皇的颜色更加光彩夺目。优美的竹制花架上摆着名贵的盆花，散发着阵阵馨香。这里的一切，甚至帷幔之类，都有一种毫不夸张的典雅气氛"；再看筵席陈列："桌布像新降的白雪那么洁白，桌上整齐对称地排列着餐具，每份餐具旁边堆着金黄色的小面包。水晶杯不断反射出彩虹般的星光，银烛高照，烛光交相辉映，盛在银盘里，用圆盖罩住的各色佳肴，既刺激食欲，又引起人们的好奇心。……波尔多的白葡萄酒，勃艮第的红葡萄酒，完全是王宫的气派。"总之，人间所能有的他都有，他在人间过上了天堂才有的生活。

然而，当他尽情享受这一切好东西时，眼看着驴皮一点点地在缩小，也就是自己的生命一点点地在逝去，瓦朗坦感到了恐惧。于是瓦朗坦开始节制自己的欲望，后来干脆回避一切欲望，对于过去曾渴求的东西连想都不去想，以至于连"您愿意吗？你要吗？你想要吗？"这类词句都不让用，连行善的愿望也不敢有。他离开了物欲横流的城市，来到了山野田园，试图过一种像植物界一样恬静的生活。严格的禁欲生活加上精神的折磨使他憔悴干枯，面色苍白，虚弱无力，几近于一具活尸。这种生活其实已不叫"生活"，而等同于死亡。这是违背人的天性的，这同样让瓦朗坦痛苦万分。最后，他终于无法控制对于心上人的爱情，在爱欲的喷发中死于情人的怀抱里。

人生启悟

瓦朗坦以自己的生命证实了"驴皮"的灵验,也就是以自己的命运证明了"占有"其实也是一个围城:一无所有时千方百计想占有,而占有(这个)的同时就意味着失去(那个),占有就是失去,甚至是失去更宝贵的。为了不失去因而不敢再占有,乃至于千方百计逃避占有,放弃占有,这就是"占有"的围城。

瓦朗坦的人生轨迹,以笔者看来,体现了作者巴尔扎克的人生体验。巴尔扎克也曾经像瓦朗坦一样是个想依靠写作成名的穷青年:他也勤奋好学,虚荣心极强,渴望拥有一切而又一无所有;也曾借住于巴黎一间肮脏而简陋的小阁楼里,过着极为穷困潦倒而又紧张勤奋的隐居生活。总之,小说中的瓦朗坦其实就是生活中的巴尔扎克。

巴尔扎克经过超人的勤奋努力,得到了他渴望得到的一切——名誉、地位、金钱、女人,但是他的身体累垮了。了解巴尔扎克的人都知道,年轻时的他体壮如牛(罗丹的雕塑《巴尔扎克》可作旁证),所以他才敢于任性地玩命。夜以继日、成年累月地拼命写作,为他赢得了成功,但也消耗了他健壮的身体,他付出了健康。

换句话说,他得到了成功,却失去了生命,他的成功是以生命为代价换来的。值也?不值也?没成功时不顾一切想成功,成功了感到损失太惨重,因而涌出值与不值的惶惑。人生啊!怎么这么冷酷,这么荒诞,这么让人纠结?!把这种悲凉沉痛的人生感悟化为艺术品,于是有了《驴皮记》,有了化身瓦朗坦。

人生,得失相伴相随,如影随形。有得必有失,得此必失彼,甘蔗没有两头甜,人生总有缺憾。因此,你想要"得"时就要做好"失"的心理准备。到底想要啥,你自己衡量。

卡门:人们为什么喜欢惊世骇俗、放浪无羁的"恶之花"?

卡门是法国作家梅里美的著名中篇小说《卡门》的主人公。

普罗斯佩·梅里美(1803—1870),法国现实主义作家,剧作家,历史学家。1834年,梅里美以国家历史文物总督察官的身份游历了西班牙等欧洲诸国,考察当地文物之余广泛接触各阶层民众,了解轶闻趣事,写了大量游记,积累了小说创作素材。《卡门》就是以他在西班牙的见闻为题材虚构的著名小说。梅里美创作量不大,但因为题材奇特刺激、作品人物个性鲜明而受到广大读者喜爱,从而与同时代的雨果、巴尔扎克、司汤达齐名。

《卡门》又译为《嘉尔曼》,是梅里美为数不多的中篇小说中最为大众所知的作品,在出版后的一个多世纪里,先后被数十个国家所翻译。被本国作曲家乔治·比才等改编为同名歌剧后,一举成为世界歌剧中的经典。其后的一百多年里,小说又被话剧、舞剧、电影等不同艺术媒介无数次演绎,遂使作品《卡门》成为世界文学艺术中的经典,人物卡门成为享誉世界的艺术典型。

那么卡门究竟是一个什么样的人,作品又给我们留下什么启发呢?

人物故事

卡门的故事主要是由名叫何塞·利萨拉本戈亚的男人讲述

的。何塞是卡门的情夫,贵族出身,中学时打伤了人,为躲避牢狱之灾而逃亡。逃亡路上遇到龙骑兵,遂参军,就在即将提升为排长时被派到塞维利亚烟草工厂当了警卫。

烟草厂女工卡门是波西米亚人,即吉普赛女郎,颜值出众,打扮妖艳,性格泼辣,路过警卫室时喜欢挑逗何塞。她把嘴里衔着的刺槐花用指头弹到何塞眉心,何塞说这一下就像子弹一样打中了他的心,他对她由不喜欢到喜欢,不由自主地把那朵花像宝贝一样藏在衣服里。

有一次,卡门看不惯某女工炫富而与之吵起来,一怒之下卡门拿刀在炫富女脸上划出个大大的十字架。何塞作为警卫受命捉住卡门,排长命令把她送进监狱。在路上,卡门施展魅力用满口谎言迷住了何塞,致使他借故放走了卡门。何塞因失职被罚撤职,坐牢一个月,从此往上升迁的梦想彻底破灭。对此何塞不但没有怨恨卡门,还时时刻刻想念她。因为抵挡不了卡门的魅力,他把她比作妖精,称所有见过的女人都比不过这个妖精。

何塞坐牢期间,卡门以他表妹的名义托人给他送去一把锉刀和两枚金币,为他逃跑提供条件。但何塞因不愿失去军人的荣誉感而拒绝逃跑,老老实实坐完了牢。出狱后,何塞被派往上校门前站岗。有一次他看到卡门打扮得花枝招展,坐着上校的车子进了内院,之后和军官们跳舞嬉闹,何塞嫉妒得发疯,恨不得冲进去刺死那群围在卡门身边的男人。从这天开始,何塞意识到自己爱上了卡门。

卡门从上校家出来后悄悄约何塞单独相见,在秘密相处的一天里两人极尽缠绵,难舍难分。卡门对何塞说,我有点爱上你了,不过这不会长久,因为狼同狗同居是不会长久不会太平的。她还把丑话说到前头,说自己是魔鬼,你和我在一起就是在和魔鬼打交道,说不定这会让你上绞刑架的。卡门的话似热实冷,甚至恐怖,但何塞听不进去,因为他已经被卡门迷住了。卡门走后,何塞魂不守舍,四处寻找她。

再次见到卡门,是她在冒险做走私贩货生意,希望站岗的何塞为她的同伙放行,许诺如果放行就和他重温旧梦。何塞本想恪守职责,但经不住卡门的诱惑,私自放走私贩子通过关卡。第二天何塞如约去见卡门,久等不到,好不容易来了,卡门却翻脸不认人,当面宣布已经不爱他了,扔给他点钱让他滚蛋。

何塞痛苦万分,跑到教堂大哭一场。这时候卡门突然出现在他面前,告诉他"我还是爱上你了"。卡门对何塞,一会儿说爱一会儿说不爱,何塞感到卡门的感情就像暴风雨,来去无踪,把握不住;但还是忍不住痴痴地迷恋她,一天恨不得找她二十遍。

苦苦寻找卡门的过程中,有一次何塞看到卡门和他们连队里的副官亲亲热热地在一起,他怒不可遏,和副官打斗中一刀刺死了他,从此犯下死罪。走投无路之下,卡门引诱何塞加入了走私团伙。在团伙中,何塞得知卡门原来有丈夫,丈夫犯罪入狱后卡门找门路把他捞了出来。何塞对此耿耿于怀,认为卡门欺骗了他。

走私生意不好做时,团伙开始抢劫。卡门勾引了一个从外地过来的英国军官,为了迷住英国人,卡门做了他的情妇。卡门的目的是把英国人诱骗到一个安全的地方,让丈夫和团伙头目出来杀了他,然后再抢他的东西。何塞妒火中烧,一怒之下杀了卡门的丈夫,逼迫卡门与自己结为夫妻,但卡门表示自己已经不再爱他。

何塞对卡门反反复复地移情别恋、毫不顾忌他的感情而感到十分痛苦。他希望单独一个人占有她,但卡门拒绝了他。她明确表示:"自从你做了我的丈夫以后,我就不如你做我情夫的时候爱你了。我不愿意给人家纠缠,尤其不要人家指挥我。我要的是自由,爱干什么就干什么。"她还威胁说,如果你逼人太甚,我会找人杀了你。(郑永慧译:《卡门》,人民文学出版社1987年版,第138页,下引此书只注页码)

虽然明确拒绝了何塞,但她对他还是讲情义的,在何塞受伤时她仍不离不弃地悉心照顾他,这让何塞十分感动。但何塞伤好后,卡门立刻离开他勾搭上了一个身强体壮的斗牛士。何塞警告卡门别和他走得太近。卡门立马回一句:"如果有人禁止我做一件事,我偏要马上去做。"(第140页)

何塞万般无奈,为了摆脱当下的环境,劝卡门和自己一起到美洲去过安分守己的日子。卡门说:"跟着你走向死亡,我愿意;但是跟你一起生活,我不愿意。"(第145页)何塞试图用感情打动她:"是你把我的一生毁掉的,为着你我才变成强盗和杀人犯!卡门!我的卡门!让我来救你,把我自己和你一起救出来吧。"卡门决绝地回答:你的要求是不可能的,我再也不爱你了,我们俩之间一切都完了。作为我的罗姆(丈夫),你有权利杀死你的罗密(妻子),但卡门永远是自由的。"(第145页)

退无可退的何塞拿刀相威胁,即使如此,卡门也不屈服。看到卡门如此绝情,何塞彻底绝望,极度伤心极度愤怒之下,他用刀砍死了卡门,悄悄把她葬在树林里,然后到警卫所去自首。

思想意蕴

关于《卡门》的思想意蕴,文学评论界早有定评。这里举著名的法国文学研究专家柳鸣九先生的评论作为代表。柳鸣九在《梅里美小说选》(郑永慧译,人民文学出版社1980年版)"前言"中指出:"在著名的小说《卡门》里,梅里美更达到他这方面(塑造人物——引者注)的最高成就,塑造出一个举世闻名的人物形象。

卡门是一个社会和法律的'化外之民',身上具有某种邪恶的特点,但梅里美把她表现为一朵'恶之花',赋予她某些闪闪发光的东西:自觉地站在社会对立面,对统治阶级的规范和法纪表示公开的轻蔑,并以触犯它为乐事。她是一个社会叛逆者,以'恶'的方式来反抗社会;她又是一个独立不羁的典型,不愿忍受社会的任何束缚,她最珍视的是个性的自由,即使在死亡的威胁面前,她也不肯放弃,于是,以整个生命为代价忠于自己,就成为这个人物最突出的、也是最吸引人的特点。梅里美把这个吉普赛人的典型和虚伪、苍白的文明社会对照起来,把她的非法活动、惊世骇俗的生活态度与统治阶级的法律道德对立起来,让她以勇敢的忠于自己的死超越于文明社会之上,让这个'恶'的精灵在那个社会的凡夫俗子面前闪闪发光,正表现了他对资产阶级文明的否定。"

从社会、政治、阶级视角评价卡门,柳鸣九先生已经把她性格的意义论述得相当深刻相当充分了,笔者完全赞同。唯一有点异议的是,笔者认为卡门对社会规范和法纪的轻蔑、叛逆、反抗未必是"自觉的"而应该是不自觉的。卡门和何塞的文化属性分别属于两种不同的文明。何塞接受的是在西方占主导地位的基督教文明,他的人生观和价值观来自主流社会的灌输,他所遵循的行为准则是主流社会的规范和法纪。而卡门是波西米亚人,波西米亚是吉普赛人的聚居地,法国人因此称吉普赛人为波西米亚人。波西米亚人没有祖国,四处流浪,思想意识的显著特点是在宗教问题上持一种无所谓的态度,对西方基督教主流文明不屑一顾,只是按自己民族自由无羁的天性行事;所以在西方主流社会眼里,他们是另类、异类,是野蛮甚至邪恶。但也正因为是另类、异类,才吸引了主流社会的眼球,派生出对其既轻蔑敌对又欣赏向往的复杂心态。所以笔者认为,卡门对社会的反抗、叛逆以及誓死捍卫自己的自由,是不自觉的、本能的、感性的,是出于本性、天性、本然,是吉普赛文化的自然表现;而不是理性的、有意识的自觉行为。反抗、叛逆之类是卡门行为的客观效果而非她的主观意识。

人生启悟

思想意蕴之外,笔者想从人生视角提出这样一个问题:从创作角度看,历史学家兼作家梅里美为什么能以不大的篇幅"塑造出一个举世闻名的人物形象"?从小说读者和歌剧观众角度看,人们为什么能够接受一个惊世骇俗、放浪无羁的"恶之花"?

平心而论,从卡门的故事中,读者看到的她,只有恶而没有善(唯一的一次善是照顾受伤的何塞),只有邪而没有正,突出优点是"真"——真性情,不装假,我行我素,即毫不掩饰地释放原欲,按自己本来心愿行事,毫不顾忌什么道德、规范、法纪之类。这样的"真"有一个好听的名称叫"自由",这是卡门所誓死捍卫的,也是评论界大加称赞的。可是,这种"自由"的表现是什么呢?作品告诉读者,是一言不合就拿刀划破别人的脸;是随心所欲地勾引男人,见异思迁,爱谁是谁;是冒险走私贩货,躲避审查赚钱;是利用美色勾引外国商人,以图谋财害命。请问,这样的"真"和这样的"自由"值得赞扬、值得肯定吗?

这样的"真"实质是自由地放纵原欲,准确地说是自由地释放人性中的"恶",是反人类文明的。也许有人认为这是扣大帽子,其实不是。有力的证据是,世界上古至今,没有哪种文明认可随意以刀伤人的恐怖行为,鼓励乱爱,鼓励走私,鼓励谋财害命。

但是,就是这样一朵浑身是刺的"恶之花"却赢得了接受者普遍的喜爱,从常理看岂不怪哉?

细究起来,反常却合道,说怪不怪,凡存在的都是有原因的。

要理解上述现象,需要从人的潜意识心理或者说人性说起。

对人类心理深有研究的心理学家荣格告诉我们,在人类集体潜意识中有一个著名的"原型"叫"阴影"。所谓"阴影",荣格认为,简单说就是"黑暗的自我"。它处于人格的最内层,比其他任何原型都更多地容纳着人的最基本的自然性。"阴影"中包括一切激情和不道德的欲望和行为,它是人身上所有那些最好和最坏东西的发源地。这种心理能量平时被理智、理性、伦理道德、社会规范压抑着、管束着、掩盖着而不能流露出来,但作为心理能量被压抑不等于被清除。相反,它像一股奔涌的潜流时时在寻找释放的机会。

作家也是人,人格深层中也不例外地隐藏着"阴影",平时被严密地控制着,没机会得到表现;但是当进入自由想象的天地,尤其是进入有缺陷甚至是邪恶的人物的心灵深处,就可能在暗中与其沟通,从而产生共鸣。在这里,是集体潜意识把他们连在一起。这时候作家对缺陷和丑恶的描写和暴露,其实也就等于自身深层心理的宣泄,说白了就是"阴影"原型在自我表现,找到了释放的缝隙。这样一来当然就能写得生动活泼、真实可信。

这样说有没有道理呢?法国启蒙运动时期思想家狄德罗的话,也许可以帮助我们回答这一问题。狄德罗说:"比起讨厌的德行来,恶习和他们的琐屑的个人要求是更一致的,因为德行会从早到晚地向他们唠叨,给他们为难。……人们歌颂德行,但人们却憎恨它,躲避它,它是冷冰冰的,而在这世界上人们必须使自己安乐舒适。并且,这样就必然会使我的脾气变坏;你晓得为什么我们看见虔诚的人这样冷酷、这样可厌和这样地难以亲近吗?因为它们勉强要实行一件违反天性的事。……德行令人肃然起敬,而尊敬是不愉快的。德行令人钦佩,而钦佩是无乐趣的。"

思想家、哲学家的理性分析可信吗？下面我们请出有创作经验的作家来现身说法。

英国作家毛姆也曾分析过作家与人物在深层心理上相沟通的情形。他借笔下人物说："作家对那些吸引着他的怪异的性格本能地感到兴趣，尽管他的道德观不以为然，对此却无能为力……他喜欢观察这种多少使他感到惊异的邪恶的人性，自认这种观察是为了满足艺术的需求；但是他的真挚却迫使他承认：他对于某些行为的反感远不如对这些行为产生原因的好奇心那样强烈。一个恶棍的性格如果刻画得完美而又合乎逻辑，对于创作者是具有一种魅惑的力量的，尽管从法律和秩序的角度来看，他绝不该对恶棍有任何欣赏的态度。我猜想莎士比亚在创作埃古（《奥赛罗》中的小人——引者注）时可能比他借助月光和幻想构思苔丝德梦娜怀着更大的兴味。说不定作家在创作恶棍时实际上是在满足他内心深处的一种天性，因为在文明社会中，风俗礼仪迫使这种天性隐匿到潜意识的最隐秘的底层下；给予他虚构的人物以血肉之躯，也就是使他那一部分无法表露的自我有了生命。他得到的满足是一种自由解放的快感。"毛姆的剖析显然有些"冷酷"，但显然这是他对自己创作实践的自我反省，我们不得不佩服他的洞察力和态度的坦诚，不得不承认其中的真理性。

毛姆所剖析出来的作家心灵深处的潜意识，是一种集体潜意识，人所共有的潜意识。也就是说，作家在创作时挖掘的是自己的深层心理，就其性质而言，其实就是对人性的剖析。只有从这一角度出发，才能更公平地理解作家与笔下人物形象的关系，才能更准确地理解某些性格邪恶形象的艺术魅力，如莎士比亚笔下的埃古、巴尔扎克笔下的伏脱冷、雨果笔下的克洛德·弗罗洛、梅里美笔下的卡门等。

人同此心,心同此理。理解了作家,同时也理解了读者和观众,创作者和接受者对卡门的喜欢,原本是出于同样的心理。由此我们对人性有了更深入、更全面的认识。

包法利夫人：燃烧的激情如脱缰的野马一路狂奔走向灭亡

包法利夫人是法国著名作家福楼拜的名著《包法利夫人》的主人公。

在人类情感生活，尤其是在男女之间的情感生活中，不管主体是否意识到，人们的内心深处总有一种隐秘的倾向：渴望激情。表现这种倾向的文艺作品多至不可胜数，但比较早也比较有代表性的人物形象恐怕要属福楼拜笔下的爱玛，即包法利夫人。

人物故事

爱玛是外省一个富裕农民的独生女，她自幼在修道院附设的寄宿女校读书，受着贵族式教育。爱玛渴慕虚荣，喜好刺激，她爱海只爱海的惊涛骇浪，爱青草仅仅爱青草遍生于废墟之间，凡不直接有助于她的感情发泄的，她就看成无用之物，弃之不顾。浪漫主义小说和多愁善感的性格使她对婚姻充满了诗意的幻想，然而实实在在的现实生活却与她的幻想相距甚远。

她幻想中的丈夫应该无所不知、无所不能，能够启发女人领会热情的力量和生命的奥妙，然而她的丈夫查理·包法利先生却是一个极为平庸的乡下医生。"查理的谈吐就像人行道一样平板，见解庸俗，如同来往行人一般，衣着寻常，激不起情绪，也激不起笑或者梦想。"他不会游泳，不会比剑，不会放手枪，甚至没有动过看一场戏的念头。丈夫的平庸让爱玛非常失望,婚后的生活凝滞、呆板,百无聊赖,沉闷空虚。她的灵魂深处,一直期待意外发生,期待偶然事件的出现而改变生活,期待她认为人生应当经历的疯狂爱情。"可是上帝有意同她为难!她就什么事也碰不到。"

后来,爱玛渴望的"疯狂爱情"终于出现了。她丈夫看她整日闷闷不乐,无精打采,为了解除她的烦闷,从偏僻的小城镇迁到较繁华的永镇居住。在这里,深谙风月的土地主罗道耳弗看到爱玛年轻漂亮,便同她调情,她经不住诱惑,很快投入他的怀抱。她想得到的那种神仙欢愉,那种风月乐趣,终于到手。久经压抑的感情一涌而出,欢跃沸腾,她兴奋地卷入激情的漩涡,任其漂流。

热恋中的爱玛多次要求罗道耳弗带她私奔,但罗不过是逢场作戏,玩玩而已,后来终于无情地抛弃了她。她大病一场,病好后依然不甘心平凡的日子,又陷入一场婚外恋情,并为此大肆举债,终至无力偿还。高利贷商人一再催逼,爱玛遍借无果,万般无奈之下服毒自杀,为自己的"激情"付出了惨痛的代价。

人生启悟

人啊,情感生活过于平淡、静如止水会让人感到空虚沉闷,了无趣味,因而"渴望激情";"激情"让人沉醉让人幸福,但其盲目的力量往往难以控制,因而容易造成对自身对别人的伤害,引发始料不及的后果,也挺可怕。于是想到还是回归平凡平淡的好,有道是"平平淡淡才是真"。这就形成一个怪圈:平淡—激情—平淡,像狗咬着自己的尾巴一样绕圈转。这就是说,平淡之美不是平淡中人体会出来的,而是被激情冲击得晕头转向的人体会出来的;反过来也一样,激情之美也不是被激情冲得晕头转向的人体会出来的,而是生活平淡乏味的人渴望出来的。看来这又是一个人类生存的

"围城"——激情中人羡慕平淡,平淡中人羡慕激情。

面对激情的诱惑,联想到激情的代价,中国古人有一个很好的建议,即"发乎情,止乎礼义"。建议很理性,既合情又合理,没有比这个建议更成熟更稳健更智慧的了。但是,如此智慧的建议人们都能听懂吗?听懂了真能照着做吗?那就看各人自己的选择啦!不同选择有不同的后果,反正无论怎样选择都由自己负责。

爱玛的感情经历和人生困境,应该说不仅仅是她个人的,而是超越时空的普遍的人生困境。

鲁滨孙:漂流人生的启示

鲁滨孙是英国著名作家笛福的名著《鲁滨孙漂流记》的主人公。作品主要讲述了鲁滨孙出海遇难,漂流到一个荒无人烟的小岛上,在极为艰难困苦的情况下通过顽强奋斗,坚持生活二十八年后又回归祖国的故事。正如小说名所示,鲁滨孙的人生其实就是漂流的人生,那么他的漂流人生对读者、对后人有哪些启示呢?

性格决定命运

作品以第一人称"我"叙述故事。通读作品,在介绍鲁滨孙的性格时,贯穿始终或者说一再强调的是喜欢冒险,不喜欢安分守己。

鲁滨孙出生于英国约克市一个富裕家庭,父亲经商发了财,他是父母的小儿子,家产的唯一继承者。父母希望他学习法律,长大后过一种富足安逸的生活。父亲是个稳重的人,他以丰富的人生阅历告诉儿子,只要答应安心留在家里,他会为儿子规划出一个安宁幸福的人生,否则鲁滨孙将会后悔莫及。鲁滨孙也知道父亲的好意,但是他说:"我从小不喜欢安分守己,一心向往航海探险。父亲的意见、母亲的恳求、朋友的劝告都不能阻止我出海远洋。"(《鲁滨孙漂流记》,商务印书馆2012年版,第2页,下引此书只注页码)于是,鲁滨孙小小年纪,为了自己的意愿偷偷离家出走,遇到一个偶然的机会,就在茫茫大海上过起了漂流生活。刚开始海上生活,就连续两次遇上狂风巨浪的冲击,生命经受了巨大的风险。船长劝他回心转意,别再冒此风险,他也有点犹豫,可是风浪稍一平静,他就又坚定了航海的决心。后来他在巴西当了种植园主,赚得了一大笔钱,有条件过富足安逸生活了,但他感到这种生活与自己向往的人生一点也不沾边,他压根儿不愿过这种生活,于是"我头脑里又开始充满了各种冒险计划"。理智上明白"这种想法会毁掉一切有头脑的商人",但就是控制不住,"我感觉总有另一种命运在等待着我,我还是想再出海远洋"。(第31—32页)

总之,鲁滨孙经历了险些丧命的危险考验与宁静富足的诱惑,仍不改初衷,为此他付出了巨大的代价,直到在荒无人烟的小岛上孤独生存二十八年。

多年与世隔绝,好不容易回到祖国,回到日思夜想的熟悉温馨的社会生活之中。这时候他的年岁大了,朋友们都劝他不要再外出冒险了。整整七年他没有出门,在家经营产业。他把他的产业分给侄子,让他去航海。侄子的成功又激起了他出海的欲望,于是他以私家客商的身份又开始了他的"漂流人生"。作品结尾,他说:"再后来,我就一直在海上,也算一种新的冒险吧!"(第211页)

以冒险始,以冒险终,鲁滨孙"善始善终",完成了他完整而又完美的"漂流人生"。他以他的经历,再典型不过地证明了一个真理:性格决定命运,有什么样的性格就有什么样的人生。得失成败在所不计,他人毁誉不在心上,自己喜欢的就是最好的。即使为此付出巨大代价,活得也算值了。这样的幸福体验,非常人所能理解;这样的人生价值,非常人的逻辑和标准可以衡量。

你的神就是你自己

"你的神就是你自己"是笔者从作家史铁生的话中化用过来的。史铁生一生多病多灾,厄运连连,年纪轻轻就和死神打交道。他曾说过,危卧病榻,难有无神论者。瘫痪在床高烧不止的时候他也曾像大多数人一样,祈求神的保佑。但世界上有神吗?神真的会保佑你吗?于是他开始执着地思考神的问题。思考来思考去,终于有所悟。他发现神有三类。第一类是自称万能、主宰人的祸福命运的人格神。史铁生说这类神自吹自擂好说瞎话,自称万能,其实扯淡,人们指望不上它。第二类神喜欢恶作剧,玩弄偶然性,即无数偶然机缘构成的不依人的意志为转移的超人力量,人对它无能为力,只好听凭摆布,如果把希望寄托于它,也靠不住。第三类神不是别的,就是自己的精神。史铁生叙述了自己发现这位神的过程。他说:"有神无神并不值得争论,但在命运的混沌之点,人自然会忽略着科学,向虚暝之中寄托一份虔诚的祈盼。"久病之中,"我仍旧有时候默念着'上帝保佑'而陷入茫然。但是有一天我认识了神,他有一个更为具体的名字——精神。在科学的迷茫之处,在命运的混沌之点,人唯有乞灵于自己的精神。不管我们信仰什么,都是我们自己的精神的描述和引导"。

在这里,史铁生说得明确,人在危难之时倾向于有神保佑,这可以理解,但这个神不是别的,只能是你自己——你自己的精神。笔者认为用这一观点来解释鲁滨孙在艰难困苦一生中的精神信仰真是再好再准确不过了。

鲁滨孙在自述中一再宣称,自己从不信上帝,自己交往的人也从不信仰上帝,即使遭遇了种种灾难,也从未想到这是上帝的安排,也从未想到这是上帝对自己的惩罚。"当我不顾一切冒险去非洲蛮荒的海岸,我从未想到这种冒险会给我带来什么后果,也没有祈祷上帝为我指引一条路,让我脱离身边的危险,我完全没有想到上帝。"

这就是说,鲁滨孙是一个无神论者。但是,在荒无人烟的小岛上病得要死的时候他感到了恐惧,思想陷入混乱,开始大喊大叫:上帝啊,救救我吧!——这就是俗语说的"有病乱投医",就是史铁生说的"危卧病榻难有无神论者"。但是上帝真能救你走出苦难吗?真能改变你艰难的处境吗?很显然,不可能。但是,在命运的混沌之点,在精神的迷茫之处,人们确实习惯于呼唤上帝,祈盼上帝能够出面拯救自己,自己在心理上也确实能够得到安慰,从中获得力量,得到慰藉,让人觉得这就是上帝存在的证明。事实上,这只是你自己的心理投射,自己期望、愿望、希望的投射。正如史铁生所说,在科学的迷茫之处,在命运的混沌之点,人唯有乞灵于自己的精神;不管我们信仰什么,都是我们自己的精神的描述和引导。

鲁滨孙在荒岛上的求生实践也证明了这一点。荒岛上的生活无比艰难,而且空前孤独。特殊的生存环境使他迫切渴望灵魂的交流,渴望获得精神的力量。这时候,他阅读《圣经》,向上帝祈祷,感到上帝就在他身边,在和他的灵魂进行交流,在支持他,安慰他,鼓励他。"所有这一切,都足以弥补我生活中的不足。"(第76页)——这一切都说明,鲁滨孙此时心中的"上帝"(神)其实就是自己的心理幻影,是自己愿望的化身,是自己性格的折射。在荒岛上生活二十八年,他克服了无法想象的困难,凭自己的聪明智慧,创造了一个又一个奇迹,最后得以舒适地活了下来。请问,他克服的困难、创造的奇迹,哪一个是天堂里的人格神上帝赐给他的?他获得的一个又一个成果,哪一个是从天上自动掉下来的?试想,如果一个人什么也不干,只是一个劲地祷告,祈求,他会获得生存所必需的一切吗?!

通读作品,最让人感动、敬佩、叹服的是,面对陌生而一无所有的绝境,鲁滨孙从不沮丧,从不畏惧,永远是积极地想办法,用辛苦的劳动去征服困难,最后终于获得了自己所需要的一切。苦难极处永远追求永不放弃的精神,用史铁生的话说叫"宗教精神"。宗教精神不是宗教。宗教是人们面对未知时的盲目崇拜,而宗教精神则是面对未知依然葆有的坚定信念,是发自生命本原的固执的向往,是人类大军落入重围时宁愿赴死而求也不甘惧退而失的壮烈理想,是人类生命故有的趋向,是知生之困境而对生之价值最深刻的领悟。

鲁滨孙以自己的生存实践证明了史铁生的话:你的神就是你自己。在艰难困苦的境遇里,你能依靠的只能是你自己顽强的意志,不屈的精神,除此之外,什么都靠不住。总之一句话,信神不如信自己!你的神就是你自己!

远离社会悟出人生真谛

鲁滨孙被命运抛掷到荒无人烟的孤岛之上,从此被迫远离已经习惯了的生存环境,割断了与人世间的一切联系,开始过完全无所依傍的独立生活。远离人类,与社会拉开了一段距离,使他有条件反思人世间的喧喧嚣嚣,是是非非,反思主宰着世人的人生观和价值观,使他有机会"觉今是而昨非",领悟到人生的真谛。

首先,自给自足的生活让他悟到人生需求无多,超过生存需求就是贪婪。

初上岛时一无所有,经过勤奋劳动挣来了生活所需要的一切,鲁滨孙已经过上自给自足的生活,他感到非常幸福。这时他意识到一个道理:"世间万物只有有用处,才是最宝贵的。任何东西,积攒多了,就应该送给别人。我们能够享用的,顶多不过是我们能够使用的部分,多了也没有用。即使是世界上最贪婪的守财奴,处在我现在的地位,也会把贪心的毛病治好。因为我现在太富有了,简直不知道该怎么支配自己的财富。我心里已经没有任何贪求的欲念。"(第90页)这一领悟是孤独处境赐给他的,否则如果身在人间,比阔炫富之风炽盛,你就不会想到其实人的需求原来是很少很有限的。

其次,处处短缺的生活反而让他学会了知足。

刚上岛时,除从船上带去的少许生存必需品之外,可以说鲁滨孙一无所有。吃穿住行,无一不困难重重。经过努力,鲁滨孙解决了生活中的困难,该有的,哪怕是最简陋的,都有了。鲁滨孙说,与刚上岛时相比,我的生活状况已经大大改善了;我不仅生活十分安逸,而且心情也很舒畅。这时候,鲁滨孙心中油然而生"感激之情",对生活有了很深的领悟:"我惊叹上帝的万能,竟然让我在旷野里摆设筵席。我学会了多看自己生活中的光明面,少看生活中的黑暗面;多想想自己得到的享受,少想所缺乏的东西。这种态度使我内心感到由衷的安慰。"由自己当下的心态联想到人世间永远不知足的人,他诚恳地说:"我写下这些话,是希望一些不知满足的人能有所觉醒,他们之所以不能舒服地享受上帝的恩赐,正是因为他们老是贪求他们还没得到的东西。我们老是感到缺少什么东西而不满足,是因为我们对自己已经得到的东西缺少感激之情。"(第91页)

鲁滨孙的这些人生领悟是对不知足人的诚恳劝告,不知人们能听懂否?!

再次,他悟出了幸福是需要提醒的这一道理。

上岛第六年,鲁滨孙乘坐自己造的小船开始了环岛航行,结果遇到了危险,凶猛异常的急流几乎使他陷入灭顶之灾。危险之中他忽然悟到,"我那荒凉的孤岛是世上最可爱的地方,而我现在最大的希望,就是重新回到荒岛上"。为什么原来并不觉得特别可爱的荒岛突然变得可爱起来了呢?鲁滨孙悟出一个道理:如果不亲自经历更恶劣的环境,就不会察觉自己原来的环境的优越性;不经历这种悲惨的状况,就不会懂得珍惜自己原来享受的一切。(第97页)

鲁滨孙的感悟提炼成一句话就是,幸福是需要提醒的。关于这个意思,史铁生也说过:发烧了才知道不发烧的日子多么清爽,咳嗽了才体会到不咳嗽时多么安详,刚瘫痪时感到活不下去,后来得了尿毒症才知道往日的日子其实也是好时光。史铁生的总结是,其实每时每刻我们都是幸运的,但人有一种坏习惯,记得住倒霉记不住走运,这实在有失厚道,是对神明的不公。

艰难困苦逼出人之潜能

如今的人从小生活在社会网络之中,享受着社会提供的所有文明成果,凡生存所需要的一切,社会早已准备齐备,根本不必自己亲自劳作。但是,当鲁滨孙大难不死初登小岛的时候,岛上却是蛮荒之地,完全不适宜人类生存。怎么办,生存的考验把鲁滨孙逼上了绝路。这时候除自力更生,自己创造之外,别无选择。就这样,生存的艰难逼出了人的所有潜能。于是,鲁滨孙把船上的食物、衣服、枪支弹药等运到岸上并在小山边搭起帐篷定居下来后,就开始用简单的工具制作桌、椅等家具,猎野味为食,饮溪里的淡水,度过了最初遇到的困难。然后又摸索在岛上种植大麦和稻子,自制木臼、木杵、筛子,加工面粉,烘出了粗糙的面包。他捕捉并驯养野山羊,让其繁殖。他还制作陶器、烟斗、筐子等,保证了自己的生活需要。还在荒岛的另一端建了一处"乡间别墅"和一个养殖场……

总之,鲁滨孙在荒岛生存的经历告诉我们,劳动能创造一切,艰难困苦能逼出人的所有潜能。一个想证明自己能力和人生价值的人,不应该逃避人生中的困难和挫折,而应该真诚地感谢它。

历经沧桑仍然感恩

在岛上,鲁滨孙在艰难困苦中凭借自己的勤劳与智慧顽强地生存下来,而且生活得还不错。他把这一切归功于上帝的眷顾,对上帝怀着一份虔敬和感恩之心。在岛上生活二十八年两个月零十九天后,历经千难万险他终于又回归社会,回到阔别已久的故乡。这时距他离开英国已经三十五年。

三十五年,物是人非,沧海桑田,人们都不认识他,都把他当成外国人了。即使发生了如此巨大的变化,鲁滨孙仍然没有忘记需要感恩的人。首先,他找到替他保管钱财的老管家,发现她的情况非常差。他没有向她索要本属于自己的钱财,还诚恳地告诉她不要把欠他的钱放在心上。不但没向她要钱,相反,"为了报答她以前对我的关心和忠诚,我又给了她一笔钱"。(第208页)其次,他找到曾经救过他的老船长,决定报答他的救命之恩。他找来一位公证人,起草了一份字据,把老船长欠他的钱,以最彻底的方式全部免除。除此之外,他又起草一份委托书,委任老船长作为他种植园的年息管理人,并把自己的收入全部交给老船长。只要老船长还在世,他承诺每年从自己的收入中拨给他年金。余下的财富给了两位侄子,把他们培养成人,帮他们事业有成。

三十五年的漂流人生,二十八年的闭塞生活,没有把他变成心胸狭窄自私自利的人,反而让他成为心胸豁达,懂得感恩的人。

读《鲁滨孙漂流记》,往往使人联想多多,感慨多多。人的潜能真的是无限的,就看你是否挖掘,是否利用;挖掘、利用了往往可以创造出奇迹,诚所谓"天助自助者"。幸福安逸的生活是人人都期盼渴望的,但这样的生活往往平庸无聊,让人一事无成。艰难困苦的处境是人人都想逃避的,但艰难困苦往往可以"玉汝于成"。看来上帝真的是公平的,你得到了这个,就必然失掉那个,任何生活都是有缺憾的,想两全其美、十全十美是不可能的。

达西：傲慢与偏见是普遍的人性弱点

达西是英国作家奥斯汀的著名长篇小说《傲慢与偏见》中的男主人公。

"傲慢与偏见"现在差不多已经成为人们口头上的流行语。它的出现，应该源于20世纪80年代初上海译文出版社出版的《傲慢与偏见》（王科一译本）。这部小说以细腻入微的笔墨，生动再现

《傲慢与偏见》插图

了18世纪末英国乡村小贵族们的日常生活，尤其是青年人的恋爱婚姻生活。书中男女主角分别为达西和伊丽莎白，他们是作者最欣赏的两个人；作者的婚姻观——爱情是婚姻的基础——就通过他们的结合来体现。然而就在他们二人身上，却分别具有傲慢与偏见的性格弱点。

人物故事

先说达西，阔家公子，每年有一万英镑的收入，身材魁伟，眉清目秀，举止高贵，自视甚高，俨然是大庭广众之中最受注目的人物。然而他自己却落落寡合，不愿与任何人亲近，显得高傲冷漠，他从

心里看不起别人。他的朋友邀请他跳舞,他一口回绝,说在这样的舞会上跳舞简直叫人受不了,舞会上的女孩没有一个能够打动他的心,如果和她们在一起跳舞简直是活受罪。他的朋友看上了班纳特家的大姑娘吉英,二人两情相悦,本来可以成为一对好恋人,但他武断地出面阻止了这桩好事。他的理由:一是女孩儿家门第不高,亲戚家也出身低微,他讨厌女孩儿的高攀;二是他认为女孩儿爱得还不够热烈。

后来,达西看上了班纳特家的二女儿伊丽莎白,在完全不了解她对他的感情的情况下贸然求婚,结果遭到了严词拒绝。那么高傲的人为什么如此莽撞?原因是他太自负了。他以为凭自己的条件哪个姑娘都不会拒绝他,都会认为是一种荣幸。他认为自己向伊丽莎白求婚是委曲求全,是降低自己身价的俯就,差不多可以说是对于对方的恩赐。这种傲慢的态度大大激怒了自尊自爱的伊丽莎白,她坚决果断地拒绝了他。这种态度完全出乎达西的预料,他为自己的"傲慢与偏见"付出了痛苦的代价。

再说伊丽莎白。她聪明,活泼,有头脑,有智慧,遇事有主见,但她对达西也有"傲慢与偏见"的时候。达西的冷傲一开始给她留下了极坏的印象,她对他产生了反感情绪。再加上她认为达西破坏了她姐姐的幸福以及看到了达西对韦翰的苛刻,于是恨上了达西。所以当达西向她求婚时不但坚决拒绝,而且还说了很"恶毒"的话来刺激他:"我还没有认识你一个月,就觉得像你这样一个人,哪怕天下男人都死光了,我也不愿意嫁给你。"

伊丽莎白的"恶毒"让她吐出了一直积存于胸的恶气,她以最大的"傲慢"回敬了达西。但是,正如达西的傲慢是出于偏见一样,伊丽莎白的傲慢也是出于偏见——她对达西的了解太肤浅太片面太囿于自我利害了,她被大量表象蒙蔽了。后来,随着交往的加深,真相逐渐大白,他们二人尽释前嫌,终于幸福地走到了一起。

仅仅是两个主人公有"傲慢与偏见"的毛病吗?当然不是。书中犯"傲慢与偏见"毛病的人物多着呢!如彬格莱姐妹们,伊丽莎白观察到的是:"她们一味骄傲自大。她们都长得漂亮,曾经在一个上流的专科学校里受过教育,有两万磅的财产,花起钱来总是挥霍无度,爱结交有身价、有地位的人,因此才造成了她们在各方面都自视甚高,不把别人放在眼里。"她们最擅长最愿意做的是说别人的坏话,一会儿攻击这个人傲慢无礼,一会儿又攻击那个人仪表不佳长得难看,但从来没有想过自己有什么缺点。

《傲慢与偏见》插图

再如乡村阔太太咖苔琳夫人,自我感觉超好,在有人的场合,差不多一直是她在说话,不是指出这个人的错处,就是讲些自己的趣闻轶事。随便谈到哪一桩事,她总是那么斩钉截铁、不容许别人反对的样子。她毫不客气地教导别人怎样料理家务,怎样照料母牛和家禽,只要有机会支配别人,随便怎么小的事情也绝不肯放过。

人生启悟

有傲慢习性的人如此普遍,可见傲慢是人性的一个普遍性弱点。正如书中喜欢读书的曼丽所说:"我以为骄傲是一般人的通病,从我所读过的许多书看来,我相信那的确是非常普遍的一种通病,人性特别容易趋向于这方面,简直谁都不免因为自己具有了某种品质,或是自以为具有了某种品质而自命不凡。"

曼丽的发现当然是作者的发现。女作家奥斯汀感觉敏锐,对人的心理特感兴趣,通过对身边人物的细致观察,发现了"傲慢与偏见"是人性的一种通病,借助作品中人物之口表达出来,并将其标示为自己精心创作的作品名。

转眼两百年过去,社会进步了,时代发展了,人类的文明程度提高了,人们的"傲慢"之病该好转了吧?没有!还是依然故我。有一篇文章《"看不起"是种病》说明了这一点。文章列举了大量例子证明自己的论点(此处从略)。其中一段写道:侄女念初一,某天放学回来报告:电脑老师动不动就骂我们"笨蛋",好像就他是天才,结果有同学偷偷回嘴:"你自己那么聪明,怎么不去做比尔·盖茨,在这里做电脑老师?"对侄女的话作者进行了反思,留心了一下整个社会的生存状态,结果"发现小朋友的快捷反应其实来自我们生存的社会。整个社会都处在一个互相'看不起'的状态,以此来证明自己的清醒和存在"。

普通百姓、芸芸众生文化程度低,眼界有限,因而容易骄傲和自负,那么文化程度高的如文人——文化人——知识分子,又如何呢?一样!一样容易骄傲和自负。要不然怎么自古以来就流传"文人相轻"的说法呢?!这类人因为知道得多,所以更容易膨胀,更容易忘乎所以不知天高地厚。他们评价起人来,要么"狗屁不是",要么"不是狗屁",最后结论是:老子天下第一。

由人的傲慢与偏见,还可以泛化为国家、民族,乃至于都市、地域的傲慢与偏见。谓予不信,请读者上网查一查,诸如"某某国人的傲慢与偏见""某某地的傲慢与偏见""某城市的傲慢与偏见"这类标题的文章,比比皆是。如此看来,我们把"傲慢与偏见"作为一个普遍性的人性弱点,还能说没根据吗?!

　　傲慢与偏见作为普遍性的人性弱点,形成原因是复杂的——先天的,后天的,主观的,客观的,社会的,文化的,经济的,教育的……此处不拟讨论。这里想说的一点是,这一弱点虽然是顽固的然而却不是不可克服的。《傲慢与偏见》中的男女主角经过沟通、解释、磨合,消除了隔膜,克服了偏见,最后相互理解达到了和解和睦。当然,造成傲慢与偏见的原因各不相同,因而克服之道也应该各不相同。总的看应该是多读书,多历练,拓展视野,开阔胸怀,站在一个高远的境界看别人看自己。作为个人,无论你多么有权有势有名有钱,无论你多么辉煌伟大,多么了不起,从宇宙、从终极角度看,又算得了什么呢?! 从宇宙终极角度看问题,你还"傲"得起来吗?!

　　无数事实证明,越是有涵养、有水平、得道的高人越是谦逊甚至谦卑。有道是"高僧只说平常话""真人不露相,露相非真人""大智若愚"等。由此反推,只要人一傲慢,就证明他非常浅薄。浅薄而张狂,太可笑,太可怜了! 面对那么可怜的人,劝你别厌恶,最好还是怜悯他吧!

利蓓加:浮名浮利皆虚空,没有谁的生活是完美的

《名利场》封面

利蓓加是 19 世纪英国批判现实主义作家威廉·梅克比斯·萨克雷的代表作《名利场》中的女主角、核心人物,整个作品大致就是以利蓓加的命运为线索结构而成。

洋洋洒洒六十多万字(中文)的长篇小说,大结局时叙述人(隐含作者)以这样一段感慨作结:"唉,浮名浮利,一切虚空!我们这些人里面谁是真正快活的?谁是称心如意的?就算当时遂了心愿,过后还不是照样不满意?"(杨必译:《名利场》,人民文学出版社 1957 年版,第 702 页,下引此书只注页码)

这段颇有深度的人生感慨,既是对书中人物命运的总结,也是说给读者听的人生教益。它指出浮名浮利的虚无,或者说无意义,

因而不值得舍命去追求,人生总有缺憾,没有什么人的生活是十全十美、万事如意的。

人物故事

这样的人生教益是从书中所有人的人生,尤其是从女主角利蓓加的人生轨迹中提炼出来的。利蓓加出身贫寒,但性格倔强,聪明能干,为人做事有手段,有心计,有主意。面对花花世界的诱惑,她不安于自己的地位,千方百计想改变自己的处境,一心要攀高枝,爬到上流社会去。于是她调动聪明才智,无论走到哪里都善于察言观色,花言巧语,巴结逢迎,为自己谋利。终于,阴差阳错,风云际会,利蓓加竟然不可思议地跻身于上流社会,不但出入于贵族宴会与舞厅,而且出入于法国和英国王宫,一时间成为贵族社交场上的明珠,风光无限,尽享了上流社会的荣耀。

然而,利蓓加一无家世根基,二无经济基础,她的荣耀全靠不光彩的手段得来。就好比沙滩上的高楼大厦,风浪一来,随时就会坍塌。果不其然,她与侯爵勾勾搭搭情意缠绵之时被丈夫撞见,旋即传遍名利场,从此名誉丢尽,为众人唾弃,再次跌入底层,被迫出走异国他乡,过起乞丐似的流浪生活。

无限凄惨落魄之际,利蓓加遇到了闺蜜爱米丽亚的哥哥乔斯,真真假假的一串故事打动了乔斯和爱米丽亚的心,利蓓加在他们的帮助下重新回到正常人的生活轨道。乔斯死后,利蓓加获赠他的部分遗产,这些钱加上儿子所给的生活费,从此生活便有了保障。回顾平生跌宕起伏的人生际遇,利蓓加感慨万千,改心向善。从此她热心宗教和慈善事业,经常上教堂。在所有大善士的名单上,总少不了她的名字。对于需要帮助的穷苦人,她是一个靠得住的、慷慨的施主。在为穷人开的义卖会上,她总会参加,守着摊子帮忙。

利蓓加变了,而且是真诚地变了(从作者的笔调看,没有任何讽刺的意思)。对于这一变化,知道她底细的人可能觉得突然和不可思议——如爱米丽亚一家在义卖会上看见她后,慌慌张张地跑了。看到他们的反应,利蓓加"低下眼睛稳重地笑了一笑"(第702页)。这是意味深长的一笑,内涵丰富的一笑。从这一笑,我们可以看出她内心的成熟和淡定,不然何来"稳重地笑了一笑"?!这说明她已不在乎别人对她的看法,而只在乎自己的内心;说明她已经幡然悔悟,意识到昨日之追求皆属虚空,她已经与过去诀别,开始新的生活了。

利蓓加从底层起步,一步一步登上社会金字塔的顶峰,又跌入地狱似的深渊,最后又回归普通人的正常生活轨道。转了一个圈,又回到了起点上。早知今日,何必当初?转了一个圈看似回到了原点上,但不一样,其实是螺旋式上升了一个层次。转了一个圈终于悟到原来追求的东西之虚妄和无意义,悟到为他人行善的生活才是真正值得追求、值得过的生活。只有在这里,才能找到生命的意义,才能找到灵魂的归宿。

利蓓加的改变也许有点突然,也许有作家让她为自己代言的意思。但细想起来,这也是有生活基础的。首先,利蓓加不是笨人,而是聪明伶俐有头脑有思想的人。她的思想和主意常常让她身边的人佩服不已。别的不说,屡经不利局面而从不沮丧,总能乐观坚强地面对生活,就说明她是有主见的人。这样一个人,回首过山车似的人生经历,发现一向苦心追求的东西原来是虚名浮利,像海市蜃楼一样容易云散,像泡沫一样容易破灭,因而不值得追求。会有这样的人生感悟,对于利蓓加来说,不是没有可能。

其次,符合心理逻辑。虚名浮利,像流光溢彩一样迷人,天然地契合人性的弱点,对每个人都是巨大的诱惑。面对如此"美好"的东西,无论谁都想得到。得不到时心痒难耐,痛苦忧愁,乃至"羡慕嫉妒恨"。然而一旦到手,聪明人发现原来不过如此,富贵荣耀背后隐藏着无限悲凉,无限辛酸。这样他们就会反思,原来的拼命追求,原来物质、精神乃至灵魂上的付出是否值得,于是生出"浮名浮利,一切虚空"的人生感慨。如此看来,虚名浮利原本就是一座"围城",城外的人想冲进去,城里的人想冲出来。

除利蓓加外,萨克雷还写了奥斯本、赛特笠、克劳莱等几个家族几代人命运的起伏变迁,让我们看到他们虽然一代又一代地追求虚名浮利,但没有哪一家、哪个人的人生是顺心得意,没有缺憾的。这样描写似乎是在印证他对人生的悟解:"时间像苍老的、冷静的讽刺家,他那忧郁的微笑仿佛在说:'人类啊,看看你们追求的东西多么无聊,你们追求那些东西的人也多么无聊。'"(第716页)

人生启悟

作品中的利蓓加幡然悔悟了,然而,利蓓加的精神子孙还在,他们能听懂萨克雷先生的教诲,从而汲取灵魂先祖的人生教训吗?

读《名利场》,字面上看到的是,英国,19世纪,大贵族,富商大贾,小贵族地主,中小商人,衣服是那时的衣服,场景是那时的场景,事件是那时的事件。但是,透过这些表象,我们感到,在所有人物的胸腔里跳动的,是活在当下的今人的心。换句话说,故事的表层是彼时彼地,故事的内层是此时此地。时过境迁,一切外在的东西消失了,然而,一切内在的东西,如人性、人心、人情世故仍然没变,一切灵魂的戏剧仍在重演。

读《名利场》,一个强烈的感受是,忽然活到19世纪的英国去了,或者也可以说,19世纪的英国人活到当下我们中国来了。读者看到,虽然四轮马车变为宝马、奔驰、路虎了,可是坐在车上的人追求虚荣的心还在,以金钱为中心的人际关系还在,荒诞的生活现象还在,人与人之间的钩心斗角、尔虞我诈还在,浅薄势利还在,社会上的吃喝嫖赌、坑蒙拐骗还在,利蓓加还在,斯丹恩还在,一句话,时移世易,名利场上风俗依旧。

这就是文学经典、世界名著的魅力,写出了人类生活的"公因式",写出了人性、人心中那些永远不变的东西,写出了古今中外人与人之间相同、相通的东西。因而,经典名著永远都不过时,经典名著超越时代、超越社会、超越阶级、超越民族、超越贫富贵贱,活在不同时代里、不同社会上不同人的生活中、心灵中。

经典名著之所以为经典名著,除了写出了生活的真实,写出了人类共同共通的东西之外,还因为在人生观、价值观方面给人以教益和指导。在《名利场》中,作者在真实地描绘社会上的肮脏龌龊,人心中的卑鄙阴暗的同时,也是在揭露和批判它们。作者揭露丑是为了否定丑,是在化丑为美。这里的转换机制是"$-(-1)=1$"。

作者在否定丑时不忘宣传仁爱,正如他自己所说,玩笑虽好,真实更好,仁爱尤其好。(第706页)萨克雷把暴露社会丑恶的小说家称为"讽刺的道德家",说他们的责任不仅在于娱乐读者,还要教诲读者;小说家应该把真实、公正和仁爱牢记在心,作为自己职业的目标。这是批判现实主义作品中的精神正能量。正是这些宝贵的"正能量"一代代往下传,内化为人类文明的基因,才推进着人类文明的进步。

《名利场》反映的生活已成为过去时,但《名利场》的精神价值永在!

简·爱:世俗观念的力量何其强大

简·爱是19世纪英国女作家夏洛蒂·勃朗特的成名作及代表作《简·爱》的女主人公。简·爱在中国读书界的名声如雷贯耳,几乎是家喻户晓,她的人生观,尤其是爱情观对广大读者的影响远非其他文学名著所能及。

人物故事

幼年的简·爱失去父母后被寄养在舅父家中。舅父去世后,舅母把她视作眼中钉,她和她的孩子对简·爱极尽歧视和虐待,这样的生活简·爱过了十年。她对压迫和侮辱坚决反抗,因而被送进了孤儿院。

夏洛蒂·勃朗特为《简·爱》所作的插图(版画)

孤儿院院长是个冷酷的伪君子,简·爱在这里继续受到精神和肉体上的摧残。恶劣的生活条件引起公愤后,孤儿院的管理有了较大改善。简·爱在这里接受了六年教育,毕业后留院任教两年。由于善良的谭波儿小姐的离开,简·爱决心脱离孤儿院,通过登广告被聘为桑菲尔德庄园的家庭教师。

庄园主罗切斯特经常在外旅行,简·爱发现他性格忧郁、喜怒无常,对她的态度时好时坏。但在继续相处的过程中,她爱上了罗切斯特,罗也爱上了她。当他向她求婚时,她答应了。

婚礼现场突然有人出来阻止,称罗切斯特十五年前已经结婚,他的妻子就是被关在三楼密室里的疯女人。罗切斯特未加否认,随即向众人公布了自己被骗婚的真相。两人深陷痛苦之中,绝望之下简·爱离开了庄园。

简·爱一无所有,在出逃途中历尽磨难,最后被牧师圣·约翰收留,并在当地一所小学任教。不久,简·爱得知叔父去世并给她留下两万元遗产,同时还发现圣·约翰是她的表兄,简·爱将财产与圣·约翰兄妹平分。圣·约翰请求简·爱嫁给他并与他同去印度传教,她拒绝了。她心里思念着罗切斯特,当她回到桑菲尔德庄园,老宅子已变成废墟。疯女人放火后坠楼身亡,罗切斯特也受伤致残。简·爱终于和他结婚,过上了自己理想的幸福生活,两年后生下一个孩子。

人生启悟

《简·爱》于1847年发表,此后不管社会和时代如何变化,此书从未被冷落,至今仍在世界各国盛行不衰,始终受到广大读者的喜爱,成为世界文学宝库中的不朽之作。《简·爱》之所以具有如此长久的生命力,原因多多,其中最重要的是塑造了一个备受瞩目的典型形象——简·爱。

关于简·爱的形象及其意义,一般的表述是这样的:通过一个孤女坎坷不平的人生道路,成功地塑造了一个不安于现状、不甘受辱、自尊自爱、自立自强、敢于抗争、敢于追求的女性形象;反映了一个平凡心灵的坦诚倾诉、呼号和责难,一个小人物对成为一个大人物的渴望、追求和憧憬。这本书的主旨是告诉人们:一个小人物,依靠自己的正直品德和聪明才智,只要坚忍不拔地艰苦奋斗,勇往直前,是有可能冲破重重险阻,达到自己的目的的。(宋兆霖译:《简·爱》,中国画报出版社2012年版,第6页,下引此书只注页码)上述归纳大致是不错的,与读者的感受相吻合。简·爱自尊自爱、自立自强等精神品质,不仅在发表当时具有现实意义,而且至今仍有意义。就这一点说,简·爱的精神品质具有永恒的价值和意义。

上述内容,评论界和读者已经说得够多了,它就像矗立的高山,人们一抬头就可以看见,本文不再重复。笔者想说的是高山背后的阴影,即在简·爱形象中我们还看到了另一种意蕴,即世俗观念力量的强大。

世俗观念力量的强大,至少从两点可以看出来。

其一,简·爱得知罗切斯特婚姻真相后的旋即出走

在庄园,经过反复观察与思考,简·爱确信罗切斯特是一个可以信赖、值得爱的男人,于是简在内心偷偷地爱上了他,看见他就高兴,就激动。他求她给点灵丹妙药使他变成美男子,简在心里对他说:在充满爱情的目光看来,你已经是够美的了,甚至你的严峻,也有超乎美之上的力量。有一次罗切斯特劝她回家去歇一歇,她感到"一阵冲动突然紧紧攫住了我,一种无形的力量迫使我回过身去。我说道,或者是我内心的什么东西,不由我做主地代我说道:谢谢你的深情厚谊……你在哪儿,哪儿就是我的家——我唯一的家"。(第141页)

为了试探简对自己的感情,罗声称自己要结婚了,他推荐她到

爱尔兰一个贵族家当家庭教师。简向他深情地表示不愿意离开桑菲尔德，不愿意离开他。她说："离开桑菲尔德我感到伤心。我爱桑菲尔德。我爱它，因为我在这儿过了一段愉快而充实的生活。我没有受到歧视，我没有给吓得呆若木鸡，没有硬把我限制在低下庸俗的人中间，没有被排斥在和聪明、能干、高尚的人的交往之外。我能面对面地跟我所尊敬的人，我所喜爱的人——一个独特、活跃、宽厚的心灵交谈。我认识了你，罗切斯特先生，想到非得永远离开你，这让我感到害怕和痛苦。我看出我非离开不可，可是这就像是看到我非死不可一样。"（第146页）

这段话说得情真意切，感人肺腑。简平时是冷静、理性、矜持的人，情深不到一定程度，绝不会轻易说出这样的话。既然说出这样的话，说明她是真诚地、无保留地爱上了他。她感到和他在一起是平等的，她的灵魂已经和他的交融在一起了。所以当罗切斯特热烈真诚地向她求婚，承诺向她献上他的心、他的手和全部家产时，她愉快地答应："我愿意嫁给你。"这说明，在罗切斯特这里，简·爱找到了灵魂归宿，找到了可以安身立命的幸福家园。

然而，婚礼现场有人揭露了罗切斯特已经结婚而且其妻子还活着的事实，罗无法否认，当场承认了这一事实。这对于简·爱来说无疑是一个巨大打击，因为这等于是罗欺骗了她。为了向简解释事情的真相，罗带她和其他几人到庄园亲眼看见其妻子是个可怕的疯子，然后又向简详细解释了自己受骗的原因及后来备受折磨的过程。罗的一切努力都是为了让简理解他，接受他。罗发自肺腑地呼喊：简！你是"我的希望——我的爱——我的生命啊！"他表示愿以"深挚的爱情，剧烈的痛苦，疯狂地祈求"，希望她能做他的安慰者、拯救者。简对他的悲惨遭遇深表同情，为此流下伤心的泪水，但她的决定是坚决离开他。罗伤心地说，你这样做太狠心

了,"这是不道德的。爱我倒不是不道德的"。简与罗的观点相反,认为依了他才是不道德的。(第 178 页)

简与罗的对立,反映的是两种道德观的冲突。罗的观念是只要两人真诚相爱,就应该在一起;而简的观念是名分第一,没有了名分,就没有了一切。虽然简相信罗对她的爱,也同情他的遭遇,但她还是在他最需要她的时候毅然决然离开了他。

简·爱的这种决绝出乎我们的意料,我们感到她太绝情了,做得有点过了。但设身处地换位思考也理解了她。她出身卑微,性格倔强,崇尚独立和尊严。她要是留下来,她的身份不是名正言顺的妻子而是情妇,社会舆论就会瞧不起她,就会说她是为了他的财富才甘愿依附于他。这些可能出现的舆论是她无论如何不能接受的。她宁愿死也不愿处在这样的地位上,虽然有爱情。这就是说,简·爱更在乎的是外在的社会舆论,而不是内在真挚的爱情。说得更直白一点,简·爱被世俗观念绑架了,在世俗观念面前,那么坚强的一个人也不得不屈服了。由此可见世俗观念力量之强大。

当然,作品里简·爱作为叙述人并没有明确地说自己是因为重视名分而离开罗切斯特,但是在那种情势下她的行为证明了她对名分的重视。如果这不是有意识的,那么就是无意识的。如果是无意识的,那就更加证明世俗观念力量的强大。

其二,简·爱得到遗产后重回桑菲尔德庄园

在罗切斯特最绝望、最痛苦、最需要简·爱安慰拯救的时候,她决绝地走了。她身无分文(仅有的几文钱付马车费了),出走到哪儿去,会遇到什么,没有任何预案,完全迷惘,只能是走一步说一步,反正不管遇到什么困难都要走。可见她离开罗切斯特的决心是多么坚定。

出走之始,遇到的艰难困苦令人不可想象。她像乞丐一样一路走一路乞讨,遭人冷眼,露宿野外,危险重重,绝对是生存的绝境。但就像有神保佑一样,简·爱绝处逢生。忽然间,天上掉下个圣徒式人物——圣·约翰出面救了她,而且更离奇的是,圣·约翰竟然是她从未听说过的姑表兄。简·爱猝不及防进入亲情的温暖抚慰中,又有了安定快乐的工作。这种难得遇见的幸运还没完,更大、更匪夷所思的幸运接踵而来。圣·约翰告诉她,她的富商叔叔(这也是她从未听说从不知道的)在国外死了,叔叔没有后人,遗嘱将全部遗产赠给侄女简·爱,而叔叔的姐姐的儿女们(圣·约翰兄妹)没有份儿。这样一来,简·爱眨眼间成了有财产的人,成了做梦都不敢想的富小姐,一下子从地狱飞上了天堂。

圣·约翰有狂热的宗教情结,他决心到印度传教,他认定简·爱适合做他的妻子,于是向她求婚。她拒绝了他,因为她感到他们之间没有爱情。她内心还惦记着罗切斯特,她在梦中听见了罗对她的呼唤。她决心再回桑菲尔德去找他。回到庄园发现老宅已成废墟,罗也在疯女人点燃的大火中烧伤成了残疾人。简同情罗的遭遇,不嫌弃他的残疾,毅然和他结了婚,从此过着幸福安定的生活。

这里我们想问的问题是,以前罗最绝望时那么苦苦地哀求、挽留简,但她决绝地出走了,现在有钱了,有喜欢的工作了,生活安定而快乐,怎么又改变决定要回去了呢?分析原因,无非是以前自己是穷教师,没有财产,心里没有底气,留下来怕受世人鄙视。而现在有钱了,成了富人了,而对方却从高贵的位置上跌落,而且成为残疾人了。双方的条件对比发生了天翻地覆的变化,简占据条件的高端,心里有底气了,没有心理障碍了。这时候,她不但不担心世俗的鄙视,反而可能会赢得世俗的赞赏了。所以,简愿意"居高临下"地接受罗,愿意把爱奉献给爱她的他。

由此看,简·爱心里,至少是潜意识中仍然梗着一个结——财富。没有财产就自惭形秽,感觉低人一等;有了财产就扬眉吐气,充满自信。以财产为标准衡量人,把财产作为爱情的重要条件,这不是简·爱一贯深恶痛绝的吗?怎么一边深恶痛绝,一边又摆脱不了它的束缚呢?结论无他,世俗观念太强大了,以至于强大到连坚决反对它的人也摆脱不了它的纠缠。

　　"以财产为标准衡量人,把财产作为爱情的重要条件",这不仅仅是笔者分析出来的,同时也是简·爱亲口承认的。当初她和罗已经互相表白了爱情,但她误以为罗要娶的新娘是贵族小姐英格拉姆,为了尊严她表示一定要离开。她向罗解释理由时说过这样一句话:"要是上帝赐给了我一点美貌和大量财富,我也会让你感到难以离开我,就像我现在难以离开你一样。"(第147页)这句话暴露了财富在简·爱爱情观中所占的分量,说明她的爱情观已经被世俗观念所裹挟。

　　简·爱的爱情观中既有超世俗的一面,又有世俗的一面,看似不正常,其实也正常,诚所谓反常合道,曲尽其妙。因为,身在世俗之中,观念哪能完全彻底地免俗啊!即使观念前卫的人,思想意识结构中也可能若隐若现残留着一些世俗观念。完全彻底的超世俗和完全彻底的世俗一样,都过于纯粹,过于简单化,而非真实的人。

　　艺术形象是作家创造的,人物是作家的精神产儿。在简·爱这一形象中,我们隐隐约约、影影绰绰看见了作者夏洛蒂·勃朗特的影子。

　　资料介绍,夏洛蒂家庭贫穷,小时候也上过寄宿学校,长大后也当过家庭教师。家庭教师地位低下,等同于仆人,受尽歧视和屈辱,因而深感没有财产就没有地位和尊严。生活中她没有办法改变被世俗观念主宰的世界,她想在艺术中宣泄胸中的郁闷,在艺术中对世俗观念进行报复,所以她创造出简·爱这一独立倔强特别维护尊严的典型形象,让贵族心甘情愿屈服于穷教师的石榴裙下。但在无意识中也暴露了自己被世俗观念所污染、所绑架、所裹挟,因而也有未能免俗的一面。

由此让我们想到,世俗观念的力量是很强大的,想要轻易摆脱是不容易的。但世俗观念又不是不可改变的,这需要社会的变动,新观念长期不断地冲击。

安娜·卡列尼娜:追求个人幸福与遵守道德规范的两难选择

安娜·卡列尼娜是俄国文豪列夫·托尔斯泰的同名小说中的女主角。在托尔斯泰三大名著(另两部为《战争与和平》《复活》)中,《安娜·卡列尼娜》最著名,最为读者所偏爱。

人物故事

小说的故事情节主要围绕"两段婚姻"展开。一段是安娜的,一段是青年地主列文的。作品展示得最为充分,在读者中影响最大的是

《安娜·卡列尼娜》插图

安娜的故事。安娜是一个美丽聪慧、充满生命活力的贵族女性,她不满于刻板乏味的婚姻而与青年军官伏伦斯基相爱了。他们的爱情遭到安娜丈夫卡列宁和整个贵族社会的拒绝,于是两人陷入生存困境。万般无奈之下,安娜精神崩溃,以自杀结束了悲剧的人生。

人生启悟

关于安娜悲剧的意义,国内评论界一般都是从社会政治角度着眼,一方面认为是反对旧的封建礼教,反映了资产阶级个性解放的要求,另一方面也是向贵族社会的虚伪道德挑战。这些论断都有道理,笔者不存疑义。笔者试图做的是从人生视角,对安娜的悲剧作一些其他含义的解读。

安娜的悲剧,不用说,首先是社会悲剧——那个时代陈腐伪善的上流社会容不下她,致使她走向毁灭;如果换一个时代,社会进步了,文明程度高了,安娜的悲剧就可能不至于发生。关于这一点,不用细说读者即可认同。但是,这仅仅是可能而未必是必然,换一个时空点,安娜所面临的生存环境可能相对比较宽松,安娜的行为所激起的社会冲突也许不至于像现在这样尖锐。但是,冲突的激烈程度可以缓和,但矛盾本身却依然存在,在某种条件下甚至也同样可以激化,以至于发生与安娜相同的悲剧。这就是说,托尔斯泰借安娜命运所叙写的既是一个特定时代的社会问题,更是一个超越时代的人生问题。或者与其说是社会问题,不如说是更具普遍意义的人生问题——一个任何文明社会人们都可能遇到的人生问题,即追求爱情(也可以泛化为个人幸福)与遵守社会道德规范的两难选择问题。

我们知道,爱情来自人的天性,是人所共有的天然权利,是人类追求幸福的一个重要方面。社会道德是为了让人们在一起生活得更好而制定的,因而对爱情应该承认、理解和保护,当然也要对它加以规范、调节和制约。从理论上说,社会道德规范与爱情、与个人幸福应该是一致的而不应该是矛盾的。但在实际生活中两者却常常是矛盾和冲突的。

例如一对男女结婚之后,谁也不敢保证在以后漫长的人生旅途中就不会遇上一个比自己的丈夫(或妻子)各方面都更优秀更完美因而更让人动心的人。一个男人欣赏一个女人的聪明、美丽与善良,一个女人欣赏一个男人的胸怀、学识和智慧,从人性角度来看,应该说是完全正常的。常言说爱美之心人皆有之,爱美爱优秀是人类美好的天性。可以说正是爱美的心理机制把人类一步步引向更高的境界。但是问题也就由此而生:如果双方的感情仅仅停留于欣赏与爱慕,社会道德可以认可;如果超越了这一点,由欣赏、爱慕走向婚外恋情乃至于更远,社会道德规范就要出来干涉。

具体到安娜来说,她聪明、美丽,特别富有情感,虽与丈夫结婚十年,却没有感情,不知爱情为何物。命运让她与年轻潇洒风度翩翩的皇家军官伏伦斯基相遇,后者对她一见倾心,疯狂追求。经过一段痛苦犹豫,两人终于不顾一切地坠入爱河从而演出一段惊动整个上流社会的、轰轰烈烈的爱情。安娜的爱情源自生命意识的觉醒,伏伦斯基的爱情虽然有某种程度的虚荣心理,但总的看也出于真实的情感,源于对安娜高雅气质的倾慕。应当说,他们的爱情是自然的,同时也是真诚的、热烈的,甚至可以说是痴迷的,因而也是感人的,可以理解并值得同情的。然而这种爱情却不为社会所认可。因为,安娜是已婚女人,已婚女人应当维护神圣的婚姻与家庭,应当自觉地尽妻子和母亲的义务,总之应当无条件地遵守社会为你制定的伦理道德规范。安娜做不到这一点,于是受到社会舆论的谴责,从而进入追求爱情还是遵守道德,或者说是追求个人幸福还是遵守社会规范的两难困境之中。

安娜所遇到的困境,以不同的外在形式相同的内在实质在不同时代不同社会反反复复地重演着。例证多多,不说也罢。

也许我们可以说,在安娜的爱情经历中,社会道德规范都过于陈腐僵化,扼杀人性,因而需要破除,需要建立新的规范以取代它。这话确有道理。然而,无论社会规范怎样变化,只要它仍然是社会规范,就必然与人们追求爱情、追求个人幸福的愿望有相冲突的地方。只要二者之间发生冲突,由这种冲突导致的人生困境就不会消亡。

为什么呢?这当然与冲突双方的性质不同有关。爱情(以及其他一切纯属个人性质的各种欲望)是一种最具个人性的感情,它的本性要求自由,要求随心所欲而不顾及其他,它一般表现为非理性的特征;而社会道德规范代表的则是社会意志,体现的是群体利益,它表现出的是社会理性的特征。对个人而言,社会规范具有冷酷无情的强制性,它们强行统治着人们的灵魂,人们必须履行它,无权拒绝它,不论人们愿不愿意,也不论这值不值得。当个人感情、个人幸福与社会规范发生矛盾时,为了保障社会生活的稳定和有序,后者往往以权威的姿态要求前者压抑自己,服从乃至于放弃自己。这就造成二者的尖锐冲突。

个体感情与道德规范的关系,实质是个人与社会的关系。个人与社会相互依存相互渗透,既对立又统一。社会文明程度高,二者和谐统一的一面占主导地位,反之则冲突的一面占主导地位。但无论如何,二者之间永远相互纠结,不可分离。也就是说,个人幸福与某些社会规范之间的对立永远也不会消除,由此造成的人生困境也就永远存在。面对上述人生困境,谁也没有两全其美的办法。不是哪个人乃至整个人类的智慧不够,而是因为困境的本原性、根本性特征——困境之所以为困境,就因为走不出,能走出就不叫困境。这里没有两全,只有两难。

聂赫留朵夫：纯洁—沉沦—忏悔—复活的心路历程

聂赫留朵夫是列夫·托尔斯泰最后一部长篇小说《复活》的男主角。《复活》被公认为托尔斯泰世界观转变后最重要的作品，是他晚年思想与艺术探索的结晶。

人物故事

贵族青年军官聂赫留朵夫到姑姑家探亲，爱上了半是养女半是奴仆的玛丝洛娃，临回部队的前夜，他占有了她，塞给她一点钱一走了之。从此，玛丝洛娃开始了不幸的命运：怀孕后被主人赶出家门；孩子出生后病死；几番给人当女仆遭到侮辱；万般无奈之下沦为妓女。一次，玛丝洛娃被人诬告犯了杀人罪而被投入监狱。

在法庭上，作为陪审员的聂赫留朵夫发现被审判的罪犯竟然是玛丝洛娃，知道她的犯罪与自己当年的行为有关，于是良心发现，痛下决心为自己赎罪。他找律师为她上诉，为昭雪她的冤案四处奔走，失败后自愿随玛丝洛娃流放到西伯利亚，并且为了她的幸福决定和她结婚。玛丝洛娃为他的行为所感动，为了他的幸福不接受他的牺牲，拒绝了他的求婚。最后，他们两人在精神和道德上都走向了"复活"。

人生启悟

关于这部小说的主题思想,过去一向关注的是社会批判,但对于一部世界名著,可以从多角度解读。笔者从人生视角读《复活》,感兴趣的是聂赫留朵夫的内在精神生活,是他由纯洁到沉沦到忏悔再到复活的完整的心路历程。

笔者认为,尽管聂氏的心路历程有其特殊性的一面,但毫无疑问,也有普遍性、代表性的一面。因为,时代和社会可以不同,具体的人生际遇可以不同,但无论何人处于何种时代何种社会都有一个如何面对诱惑的问题;面对诱惑,就有一个沉沦(乃至犯罪)与否的问题;沉沦之后又有能否"复活"的问题。由此看来,聂赫留朵夫所面临的问题其实是所有人(起码是许多人)都可能面临的问题。因此,考察一下聂赫留朵夫的精神之路,对于现代人或许不是多余的。

聂赫留朵夫是怎样走向沉沦的——成长的干扰

(1)圣洁的青春

在托尔斯泰笔下,聂赫留朵夫青年时曾是一个纯洁善良、道德高尚的人。他崇尚完美,追求完美,视"完美"为精神信仰。在他心里,真诚地把为道德的要求所做的牺牲,视为最高精神快乐。例如,当他了解土地私有制的残忍时,毅然决然地把他从父亲名下继承的土地送给农民。在男女关系方面,他也是一派天真无邪,纯洁得可爱。他爱姑姑家的女仆喀秋莎·玛丝洛娃,但这种爱仅仅是潜意识中的,他不但没有在肉体上占有她的欲望,而且一想到居然能够跟她发生那样的关系,就感到害怕。

(2)成长的干扰

然而,仅仅三年过去,聂赫留朵夫就完全变成了另一个人。原先他是诚实而富有自我牺牲精神的青年,乐于为一切美好的事业献身；如今他却成了荒淫无度的彻底的利己主义者，专爱享乐。原先他尊敬女人，视女人为圣物，如今除了他的家属和朋友的妻子以外的一切女人，他认为无非是享乐的工具罢了。原先他不需要钱用，可是现在母亲每月给他一千五百卢布，他还是不够用，为了钱常常跟母亲闹不愉快。原先他认为精神存在才是真正的我，如今他认为健康而活泼的兽性的他才是他自己。

为什么会发生如此大的变化呢？原因是，首先他发现坚守自我、坚守崇高纯洁的精神追求，就不能使本能欲望得到满足，而他由于年轻，抵挡不了享乐的诱惑，终于放弃了高尚的精神生活。另一个原因是，他坚守道德和纯洁，别人说他另类，总是遭到人们的责难；相反，和别人同流合污反而得到赞扬。比如，他思考上帝、真理等问题，别人说他傻；他颓废堕落，人们称赞他风雅；他想保持童贞，亲人们却鼓励他玩女人。总之，清纯的聂赫留朵夫与周围环境格格不入，而环境力量比他强大，结果是他放弃清纯走向颓废和堕落。他开始吸烟、喝酒、玩女人，他不再有心理负担，反而感到轻松了。

总结起来，聂赫留朵夫走向沉沦的原因有两个：一是主观的——坚守精神追求的意志不坚定；二是客观的——恶劣的环境影响太强大。两个原因中作者更强调后者。

（3）在考验中成长

聂赫留朵夫青年时本来是善良纯洁的，后来却走向了沉沦。这种演变难道是个别的和偶然的吗？当然不是。考察历史，观察现实，我们发现聂氏的心灵轨迹在一代代人身上发生过或发生着。也就是说，他的精神演变过程有着某种普遍性意义，这里蕴含着一个人成长过程中某些规律性的东西。

一个人的成长离不开接受教育。学校、书本教育相对单纯，向学生灌输的是人类文明的精华，是真善美的理念，是纯洁崇高的道

德精神。聂赫留朵夫纯洁向上的道德观念,正直热情的灵魂,正是在这一阶段形成的。

然而人总有一天是要离开学校走向社会的,社会的特点是"混沌",是"复杂",是善恶交织、美丑并存。社会环境的力量无比强大,这种情况下,从学校、书本中得到的单纯透明的精神理念,往往敌不过混沌复杂的生活本身的力量,尤其是敌不过生活中某些"恶"的力量。因为"恶"与人性中的本能性欲望相通,所以"恶"往往具有强大的"魅力",让单纯透明的青年人抵抗不了它的诱惑,不得不放弃无奈的抵抗。抵抗失败,随之而心安理得地陶醉于其中。聂赫留朵夫沉沦的过程其实就是外在的恶战胜他心中的善的过程。

安东·契诃夫和列夫·托尔斯泰

社会的这种性质,决定人的成长必然会受到干扰。人的成长过程说到底其实就是一个抵抗干扰,在干扰中经受心理矛盾的冲突与磨难,最终战而胜之的过程。不经受干扰的成长是没有的。不经受干扰的成长是虚幻的、脆弱的,或者说,未经考验的成长是靠不住的。欧洲小说中从修道院里出来踏入社会的女孩子,没有不上当受骗、饱受磨难的。因此,不能期求纯净,不能害怕干扰,不能躲避考验。圣徒是经过地狱、炼狱才成为圣徒的,健康理性的人是在战胜了各种各样的诱惑后才成长起来的。

聂赫留朵夫经过漫长的精神跋涉,终于战胜各种诱惑,走出了沉沦,一步一步走向精神高地,灵魂完成了由沉沦、犯罪、到复活的朝圣历程,从而给我们留下了不尽的启发。

聂赫留朵夫是怎样复活的——忏悔的精神价值

(1)决心忏悔

天下事无奇不有。聂赫留朵夫诱奸喀秋莎之后,又过了十年,鬼使神差,阴差阳错,上帝又安排他们在法庭上见面:前者是陪审员,后者是罪犯。在这种特殊场合下相见,聂氏心灵受到极大震撼。十年前,当他犯下那桩罪恶时,在他的心灵深处,最深的深处,他知道他的行为极其恶劣、卑鄙、残忍。然而为要继续理直气壮、兴致勃勃地生活下去,只有一个办法,就是不去想它。他真这样做了,忘却使他获得心理的平衡。

然而现在,惊人的巧遇一下子把他从忘却和自我欺骗中硬拉出来,他的内心深处开始了从未有过的激烈斗争:一边承认自己是坏蛋、流氓,一边又否定。但大量事实证明自己就是坏蛋流氓,他下决心不再欺骗别人,也不再欺骗自己,不管付出怎样的代价,也要从虚伪中走出来,用实际行动去赎自己的罪恶,拯救自己的灵魂。对玛丝洛娃,要做一切所能做的事以减轻她的磨难,如果必要就跟她结婚。

聂赫留朵夫这样下决心,也这样付之于行动。他开始为平反玛丝洛娃的冤案而四处奔走,直至枢密院和沙皇那里,最后以失败而告终。

聂赫留朵夫这样做,确实付出了巨大的代价。首先,名誉的损失。聂赫留朵夫身为公爵,所生活的贵族圈子极为重视名誉,把名誉看得比生命还重要。但他毅然冲破了这层心理障碍,宁愿忍受舆论的讽刺和嘲笑,也要坦白承认自己的罪过,他不再顾及所谓的面子。其次,为了随玛丝洛娃流放,他到乡下果断放弃了自己的田产,把自己占有的土地最大程度地让利于农民。他真的放下贵族架子,真心诚意地随玛丝洛娃一起来到生存条件极为恶劣的西伯利亚。一路的疲惫劳顿,物质条件的简陋艰苦,他从无怨言。终于,他的真诚努力有了回报。玛丝洛娃宽恕了他,重新爱他,为了他改掉了所有恶习,同样为了他而不愿接受他的牺牲。两人精神上都走向了"复活"。

(2)反复与动摇

当然,聂赫留朵夫的心灵朝圣之路,并不是一帆风顺的,而是经历了几次反复、几次动摇。他每次动摇时都想退缩,怀疑自己这么做不值,但每一次都是善战胜了恶。经过一次反复,他的决心也就越发坚定一次,终于完成了灵魂的"复活"。

(3)为了上帝(良心)

这是一段极为艰难的长途跋涉的心路历程。是什么力量吸引着、支撑着聂赫留朵夫的呢?毫无疑问,是因为他有坚持要过纯洁高尚心灵生活的精神追求,而追求的目标是走向上帝。聂赫留朵夫的所谓上帝,并不是基督教堂里的人格神,而是一种纯洁完美、至高无上的精神偶像。说到底是人精神追求的人格化,是一种纯洁的道德象征。正如雨果在《悲惨世界》中所说,良心就是上帝。

聂赫留朵夫"复活"的精神价值

看到这里,不知诸君对聂赫留朵夫的心路历程有何感想。也许有人会说,聂赫留朵夫的精神境界太高了,让常人高攀不上。既然如此,其意义就打了折扣。尤其在商品化、世俗化的社会里,这种人早已失去意义。

以上是笔者的猜测,以常情常理度之,大致不差。对此,笔者表示理解,但却不同意。笔者是这样想的:诚然,聂赫留朵夫的精神境界高于社会一般道德水平线,高于常态太多,因而不具有普遍的效仿价值,社会无法以他的境界来要求每个成员。但我们也不能据此就断言聂氏形象就丧失了现实意义。恰恰相反,笔者认为,聂氏的真正价值不在于让人效仿,而在于让人仰望。"不现实"恰恰是他的优点而不是缺点,是他的真正价值和意义之所在。

平心而论,聂氏所体现的精神高度,现实生活中的平常人很难模仿很难达到,因而不具有规范行为的实践性和广泛普及的现实性。它的根本意义在于,作为一种精神境界虚悬于人们心上,无形中起着一种警示和提醒作用。古人说的"高山仰止,景行行止;虽不能至,心向往之",指的就是这种作用。崇高境界对人类思想具有强大的感召力、吸引力。有史以来人类就在对崇高境界的追求中一步步迈向文明的新台阶。崇高的理想境界像灯塔,永远虚悬在人类精神追求的前方或上方,指引着人类进行精神爬坡。说到底,理想境界的设置就是为了树立一个崇高的目标,从而引出不断追求的过程。

总之,正像自然界需要生态平衡一样,精神界也需要"心态"平衡。既需要务实的思想,也需要超拔务虚的思想。只有两方面都存在,才能形成一个张力场。在这一张力结构中,两端相互制衡相互补充,这才是健全的精神状态和心灵状态。只顾及一方面,精神天平必然失去平衡,导致精神病态。一个人如此,一个民族一个社会亦如此。

关于聂赫留朵夫的心灵朝圣历程,这里是一个压缩版,较为详尽的讨论在拙著《世界文学名著中的人生智慧》中,有兴趣的读者可以参看。

别里科夫：一个套中人死了，千万个套中人还活着

《套中人》插画

别里科夫是俄国著名作家契诃夫的《套中人》的主人公。《套中人》(《契诃夫短篇小说精选》，人民文学出版社2002年版，下引此书只注页码)是素有短篇小说之王美誉的契诃夫享誉世界的名篇，曾被选入我国中学语文教材。

人物故事

别里科夫是一名中学教师，是当地"名人"。他之所以出名，是因为各方面都很另类。首先是外在穿着和行为举止上。他即使在大晴天出门也要穿上鞋套，带着雨伞，而且一定穿着暖和的棉大衣。他的雨伞、怀表，包括削铅笔的小折刀也要装在套子里。他的脸也好像蒙着套子，因为他老是把脸藏在竖起的衣领里。他戴黑眼镜，用棉花堵上耳朵，坐马车时让车夫把车篷支起来。

以上描写，很明显是夸张、变形、漫画化，意在强调一个意思："在这人身上可以看出一种经常的、难忍难熬的心意，总想用一层壳把自己包装起来，仿佛要为自己制造一个所谓的套子，好隔绝人

世,不受外界影响。现实生活刺激他,惊吓他,老是闹得他六神不安。"(第184页)因此,他试图用套子躲避现实生活。

以上只是对别里科夫外在形态的描述。最关键的是以下这句话:"别里科夫把他的思想也极力藏在套子里。"表现是,只有政府和报纸明令禁止的事情他才记得清,至于政府批准和允许的事情,他却觉得含有可疑成分。一切违背法令、脱离常规、不合规章的事情,即使与他毫不相干,都使他激动万分。他经常心神不安地对自己和周围的人说:"千万不要出什么乱子啊!"在教务会议上,他老是发表纯粹套子式的论调,指责学生不守规矩,动不动要求开除学生。他还侦探似的到同事家查三访四。别里科夫谨小慎微,什么都怕,以至于连恋爱都不敢谈,怕结婚会惹出什么乱子来。

他的行为压得全校人喘不过气,不但教师们怕他,连校长也怕他。他制造的紧张气氛像会传染似的范围越来越大。他死前,整个中学被他辖制了足足十五年;不仅如此,全城都受到他的辖制,例如太太们星期六不敢举办家庭晚会,因为怕他知道。有他在,教士们到了斋期不敢吃荤,不敢打牌。"在别里科夫这类人的影响下,在最近这十年到十五年间,我们全城人变得什么都怕。他们不敢大声说话,不敢发信,不敢交朋友,不敢看书,不敢接济穷人,不敢教人念书识字……"(第185—186页)简直是风声鹤唳,草木皆兵了。

人生启悟

通过上述艺术描写可知,别里科夫是一个被僵死的规矩、僵化的观念、僵硬的习惯完全降服、驯化、异化的人,成了僵死的规矩、僵化的观念、僵硬的习惯的符号、工具、奴隶、鹰犬。他进了"僵"尸的套子,套子套死了他,窒息了他的生命。

这篇小说,传统的社会政治解读是,别里科夫是一个顽固、反对一切新思想和新事物的保守反动分子的典型,通过他,谴责了产生"套中人"的社会制度,喊出了"再也不能照这样生活下去了"的呼声,暗示了反动势力的必然灭亡。这当然不错。不过,除社会政治视角之外,还可以从更广泛的人生视角加以解读。

《套中人》的所谓"套子",当然包括沙皇制度下的政治制度、政策法规等,但"套子"的内容、范围远不止于此,而是更宽泛、更普遍。关于这一点,契诃夫本人有明确的说明。他借人物之口说:"我们住在城里,空气污浊,十分拥挤,写些无聊的文章,玩'文特',这一切岂不就是套子吗?至于在懒汉、爱打官司的人、无所事事的蠢女人中间消磨我们的一生、自己说而且听人家说各式各样的废话,这岂不也是套子吗?"这是什么?这不就是大多数人的生活吗?这不就是社会现实的众生相吗?如果这都算"套子"的话,那么我们完全可以说"套子"在现实生活中无处不在。

作为艺术家的契诃夫,有一颗敏锐的心,他反对一切因循守旧、陈腐僵化、麻木不仁、安于现状的现象。他渴望新生活,渴望变化,喜欢充满活力、代表人类希望的新事物。换句话说,他反对一切毒害生活的旧传统、旧观念、旧思想、旧习惯,他视这一切"旧"为套子。《套中人》就是他这种思想的表现。

特别值得提出的是,在揭露、批判、控诉套子的同时,契诃夫对旧套子的顽固性、再生性有清醒的认识。作品中,人们在埋葬了别里科夫之后,普遍感到大快人心,感到了长久以来没有的轻松和自由。契诃夫用抒情的笔调写道:"啊,自由啊,自由!只要有一点点自由的影子,只要有可以享受自由的一线希望,人的灵魂就会长出翅膀来。"可是,"一个星期还没过完,生活又过得跟先前一样,跟先前一样的严峻、无聊、杂乱了,这样的生活固然没有得到明令禁止,不过也没有得到充分的许可啊。局面并没有变得好一点。

确实,我们埋葬了别里科夫,可是另外还有多少这种套中人活着,将来也还不知道会有多少呢!"(第196页)

一个特定的套中人死了,但千百万别的套中人还活着!多么惊心动魄的发现!这是真正艺术家的眼光。他怕此发现别人不理解,不重视,忍不住借叙述人之口又重复一遍:"那样的人,将来不知道还会有多少!"

"另外还有多少这种套中人活着",是说套中人存在的普遍性;"将来不知道还会有多少",是说套中人存在的长久性。合起来,契诃夫认为套中人是超越时间和空间的普遍存在。"套中人"既是某一时代、社会的特定现象,更是人类生活的普遍现象。

人啊!一方面厌恶套子,希望挣脱套子,可是由于人性的弱点,习惯力量的强大,人们又不知不觉愿意活在套子之中,享受套子中的安逸和平静。这就是人的悖论,人性的悖论。契诃夫不愧是世界级的作家,眼睛一凝神,就看到了人生、人性的最深处。以契诃夫的眼光看当下我们的生活,反省一下,有多少人生活在各种各样无形中的套子中呢?!面对各种各样的套子,我们又有多少自觉呢?!契诃夫一再呼吁,不能再这样生活下去,我们又将怎样面对呢?!

奥莉加：对虚荣浅薄的文艺小资们的善意警示和教诲

安东·契诃夫

奥莉加·伊万诺夫娜是契诃夫的著名小说《跳来跳去的女人》的主人公，是那个时代典型的文艺青年，或者叫文艺小资。

人物故事

奥莉加是医生的女儿，二十二岁，喜欢文艺，爱好广泛。每天的生活就是画油画、做雕刻、唱歌、弹钢琴、听音乐会、到剧院看戏，还参加业余演出，每星期三定期在家里举行晚会，整天忙得不亦乐乎。因为爱好文艺，所以自然也崇拜名人："她善于很快地认识名人，不久就跟他们混熟。只要有个人刚刚有点小名气，刚刚引得人们谈起他，她就马上认识他，当天跟他交成朋友，请他到家里来了。每结交一个新人，在她都是一件十足的大喜事。她崇拜名人，为他们骄傲，天天晚上梦见他们。她如饥似渴地寻找他们，而且永远也不能满足她这种饥渴。"

奥莉加的丈夫德莫夫是一位医生,性格纯朴温和,对工作认真负责,献身科学。他爱妻子,爱家庭,为增加收入兼两份职务,还私人行医。但在奥莉加眼里,他很普通、很平常,没有艺术细胞,她对他说不上爱也说不上不爱。

奥莉加整天在艺术朋友圈里混,和他们到城外散步、画素描、钓鱼,听夜莺唱歌,和画家们到伏尔加河流域去旅行,一出去就是几个月。相处日久,她和其中一位画家产生了婚外恋情,爱得神魂颠倒,那位画家对她用情不专,惹得她痛苦不堪,烦不胜烦。

德莫夫爱妻子,对她的要求百依百顺,从无怨言,甚至对妻子的婚外恋情也持宽容谅解的态度。奥莉加对此并不感谢,反而说"这个人用宽宏大量压迫我"。由于心情苦闷,德莫夫一心扑在工作上,他不顾安危救治病人,结果被传染得病而亡。

德莫夫死了,他的同事悲痛伤心,为医学界失去一位年轻的科学明星而惋惜。他们对他的评价是:"这是一个善良、纯洁、仁慈的灵魂,不是人,是水晶!他为科学服务,为科学而死。他一天到晚跟牛一样地工作,谁也不怜惜他。这个年轻的科学家,未来的教授,却不得不私人行医,晚上做翻译工作,好挣下钱来买这些……无聊的废物。"

奥莉加得知真相,痛悔莫及。直到这时候,"她这才忽然明白:他果然是一个天下少有的、不平凡的人,拿他跟她认识的任什么人相比,真要算是伟大的人"。"她想对他说明过去的事都是错误,事情还不是完全没法挽救,生活仍旧可以又美丽又幸福。她还想对他说,她会一生一世地尊崇他,向他膜拜,感到神圣的敬畏……"

奥莉加终于醒悟了,可是已经晚了。但她毕竟醒悟了,这值得庆幸。

人生启悟

读完这篇小说,掩卷思之,奥莉加不是特定时空里一个孤立的个案,而应该说是一个超越时空、带有普遍意义的典型。她的人生教训可以为不同时空下的文艺青年所借鉴。

首先,喜欢文艺的奥莉加,没有明确的人生规划和人生目标。她的兴趣太广泛了,文艺门类几乎无不染指。兴趣如此广泛,正说明她的所谓兴趣是肤浅的,追逐时尚的,其实她并没有真正属于她的兴趣。这说明她还没有找到真正的自我,她只是跟着时尚走,说到底是时尚的奴隶。如此蜻蜓点水式的所谓文艺活动,势必分心,既浪费时间和精力,也浪费物力和财力,最终一事无成,实在可惜。

其次,奥莉加的价值观念颠倒,或者说错误。她一心崇拜名人,但她所崇拜的所谓名人只是华而不实,徒有虚名,自私自利的人。这些人混迹于文艺圈,以艺术的名义沉浸于虚无缥缈的梦幻之中,放纵自己的情欲,过着貌似高雅,实则混乱不堪的生活。而她对自己身边有崇高价值的人却看不见。错误的价值观念模糊了她的眼睛,使她过的是无价值的生活。

再次,奥莉加被虚荣心所绑架。从奥莉加所谓的艺术活动中,读者看不出她对艺术有真正的理解和真正的热爱。她参与艺术活动的唯一动机,是艺术可以出名,可以使她成为不平凡的人。这是虚荣心在作怪。在艺术圈,最容易受虚荣心的蛊惑。奥莉加周围的人为了取悦她,说她将来很有可能有所成就。她也信以为真,一心梦想着有一天会成为大艺术家,成功、荣耀、世人的爱戴在等着她,所以目空一切,忘乎所以,迷迷糊糊沉浸于毫无根据、毫无意义的幻想中,浪费了青春和生命。

最后,奥莉加骨子里的自私与任性。艺术圈的人最容易被动听的名词所蛊惑,言行貌似浪漫,但骨子里却是十足的自私和任性;心中只有自己而没有他人,是典型的自我中心主义者。如奥莉加在外地时,竟让风尘仆仆、好不容易赶去看望她的丈夫当天折回去为她取一件第二天需要的衣服,丝毫不顾及他的感情,把他当奴隶驱使。当她进入婚外恋情时,她明知道自己的行为违反了伦理道德,背叛了丈夫,但以"生活里的一切都该体验一下才对"为借口,一意孤行,任性地表示我偏要这样,情愿灭亡,让他们诅咒自己好了。她自认为高人一等,丈夫普通平凡,配不上她,过去他从她那里享受到的幸福已经足够了,因此可以不顾他的感情为所欲为了。总之,自私和任性,是这些人的共性。正如叙述人所指出的,这伙逍遥自在的艺术家已经给命运宠坏,尽管文雅而谦虚,但骨子里却只有自己而没有别人。

契诃夫身为名作家,无论走到哪儿都被人所推崇,被视为不平常的明星。他对这一点非常反感,他一生视自己为普通人、平凡人,并以此为幸福。他对社会上和身边的文艺青年的缺点、弱点洞若观火,同时对他们又有善意的关心,所以借《跳来跳去的女人》指出他们的迷失,提出中肯的劝告。

文艺青年、小资们年纪尚轻,有这样那样的缺点、弱点在所难免。问题是,对于自身的缺点和弱点,他们往往因自身的轻浮、轻率、轻狂而不自知。这时候,文学艺术界大腕、文艺小资们所崇拜的契诃夫出面,立一面镜子让他们照一照,给他们一点提醒和劝告,是非常必要非常及时的。

类似奥莉加这样的文艺青年,无论哪个时代、哪个社会都有,所以契诃夫的劝告将永远有价值,永远有意义。

尼古拉·伊万内奇：庸俗的霉菌无处不在

尼古拉·伊万内奇是契诃夫的著名短篇小说《醋栗》的主人公。高尔基回忆契诃夫时说过一个意思：庸俗是他的敌人；他一生都在与庸俗作斗争，他用那无情而犀利的笔触描写它，嘲笑它；他善于发现庸俗的霉菌，即使在那些乍看似乎一切都很美好、舒适，甚至闪闪发光的地方，他也能把那种霉菌找出来。高尔基这段话精辟地概括了契诃夫作品的精要之点、独特之处。这一特点体现于契诃夫的所有作品中，如果要举一篇作为典型案例的话，笔者推荐他的短篇小说《醋栗》。

契诃夫

人物故事

《醋栗》（见《契诃夫短篇小说精选》，人民文学出版社2002年版，下引此书只注页码）的情节主体是兽医伊万·伊万内奇叙述他弟弟尼古拉·伊万内奇的故事。弟兄俩的祖父是农民；父亲是军人,父亲做军官后给他们留下了世袭贵族的身份和一份小小的田产。尼古拉自十九岁起在税务局做公务员,但留恋农村生活,心心念念想买一个小庄园,梦想在那里享受小贵族的安逸生活。

为了这一目标,他整天看广告,日思夜想地勾画庄园的蓝图。他节衣缩食,不断攒钱,过着叫花子一样的生活。哥哥可怜他,接济他的钱他也存起来舍不得花。年过四十才结婚,娶了一个又老又丑的寡妇,因为她有钱。他对妻子吝啬至极,不让她吃饱,把妻子的钱转到自己的名下,最后妻子憔悴而死,他一分钟也没想过要为她的死负责。后来终于谋得一处小庄园,心满意足地过起了小地主的生活。

他对自己的小日子十分满意,一盘醋栗就可以让他激动得流出眼泪,兴奋得说不出话来。哥哥去看他的时候,发现安逸的弟弟"老了,胖了,皮肉发松,他的脸颊、鼻子、嘴唇,全都往前拱出去,眼看就要跟猪那样咕咕叫着钻进被子里去了"。

他当了地主,就摆起了地主的架子。农民若不称呼他"老爷"他就不高兴,农民稍微惹了他,他就和他们打官司。说起话来像大臣,高傲而得意,口头禅是"我们这些贵族"之类。为了灵魂得救,还大张旗鼓地做一些付出少、名声大的好事。正如哥哥伊万所说:"生活只要变得好一点,吃得饱,喝得足,闲着不做事,就会在俄罗斯人身上培养出顶顶骄横的自大。"尼古拉就是这种人。看着弟弟满足的样子,哥哥心里竟生出了"一种跟绝望相近的沉重感觉"。

尼古拉是孤立的个别吗?不是。叙述人(哥哥)说:"我心想:实际上有多少满足而幸福的人啊!这是一种多么令人沮丧的势力!"这种势力遍布城市和乡村——"你们看一看这种生活吧:强者骄横而懒惰,弱者无知而且跟牲畜那样生活着,处处都是叫人没法相信的贫穷、拥挤、退化、酗酒、伪善、撒谎……可是偏偏所有的屋子里也好,街上也好,却一味地心平气和,安安静静。"(第207—208页)

那么满足的只是"别人""他人"吗?不是!难能可贵的是,叙述人反躬自省,发现"我也幸福而满足";"我"的朋友布尔金和阿廖欣也是这样的人,他们对"我"讲的故事和感慨麻木不仁,只关心自己的事情。

对这种状况,叙述人感到极为沉痛,他说,这是普遍的麻木不仁。麻木不仁让人沉睡不醒,让人斗志全无,生活陷入一片死寂。他希望有人拿小锤子敲门提醒那些麻木的人,天下还有那么多不幸的人。可惜拿小锤子的人却没有,幸福的人依然无忧无虑地生活下去。

沉痛之余,叙述人希望人们振作起来有所作为。他发出质问:为什么要等?根据什么理由?难道要等到没有了生活的力量才算吗?激情昂扬中表现出叙述人想把人叫醒、改变现状的渴望。

人生启悟

契诃夫借助《醋栗》想表达什么思想呢?上文转述中已经表达得很清楚。下面,我们再用文本中的两段议论看这篇小说的主旨。

一段是叙述人(暗会作者)开始讲尼古拉的故事时开宗明义表示的态度,对他那种"把自己关在自家小庄园里过一辈子的愿望,素来不同情",叙述人说:"离开城市,离开斗争,离开生活的喧嚣,隐居起来躲在自己的庄园里,这算不得生活,这是自私自利,偷懒,这是一种修道主义。"(第203页)他认为,人所需要的并不是三俄尺(墓坑)土地,也不是一个庄园,而是整个地球,整个大自

然,在那广大的天地中人才能够尽情发挥他那自由精神的所有品质和特点。(第203页)

另一段是叙述人劝朋友的话:"不要心平气和,不要容您自己昏睡!趁您还年轻力壮,血气方刚,要永不疲倦地做好事情!幸福是没有的,也不应当有。如果生活有意义,有目标,那意义和目标就绝不是我们自己的幸福,而是比这更伟大更合理的东西。做好事情吧!"

读完小说,我们可以听见契诃夫那颗热烈滚烫的心在跳动,可以看见他火热的激情在燃烧。他对生活中普遍存在的庸俗的满足、满足的庸俗痛心疾首,甚为愤慨。他渴望人们觉醒,进而改变麻木不仁的生活。

契诃夫离开我们已经一百多年了,但对照今天我们身边的生活,情况又如何呢?我们悲哀地发现,几乎没有什么变化。满足于庸俗的所谓幸福,除了自己的所谓幸福,万事不关心的,还大有人在。现在的"心灵鸡汤"式的号召、劝诫不绝于耳,诸如要知足满足,无论到哪一步,都要知足满足,因为不管怎么说,你总还活着。这是典型的庸人哲学、混世哲学。当然,满足于个人的小幸福不是错,更不是罪,但是,国家、民族、人类的文明与进步,靠的是拥有更远大理想、更博大胸怀的人;人生意义不是满足于一己之小悲欢,而是做"更伟大更合理"的事情。有鉴于此,当下的中国人听一听百年前契诃夫的提醒和劝诫是十分必要的。

约娜：理想很丰满，现实很骨感

约娜是法国作家莫泊桑的长篇小说《一生》的女主人公。

众所周知，莫泊桑是短篇小说的圣手，殊不知他的长篇小说也同样精彩。他在短暂的创作生涯中一共写过六部长篇小说，《一生》是其中最早的一部，也是他最杰出的作品之一。作品一经发表立即受到读者热烈欢迎，从此名扬天下。

莫泊桑

人物故事

《一生》（盛澄华译，人民文学出版社1980年版，下引此书只注页码）写女主人公约娜"一生"的故事。

约娜出身于旧贵族家庭，父亲德沃男爵高雅善良，崇拜卢梭，热爱大自然，尊重宇宙间一切生命的自然规律，主张人的自由发展。他希望自己的独生女约娜成为一个幸福、善良、正直而温柔多情的女性，从约娜十二岁起，他把她送进圣心修道院。为了让她远离人间丑恶,在修道院里,他让她过严格的幽居生活,与外界彻底隔绝,不让她知道人世间的一切丑恶,甚至不让她享受任何世俗的娱乐。他希望在约娜十七岁被接回来时仍然童真无邪,一尘不染,然后由他诗意地灌输给她人世的常情,让她在田园生活中自然成长。就这样,约娜在封闭的环境中按照父亲的意愿一天天长大。

作品开头,刚从修道院回家的约娜,第二天就冒着大雨,急不可待地与全家来到了濒临大海的白杨山庄。在美好的大自然里,约娜欣喜若狂,开始憧憬温柔浪漫的爱情,开始猜想自己的前途,设计自己的生活,满脑子都是关于未来幸福生活的美梦。不久,一位失去双亲的年轻贵族于连走进了她的生活。于连长相俊美,温文尔雅,礼数周全,风度翩翩,很快赢得不谙世事的约娜的芳心,交往不到半年,两人便步入婚姻殿堂。

约娜夫妇外出旅游度蜜月。蜜月期间,于连对约娜温柔细腻的情感世界一点也不关心、不理解、不尊重,逐渐暴露出贪色、粗暴、自私、专横、吝啬等一向掩盖着的性格弱点,让天真纯洁的约娜深感失望。蜜月归来,于连进入这个家庭攫取了家庭财产的大权,从此趾高气扬,对人傲慢无礼,凶狠暴躁,他以一家之主的身份刻薄、吝啬地对待家人和仆人,把约娜父母气得离开白杨山庄回了城里。从此约娜心灰意懒,对爱情对生活失去热情,整天忧郁愁闷。她痛苦地想,难道人生就是这样的吗?难道一生就这样了吗?

后来,一向和约娜亲如姐妹的女仆萝莎丽突然生下私生子,约娜无比惊诧,问她和谁生的,女仆死不肯说。一天夜里,约娜感到自己病得快要死了,急忙去找于连,发现于连正和女仆睡在一张床上,约娜痛不欲生,发疯一般跑到海边想跳崖自杀,被冻昏在冰天雪地里。约娜大病一场,神智昏迷好多天,醒来后拷问女仆,才知道于连第一次到他们家,就和女仆有了私情。好心的男爵以价值二万法郎的土地作陪嫁,把萝莎丽嫁给了一位老实能干的青年农民。

约娜生了孩子,于连不但不高兴,反而表现出苦恼、冷淡,总之是一个自私自利的男人不愿做父亲的那种漠不关心。由于对丈夫的失望,约娜把所有心思放在孩子身上,母爱表现得特别狂热和盲目。孩子在全家人的呵护下,尤其是在母亲的过分溺爱中一天天长大。这期间,丈夫于连又与邻村贵族夫人发生暧昧关系,贵族夫人丈夫知道后怒不可遏,乘他们在山上能活动的小木屋约会时,把小木屋推下了山,一对偷情男女粉身碎骨。这之后,约娜母亲、父亲、姨妈相继去世,饱经命运打击的约娜一下子头发全白了,成了孤苦伶仃的老太太。在这个世界上,她唯一的亲人就是她的儿子,她所有的人生乐趣和希望统统寄托在儿子保尔身上。但儿子特别不争气,从小讨厌学习,长大不务正业,整天和妓女厮混在一起,日子过得昏天黑地,只知吃喝玩乐,尽情挥霍。约娜苦苦地思念着儿子,日夜盼望他归来,但儿子却置若罔闻,从不予以理睬,只知一次次大笔大笔地索要钱财,直至把母亲榨取净尽,约娜不得不卖掉庄园另觅住处。

就在约娜孤独寂寞,将要失去独立生活能力时,旧时女仆萝莎丽感念约娜一家的恩情,得知约娜的处境,毅然回来照顾她。约娜到城里找儿子遍寻不着,反倒为债主所逼,所以只好回家。回来后忽然见到儿子寄来的一封信,告诉她他的情妇刚生下一个女孩,马上就要死了,请求母亲代为抚养这个孩子。女仆立即赶往城里抱回了孩子,而且告诉约娜,她的儿子在安葬完情妇之后即回家来和母亲团聚。怀里抱着可爱的小孙女,屡遭命运残酷打击的约娜,重新感到了人世间的一点温暖,有了一点活下去的乐趣和勇气。这时,女仆萝莎丽忽然很有感慨地对约娜说:"您瞧,人生从来不像

意想中那么好,也不像意想中那么坏。"(第246页)

人生启悟

通过约娜的"一生",作者想告诉读者一些什么呢？换个角度,读者从阅读中想到了什么呢？当然,作者想告诉我们的和读者从作品中想到的,肯定很多很多,这里,笔者着重谈两点。

一、理想很丰满,现实很骨感

人生在世,人人都有向往幸福、追求幸福的权利,尤其是青年人,他们的人生正待展开而尚未充分展开,面前呈现着无限可能性,因而人生的千般美好万般灿烂都会成为他们的诱惑,成为他们憧憬和向往的对象。约娜就是这样的青年人。她在封闭的修道院生活若干年,对人世间的一切全不了解,所以走出修道院的约娜就像一只刚刚放飞的笼中之鸟,看一切都新鲜,对一切都感兴趣,对未来充满幻想——幻想未来幸福甜美的爱情和婚姻,幻想和孩子在花园里嬉戏……

面向月光下的大海,约娜幻想着美好的未来,越想越激动,一直想到黎明。黎明的光彩使她目眩,一种醉人的快乐,一种无限的柔情,淹没了她那软弱的心。这是她的日出！她的黎明！她生命的起点！她希望的再现！她用双臂伸向光辉灿烂的空间,想要和太阳拥抱；她感觉两股热泪夺眶而出,她用双手抱着头,如醉如痴地哭了。

约娜对未来的想象和激情,令人感动！谁能说这是不应该的呢？这是一个少女应有的权利啊！写到这一节时,莫泊桑用的是饱含激情的抒情笔调。很明显,在少女天真烂漫的幻想面前,莫泊桑也感动了！

然而,幻想毕竟是幻想,不管多么合情合理,多么美妙动人,都必须经受现实的考验。而现实却往往是坚硬的,冷酷无情的,它绝不因为你的单纯可爱而对你稍有照顾。在坚硬的现实面前,约娜一接触就碰壁了。在结婚初夜,约娜还不明白结婚意味着什么,她想的只是温柔的爱抚,结果却被野蛮粗暴地占有了。看着得到满足后仰天大睡的他,"她从心灵深处,感到了绝望,这和她梦想中的爱情是多么不同啊!多年来的希望被打碎了,幸福成了泡影"。(第56页)

接下来是蜜月。蜜月期间,她对他无休止的肉欲要求感到嫌恶,对他从不顾及她的感情感到愤怒,"她感到她和他之间隔着一层帘子,横着一道屏障,她第一次发觉,既然是两个人,就永远不能从心底里,从灵魂深处达到相互了解,他们可以并肩同行,有时拥抱在一起,但并非真正合二为一,所以我们每个人的精神生活会永远是感到孤独的"。(第64页)

爱情和婚姻让她失望,婚后的家庭生活同样让她失望。丈夫暴露出了更多的恶劣品质,最后竟至于为他的恶劣行为而命丧黄泉。对丈夫彻底失望的约娜,后来把生活的希望全部寄托在儿子身上。但儿子吃喝嫖赌,无恶不作,比父亲更邪恶,带给母亲的仍然是一连串的痛苦和烦恼。约娜可怜极了,自结婚之后就没有过过好日子,灾难和不幸接连不断,使她蒙受一次又一次的致命打击。现实生活与她对生活的幻想之间有着极大的反差。

莫泊桑设置如此巨大的反差似乎是在表明,对约娜的生活幻想,他既充满理解和同情,但同时又给以嘲讽和批评;也似乎是在告诉读者,你可以对生活抱有幻想,但千万要知道,幻想只是幻想,而不等于现实。现实往往不像幻想那样完美,现实中肯定会有诸多令人意想不到的不如意,不管你高兴不高兴,你都必须接受它;对此你一定要有足够的精神准备,否则,一旦碰到灾难和不幸,就会像约娜那样心灰意冷,一蹶不振。

那么,是不是莫泊桑过于"残忍",为约娜安排的灾难和不幸太多,以至于让她显得如此悲惨如此可怜呢?当然,可能是这样!作为个案,约娜的命运或许有其特殊性和偶然性,调整一下情节安排,她的命运就可以不这么悲惨。但是,与理想、幻想、梦想相比,现实中存在着更多意料不到的不幸和灾难,却是生活的铁律,即生活的必然。理想、幻想、梦想是主观的,随"意"的,空的,虚的,软的,你爱怎么想就怎么想;而现实却是客观的,实在的,坚硬的,是不以人的意志为转移的。正所谓"理想很丰满,现实很骨感","不如意事十之八九"。理想与现实从根本上说不同"质",所以无论如何不能把二者相等同。从这个意义上说,约娜的悲剧又是必然的。因为她对现实人生中冷酷的一面缺乏起码的认识,太缺乏精神准备,太没有防御和抵抗的能力了。

这或许要归咎于约娜的父亲。父亲从小把她送到修道院与世隔绝,本欲让她纯洁无瑕,结果事与愿违,反害了她。由此可见,让孩子从小经受一点挫折和不幸,看到生活污浊的一面,知道一些人生的复杂,对他们精神的成长不是一件坏事。过分纯粹的环境好比真空,会让人失去对病毒的免疫力,这样的人进入社会,必然导致约娜式的悲剧。

二、人生从来不像意想中那么好,也不像意想中那么坏

约娜一生饱受磨难,她对生活感到很绝望,她的女仆萝莎丽劝她别那样想,萝莎丽说:"人生从来不像意想中那么好,也不像意想中那么坏!"

这是全书最后一句话,也是作者用来点破主题的一句话,也是全书留给读者印象最深刻的一句话——即使把全书内容忘完了也不会忘掉这句话。这句话画龙点睛,高度概括了约娜"一生"的命

运,但让读者感觉到的是,它同时也总结了现实生活中千千万万人的命运。命运不会永远好,也不会永远坏,跌到谷底就会反弹,否极就会泰来。

乔治·杜洛瓦：流氓无赖从穷光蛋混成社会顶流的秘诀

乔治·杜洛瓦是法国著名作家莫泊桑（1850—1893）的长篇小说《漂亮朋友》的主人公。

被誉为短篇小说之王的莫泊桑，在长篇小说创作方面也有卓越的表现。他一生共创作长篇小说六部，影响最大的是《一生》(1883)和《漂亮朋友》(1885)，尤其是《漂亮朋友》体现了作者思想艺术的最高水平，可以说是莫泊桑批判现实主义的顶峰。评论界认为《漂亮朋友》广泛涉及了法国社会政治的内幕，其思想深度完全可以跟其前辈司汤达、巴尔扎克和福楼拜的作品相媲美。由于《漂亮朋友》具有巨大的认识价值，所以恩格斯曾表示要向莫泊桑"脱帽致敬"。

人物故事

杜洛瓦出身寒微，父亲是乡村小酒店老板。杜洛瓦在法国驻阿尔及利亚殖民军中服役两年，退役回来后在某铁路局当小职员。作品中杜洛瓦出场时处境寒酸，穷得叮当响，身上穿的衣服只值六十法郎，口袋里只剩三法郎四十生丁，要想维持到月底每天只能吃两顿饭。不过，杜洛瓦自有强项：一表人才，天生丰姿俊美，不折不扣的大帅哥。（因为长得漂亮，被他情人的女儿称为"漂亮朋友"，从此这个绰号在社交圈里传播开来。这是后话）虽然穷困窘迫，但内心高傲,"他脸上始终带着一种挑衅的神气,睥睨着面前的行人、房屋,乃至整个城市,俨然是一个屈尊当了平民的漂亮的退伍军人的派头"。(莫泊桑:《漂亮朋友》,王振孙译,上海译文出版社1993年版,第2页,下引此书只注页码)

"他两手空空,但欲火如焰",欲火把他炙烤得焦渴难耐。这样的性格这样的人绝不甘心久居于底层社会过贫苦生活,他时时刻刻在寻找向上爬的机会。机缘巧合,在大街游荡时他遇见当兵时的伙伴福雷斯蒂埃。这人在《法兰西生活报》工作,是"政治新闻栏"主编,他得知杜洛瓦现状后建议他到报社当记者。杜洛瓦求之不得,满口答应。进报社需要会写文章,杜洛瓦中学毕业会考都没有通过,对写文章一窍不通。福雷斯蒂埃的妻子玛德莱娜为他代笔写下精彩文章,杜洛瓦借此顺利进入报社当起了外勤记者。

报社同僚告诉他新闻的实质其实就是"欺骗",杜洛瓦对此心领神会。他领悟到对于一个记者来说,学识并不重要,重要的是狡黠机敏、灵活善变、诡计多端。凭此悟性,他很快掌握了报界的潜规则。"没过多少时间,他就成为一名出色的记者了。他的消息可靠,手段狡猾,行动迅速,眼光敏锐,根据深谙编辑之道的瓦尔特老头的说法,他已经是报社的一个真正的骨干了。"(第55页)

外勤记者的工作为杜洛瓦打开了认识社会的一扇窗。他每日周旋于上至政府要员、将军、亲王、主教,下至三教九流、芸芸众生之间,让他彻底看透了上流社会的本质:"卑鄙极了,全是一伙淫棍,一伙强盗!"(第109页)杜洛瓦想,既然这群卑鄙无耻的混蛋可以爬到高位,我为什么不能?于是更加激发其不择手段往上爬的决心和信心。

尽管心比天高,但身份低微,怎么能尽快爬上高位呢?这时候,曾经帮助他写文章的福雷斯蒂埃的妻子玛德莱娜给他支招:利用自己的帅哥身份去向老板夫人献殷勤。这一招果然有效,老板夫人被杜洛瓦的漂亮脸蛋所迷惑以至投怀送抱,成为他的情人。在她暗中斡旋下,杜洛瓦很快当上了《法兰西生活报》"地方新闻栏"主编。

不久,引荐杜洛瓦去报社的福雷斯蒂埃因病去世,杜洛瓦趁机追求他的遗孀玛德莱娜。玛德莱娜聪敏活泼,出身高贵,与政府要员关系密切,而且文笔潇洒,手腕灵活。杜洛瓦相信娶了她,一定能助自己更快地向上爬。最初他感到她高不可攀,但在他的热烈追求下,玛德莱娜终于答应了他的求婚。通过这桩婚姻,杜洛瓦挖空心思篡改自己的姓氏,以求跻身贵族行列。

福雷斯蒂埃去世后,杜洛瓦接替了他的位置,升任"政治新闻栏"主编,转眼间成为政治新闻界的风云人物。一位老伯爵去世后用遗嘱留给玛德莱娜大笔遗产。杜洛瓦怀疑妻子曾与伯爵有暧昧关系,以此为由威胁妻子,迫使她不得不将一半遗产分给自己。

在妻子的督促和帮助下,杜洛瓦加紧工作,利用妻子从议员拉罗舍那里得来的消息,成功炮制了一篇攻击内阁的文章,引起极大轰动。之后,他又针对法国对摩洛哥的问题大做文章,致使内阁改组。由于在倒阁运动中有功,新内阁给杜洛瓦颁发了十字勋章。他的姓氏也随即改为带有贵族标志的杜·洛瓦。

在上述活动中报馆老板瓦尔特和议员拉罗舍暗中操纵,转眼间赚了几千万法郎,几天之内瓦尔特就"成为世界主宰之一,万能的金融寡头之一,比国王的力量还要大"。拉罗舍成功当上外交部长,而他自己只获得一个虚名。收益相差悬殊,致使他心中嫉妒得发狂。愤怒中的他决定利用瓦尔特和拉罗舍进一步向上层社会进军。这时候他想到了瓦尔特的小女儿苏珊,决心通过她走向成功之路。他一面花言巧语地忽悠苏珊,加紧对她的追求;一面暗中窥探并曝光了妻子玛德莱娜与拉罗舍的奸情,最终胁迫玛德莱娜与他离了婚。

离婚后的杜洛瓦诱拐苏珊和他私奔,迫使瓦尔特不得不答应这门婚事,并提拔他为报社总编辑。而那位可怜的老板娘从昔日杜洛瓦的情妇,一下子变成杜洛瓦的丈母娘。尽管她极力反对这门婚事,但也无能为力。瓦尔特劝妻子接受杜洛瓦为女婿,他说:"这个坏蛋,把我们耍弄得好厉害……不过他到底还是能干的,我们可以找到很多比他地位高的人,但却找不到像他这样聪敏,这样有前途的人。他是有前途的,将来说不定会当上议员,当上部长。"(第278页)

在杜洛瓦和苏珊的盛大婚礼上,人人都夸奖杜洛瓦年轻有为,主持婚礼的主教当着两千多人的面赞扬杜洛瓦:"您是一个最幸福的人,您是一个最富有、最受尊敬的人。您才华出众,您用您的笔,教育、启发、引导着世人,您负有崇高的使命,您要为世人作出光辉的榜样。"(第288页)主教的颂词代表了社会舆论对杜洛瓦的肯定。自此,一个流氓恶棍终于从穷光蛋爬上了他一生所向往、追求的社会顶层。

思想意蕴

《漂亮朋友》的思想意蕴比较集中地体现在社会政治意义上,对此学者专家们早有精彩论述。如著名外国文学研究专家艾珉先生指出:《漂亮朋友》是一部具有广阔的社会内容和深刻的现实意义、政治性很强的作品。小说通过一个无耻之徒的飞黄腾达,揭露了第三共和国时期法国政界人物的丑恶嘴脸,并把批判的矛头直接指向了当时法国的金融寡头政治和殖民主义战争政策。小说通过种种生动具体的细节,无可辩驳地表明了法国当时的统治者不过是一小撮金融资本家,议会、内阁、新闻机构则只是他们的工具;同时一针见血地指出,殖民主义战争的直接受惠者,仅仅是那些掌握股票、债券的金融大亨,报纸上所有那些"爱国"高调,无非是为大亨们的钱袋服务而已。

国内流行的《外国文学史》对《漂亮朋友》的思想意义也有同样的评价:"莫泊桑通过冒险家杜洛瓦利用种种无耻手段发迹的过程,深刻地反映出法兰西第三共和国时期政治生活的黑暗与腐败,资产阶级的淫荡与堕落,特别是报界的污浊与肮脏。"

笔者对上述评论表示赞同,下面试图从人生角度谈谈自己的读后感。

人生启悟

从人生视角解读作品,笔者试图提出的问题是:一个流氓恶棍是如何从穷光蛋顺风顺水很快爬上社会高层的?换句话说,小人是如何发迹如何得志的?他的秘诀是什么?

透过作品情节,可以分析出作者给出的解释。

首先是客观原因,即社会为杜洛瓦这种人提供了如鱼得水的生存环境。作品开头写杜洛瓦在街头偶遇老战友福雷斯蒂埃。这位战友在部队时专爱惹是生非,整天嘻嘻哈哈又吵又闹,但进入社会没几年,还不到二十七岁就混上《法兰西生活报》最重要栏目——"政治新闻栏"主编,还兼着其他多份工作。现在的他,看上去成熟老练,风度翩翩,打扮时髦得体,言谈间充满自信。什么原因?环境改变了他。他"以一种老于世故的神态"向杜洛瓦介绍说:"在这里,一切都看你有没有胆量。一个人,只要头脑活络点,当部长比当科长还容易呢!"(第6页)意思是有"胆量"就能吃得开,混得好,步步高升;用中国老百姓的话说就是"撑死胆大的,饿死胆小的"。这种情形就是典型的丛林法则,弱肉强食,强者为王。

福雷斯蒂埃所说的"这里"不仅是他所在的报社,更指的是首都巴黎以及以巴黎为中心的整个社会,否则怎么会有部长呢?!这是他在报社几年混社会的心得体会,是看破社会运行规则的悟道之言。他的话进一步点燃了杜洛瓦的野心,对他具有极大的激发、煽动作用。

其次是主观原因,即杜洛瓦的个人品性。根据作品介绍,杜洛瓦有这样几个特点。

一是野心爆棚,强烈渴望向上爬。杜洛瓦为了求得帮助,第一次拜访福雷斯蒂埃家的时候,从镜子里看见自己的形象,发现自己风度翩翩,"他顿时信心百倍起来,就凭他这副相貌和向上爬的欲望,加上自己已经下定的决心和不受束缚的思想,他肯定会成功的"。(第16页)叙述人在介绍杜洛瓦的性格时明确指出他脑子里兼收并蓄无所不有,但"在他思想里占主要地位的还是向上爬的野心"。(第30页)杜洛瓦的人生观是:"世界是属于强者的,必须成为强者。必须凌驾一切。"(第179页)"他一心想成为大人物,出人头地,声名显赫,金钱美女统统到手。在胡思乱想构成的幻境里,他忽然看见长长的一队风姿绰约、既有金钱又有权势的女人,就像天堂里的仙女一般,面带笑容,从他面前一闪而过,并一个紧跟着一个消失在他梦幻中的金色云彩里。"(第66页)

二是卑鄙无耻,毫无道德,极端自私。关于这一点,他的两个情妇对他了解最深。他的第一个情妇马雷尔侯爵夫人漂亮活泼,对他无比忠诚,无私地倒贴钱给他花,然而却没有得到他的尊重,需要泄欲时想到了她,当感到影响他向上爬时果断抛弃了她。她愤怒地说:你在我面前的表现就是个无赖,您欺骗一切人,利用一切人,到处寻欢作乐,骗取钱财,想不到你会无耻到如此地步!他的第二个情妇——老板夫人也被他玩弄得很惨,她当面对他说:您是我认识的最卑鄙无耻的人。

杜洛瓦卑鄙无耻是有他的人生信条做支撑的。他信奉的理论是:"人人都为自己。胜利属于那些胆大的人。每个人都是自私的,为名利而自私总比为女人和爱情而自私强一些。"(第179—180页)在和老板女儿的婚礼上,面对黑压压的人群,叙述人说:"他看不见任何人,心里只想着自己。"(第290页)

三是残忍嗜血,心肠黑硬。他在非洲当兵时有一次出去抢劫,他和同伴杀了三个当地土著人,抢了母鸡、绵羊和金子;他勾引当地官员的女儿试图私奔;和一个诉讼代理人的妻子勾搭成奸后又果断将她遗弃,逼得人家企图投河自尽。杜洛瓦每当回忆起这段经历时还"露出一丝残忍而得意的微笑。他觉得自己心里还存在着在被征服国家那种肆意妄为的士官的全部本能"。(第3页)

四是冷酷无情,翻脸不认人。求福雷斯蒂埃的妻子玛德莱娜帮他写文章时,对她百般奉承献殷勤,但当她成为自己的妻子并获得百万遗产时,他不惜以威胁为手段硬是逼她答应分一半给他。妻子能力超强,曾帮他在事业上腾飞,但当他想追求老板的女儿从而获得更大利益时,他和警察一起以现场捉奸的方式把妻子的丑闻暴露于天下,从而达到了名正言顺离婚的目的。

五是招数阴狠,让人防不胜防。为了往上爬,杜洛瓦成功地勾引了老板夫人成为他的情人,她对他百依百顺,离不开他。当他为了更大的目的把目标盯向老板女儿时,他非常绝情地抛弃了老板夫人,把情人逼成岳母。他带老板女儿深夜私奔,这一招的阴狠连老奸巨猾的瓦尔特也没有料到,盛怒之下不得不接受杜洛瓦的所有条件,败在流氓无赖手下。

六是贪婪无比,欲壑难填。刚进报社时经济拮据,为了满足肉欲,只能与街头妓女鬼混;成为记者后通过玛德莱娜认识了德·马雷尔夫人,花言巧语连蒙带骗,把她迷成情妇;最早对玛德莱娜敬若神明,后来把她追成妻子后仍不安分,继续保持与马雷尔的情人关系,同时又把老板夫人追到手发展为第二情人;为了追求更大利益,杜洛瓦以卑劣手段逼妻子离婚,同时决绝抛弃老板夫人追求老板女儿,直至如愿以偿追到手。在对权势、地位的追求上,杜洛瓦从一无所有的小职员到报社记者到地方新闻主编到政治新闻主编到总编辑,犹如坐火箭一样步步高升,下一目标是议员或部长。总之,在对女人和权势的追求上,杜洛瓦是吃着盘里的看着碗里的,这山望着那山高,无比贪婪,永无餍足。

但就是这样一个十恶不赦的流氓无赖,瓦尔特竟断言,这种品性的人具有远大的政治前途,下一步可能当部长。作品结尾,婚礼结束后杜洛瓦春风得意地走出教堂:"他抬起眼睛,看到了协和广场后面的众议院。他觉得他似乎就要从脚下的玛德莱娜教堂的柱廊,跃向对面波旁宫的柱廊去了。"(第290页)这是暗示杜洛瓦下一步就要向政界进军,真的要为当议员或部长而拼杀了。

具有流氓品性居然是当议员当部长的潜在资质;一个地道的流氓无赖居然想当官,也许很快竟然能当议员、部长从而主宰国家的命运,实在让人感到无比荒诞,哭笑不得。多么巨大的讽刺!多么深刻的揭露!多么典型的黑色幽默!黑色幽默作为现代文学流派和表现方法形成于西方20世纪,其实早在19世纪中期莫泊桑笔下已经有了黑色幽默,而且极具深度,极其老辣!

总之,杜洛瓦寡廉鲜耻,无耻之尤,一路亨通。正应了两句老话:"卑鄙是卑鄙者的通行证","我是流氓我怕谁"。当一个人丧失起码道德良知、做人毫无底线的时候,就彻底自由解放,完全放开手脚肆无忌惮胡作非为了。这就是流氓无赖得以"成功"的秘诀。这种人一路以邪压正或黑吃黑,顺风顺水地从一无所有的社会底层混成风光无限的社会顶流,逆袭为人人羡慕的"成功人士",不得不让人唏嘘慨叹,世道怎么竟黑白不分、善恶颠倒、是非错乱到如此地步?!

走笔至此,忽然想起了莎士比亚的一首十四行诗:

> 不平事,何堪耐!索不如悄然去泉台;/休说是天才,偏生作乞丐;/人道是草包,偏把金银戴;/说什么信与义,眼见无人睬;/道什么荣与辱,全是瞎安排;/童贞可怜遭虐待,/正义无端受阉埋;/跛腿权势,反弄残了擂台汉;/墨客骚人,官府门前口难开;/蠢驴儿自命博士驭群才;/真真话错唤作愚鲁痴呆;/善恶易位啊,恰如小人反受大人拜。/似这等不平何堪耐,不如一死化纤埃,/待去也,呀!怎好让心上人独守空阶?

这首诗爱憎分明,怒形于色,以无比愤慨的情绪、决绝的态度,呼天抢地般一口气控诉了十一种不公平的社会现象,涉及社会方方面面各个角落,揭露了善恶易位、是非颠倒的荒诞现实。一个是法国(《漂亮朋友》),一个是英国(十四行诗),其他国家可类推。由此可见,在资本主义制度下,黑白不分、善恶颠倒是常态;小人得志、坏人猖狂是普遍现象。

玛格丽特：卑贱的身份，高贵的灵魂

玛格丽特是法国作家小仲马的著名小说《茶花女》的主人公。因为她喜欢茶花，经常随身带一朵茶花，所以得名"茶花女"。

玛格丽特是巴黎上流社会著名的烟花女子，社交圈里的交际花。这种人，无论中外，在传统观念中，都一样卑贱可耻，是人皆可夫的下流女人；虽然可以名动一时，但内心深处没有人真正瞧得

《茶花女》插图

起她们。但是玛格丽特却不一样，看完小说，读者不但不鄙视她，反而对她充满同情，甚至敬意。为什么呢？因为她身虽下贱，心比天高。或者说，她虽然身份卑微，但却有着高贵的灵魂。身份与精神境界的巨大反差博得读者对她的无限怜悯、无限惋惜，她的不幸遭遇震撼着一代又一代读者的心。

身为妓女，她当然有妓女职业所共有的习性，如生活奢华，追求虚荣，为钱卖身等，但在她身上却又表现出一般妓女所不具有的高贵品性，正是这一点让人对她刮目相看。

首先,在污浊的交易场中追求纯真的感情。

妓女职业的最大特点是为钱卖身,对谁都没有真感情——买主对她没有,她对买主也没有,彼此是一种金钱关系,属于商业交易。对此,玛格丽特有清醒的认识。她说,我们这些人没有真正的朋友,只有一些自私的情人。他们挥霍家产,并不是为了满足我们,而是为了满足他们的虚荣心;他们快乐的时候我们也必须高兴;他们要吃夜宵,我们必须显得胃口好;他们怀疑什么,我们也必须跟着怀疑什么,总之不准我们有自己的心情,否则就要毁掉自己的声誉。"我们不再属于我们自己了。我们也不再是有血有肉的人,而成了物品。我们在他们的自尊心上排在前列,在他们的尊重里排在末尾。"(李玉民译:《茶花女》,西安交通大学出版社2017年版,第111页,下引此书只注页码)

这种状态让玛格丽特感到很悲哀,很伤心。虽然身为妓女,可她的天性使她渴望得到真正的感情。但这在灯红酒绿的交际(易)场中几乎是不可能的,这使她对人生感到绝望,绝望中她逐渐学会了在奢华和喧闹中麻醉自己。但即使如此,她仍然保持住自己做人的底线,不是自己喜欢的人绝不接受,不管他是公爵侯爵或百万富翁,都不予考虑。这也许就是她所说的"为娼也有其信念"吧。(第79页)所以,她坚决拒绝一而再,再而三纠缠不休的伯爵,也坚决拒绝年轻漂亮的阿尔芒的朋友加斯东。总之,她不喜欢的人一概不接受,不管他是谁。她在内心渴望"能找到一个比较超脱的男子,他不盘问我的生活,只做重我的感觉而轻我的肉体的情人"。这时候阿尔芒出现了,他对她的尊重、挚爱使她深受感动。她看出了阿尔芒和别人的不一样:"您爱我是为了我,而不是为了您自己,而别人爱我,从来就是为了他们本人。"(第97页)这正是她"在喧闹的孤独中呼唤的那个男人"(第112页),她于是愉快地接受了阿尔芒的爱。

阿尔芒并不富有,绝对没有大把的钱撒在她身上。对于玛格丽特能够接受自己的爱,阿尔芒看得很明白:"我并不富有,满足不了她的生活需要,甚至不够她随意的花费。因此,她只心存一种希望,在我身上找到一种真挚的感情,一种在卖身的生涯中得以休息的真情。"(第104页)他意识到他们之间"这种爱极为纯洁,容不得他人染指,对方给予的幸福无论多么短暂,用多贵重的礼物也偿付不了","哪怕有一丁点交易的迹象,也会伤害我们的爱"。(第104页)

阿尔芒对玛格丽特的理解是准确深入的,可以毫不夸张地说,阿尔芒是她的心灵知己。在以金钱交易为原则的烟花场,玛格丽特出污泥而不染,保持了高贵的心性。正是"她表现出的这种不为金钱所动的品质"感动了阿尔芒。两人心有灵犀,都把感情放在第一位,这才有了他们之间感天动地的生死恋。

其次,直率真诚,实话实说。

烟花场中,利益至上,妓女和嫖客之间相互利用,没有真情。妓女为了金钱,对嫖客虚与委蛇,言不由衷,常常以虚假的热情逢场作戏,这是场中常态,彼此心照不宣。但玛格丽特不是这样。对于送到门上的金主,她喜欢就接受,反之则明白地拒绝。有话拿到桌面上,绝不虚情假意,绝不为了图钱明一套暗一套地哄人高兴。

年轻的富豪伯爵,热烈执着地追求玛格丽特,经常给她寄珠宝首饰,送钱给她花,但她讨厌他的愚蠢,拒绝他的追求,而且毫不留情,一点面子也不给。她当面对他说:"您离开就会让我高兴的。每天晚上我回家刚五分钟,没有一次不看到您,这实在让我受不了。要我做您的情妇吗?我对您说过上百遍,不行,您烦得要命,还是到别处去找吧。今天,我向您重复最后一遍:我不接受您。"

（第 79 页）

面对老熟人加斯东的追求，她当众回答："您疯了，您心里一清二楚，我不想接受您。像我这样一个女人，您认识都两年了，也用不着等到现在才提出当情人。我们这种人，要么当即献出身体，要么就休想沾边。"（第 62 页）这种话在社交场中是相当无礼的，玛格丽特也不是不知道，但她面对的无耻之徒太多了，她要用听起来不合礼俗的话保卫自己，她的武器就是直率。不拖泥带水，可以使她避免无休止的纠缠，也可以赢得对方的理解和尊重。

与直率相伴而行的是坦诚。老公爵极为富有，看她长得像自己的女儿，收她为干女儿，答应全面供养她，条件是不再过过去的生活。但她过不惯死一般寂寞冷清的生活，仍然恢复了过去的热闹，老公爵知道后向她下最后通牒，她坦诚承认自己改不了过去的习惯，请公爵以后不要再供养她了。老公爵忍受不了没有她的生活，过后又同意接受她的生活方式，继续供养她。但当他听说她和阿尔芒公开同居时又威胁要断绝对她的一切供应。对此，她的回答是，决不离开阿尔芒，而且和他同居也不再掩掩藏藏：我已离不开他的爱，至于老公爵的钱，让他留着吧，我用不着。

她曾经还坦诚地劝告阿尔芒不要爱上她。阿尔芒热烈而真挚地爱她，她也知道他的爱，而且非常珍惜。但她告诉他自己的花销他承担不了，于是真诚地劝他离开自己："一个病恹恹、神经兮兮的女人，终日愁眉苦脸，即或高兴起来，那样子比忧伤还要可悲，一个每年耗费十万法郎的咯血的女人，只能适合于像公爵那样的老富翁，而对您这样的年轻人来说，就是个极大的烦恼了。原先所有那些年轻的情人，很快都离开了我，这便是明证。"（第 66 页）

一个美丽妖娆妩媚动人的姑娘，又如此直率坦诚，教人如何不爱她？！

再次,善良无私,处处为他人着想,为爱人宁愿牺牲自己。

玛格丽特原本是贫苦的乡下女孩,到巴黎后,由于幼稚无知,经不住灯红酒绿的诱惑失了身。她曾对此痛悔莫及。她说:"干我们这种可耻行当的女人,如果一开始了解是怎么回事,她们就会宁愿去当仆人。当初哪里知道啊!虚荣心牵着我们鼻子走,要漂亮衣裙,要马车,要钻石首饰。"(第79页)虽然肉身已经沉沦,但她内心无时无刻不在向往纯真自由,向往童年平静的生活。于是,她在和阿尔芒相好不久,在她相信他的爱是真诚无欺的情况下,就想好了一个供他们过清静幸福生活的办法——她要和他到乡下去住上三四个月,两个人一起在水边散步,喝新鲜牛奶,过自由自在的生活。

为了到乡下生活,她宁愿牺牲巴黎的奢华。但是,去乡下生活也是要有花费的。她自己没有财产,而且,因为和阿尔芒相爱,她将失去所有经济来源。这对于她来说当然又是一个巨大的牺牲。但改变生活的决心和意志,使她情愿做出这样的牺牲。这样的牺牲是她主动选择的,所以对于她毋宁说是一种幸福。经过努力,玛格丽特和阿尔芒在巴黎郊外幽静的农村租了一处房子。公爵知道后,断绝了对玛格丽特的一切供养。为了筹措生活费用,她瞒着阿尔芒,悄悄变卖和典当了自己的金银首饰和车马。阿尔芒了解后,决定把母亲留给他的一笔遗产转让,以还清玛格丽特所欠下的债务。经纪人要他去签字,他离开玛格丽特去了巴黎。

阿尔芒和玛格丽特同居的事情被其父知道了,父亲坚决予以阻止。但儿子不听父亲的劝告,辩白说玛格丽特是善良的好姑娘,自己和她相爱是真诚的。这更加激怒了老父亲。劝不醒儿子,他采用欺骗的方式让儿子回巴黎,自己偷偷去见了玛格丽特。先是威胁,眼看无效,便改为哀求。求她为他们的家世着想,为阿尔芒的前途着想,最后搬出儿子一生的幸福,求她放过他儿子,并要她发誓和阿尔芒断绝关系。

阿尔芒父亲的要求对于她的生活、她的命运、她的幸福是彻底的颠覆,全盘的毁灭。她心里明白答应他就等于把自己送上绝路,等于亲手窒息自己一生的渴求,断送目前正在享受的幸福。生死攸关,何去何从,这对玛格丽特是一个巨大的考验。拒绝他,她有足够的理由,因为是他儿子主动追求的她,而且他对她始终爱得坚定不移。但是,她的善良,她的无私,她的善解人意,迫使她不忍心拒绝这位老人,于是她含泪答应了这位老人的要求而且发了誓。玛格丽特的这一决定相当于"自杀",她以"杀死自己"的决绝方式,把自己供奉于爱情的祭坛上。

一个孤弱无助的风尘女子,在无边的苦海中好不容易找到一根救命稻草,找到一处可以栖息的港湾,找到真正属于自己的幸福,为了爱人,为了爱人的家庭,又不得不亲手把它献出去。她的心痛可想而知,但她义无反顾,忍痛割爱。如此的善良,如此的无私,如此的高风亮节,让一切自私的男人,包括以礼教名义逼迫她就范的人无地自容,教人如何不敬她!

还有,玛格丽特面对误解和侮辱,一忍再忍,直至一病不起,失去生命。

玛格丽特无奈之下被迫答应离开阿尔芒并发了誓,然后异常悲伤地给阿尔芒写了绝交信。失去爱情,一度复活的心又死了。常言道,哀莫大于心死。玛格丽特原本打算改弦易辙,从此过另一种为爱而活的生活,现在理想破灭,只好回到巴黎重新过起破罐子破摔的荒唐生活。她接受了伯爵的追求,他帮助她还清了债务,又赎回了首饰和马车。阿尔芒也怀着痛苦的心情和父亲回到家乡。

阿尔芒仍深深地爱着玛格丽特,他不相信她会突然如此绝情,他要当面见她求得一个解释,于是又失魂落魄地回到巴黎。回到巴黎的阿尔芒看到玛格丽特又过起了酗酒、跳舞、吃夜宵之类醉生梦死的生活,又回到愚蠢但有钱的贵族的怀抱。他怒火中烧,不问青红皂白,下决心恶毒报复玛格丽特的"背叛"。他追踪她,凡她所到之处,千方百计给她难堪。无法当面羞辱时就寄匿名信,骂她是没有良心、无情无义的娼妇,把爱情作为商品出卖。总之,无论什么丑事都往她头上扣。他花大钱找到巴黎另一当红妓女做"情人",故意在公众场合侮辱玛格丽特,处处与她过不去。他对她爱极生恨,看到她每天那么痛苦,便有幸灾乐祸之感。

面对阿尔芒的误会和羞辱,玛格丽特伤心欲绝地劝他忘了自己,永远不要再见面。阿尔芒却要她与自己一同逃离巴黎,逃到没人认识他们的地方过桃花源式的好日子。玛格丽特说她不能那样,因为她已经起过誓。阿尔芒误以为是她和侯爵的海誓山盟,于是更加疯狂地侮辱她。在玛格丽特主动找他请求宽恕并和她一夜合欢之后,给她寄去五百法郎以伤害她。玛格丽特受不了种种恶毒刺激,一病不起。新年到了,玛格丽特的病情更严重了,脸色苍白,没有一个人来探望她,她在闹市中被人遗忘了。贵族们对妓女的要求是好身体,当她病得要死的时候,她就成了用过的破抹布,被他们扔掉了。

临死前,债主一个个打上门来逼她还债。执行官奉命来执行判决,查封了她的全部财产,只等她死后进行拍卖。弥留之际,她不断地呼喊着阿尔芒的名字,悲恸欲绝地离开了她抱憾终生的人世,她始终没有再见到她心爱的人。玛格丽特死后只有一个好心的邻居为她入殓。当阿尔芒重回到巴黎时,这位邻居把玛格丽特的一本日记交给了她。从日记中,阿尔芒才知道事情的原委和玛格丽特的高尚境界。

读着小说,读者替玛格丽特着急,为她悲愤。面对阿尔芒的误会和肆无忌惮的羞辱,她完全可以公开真相为自己辩白啊,为什么守口如瓶不肯吐露一字呢?很简单,因为她在阿尔芒父亲面前发过誓,所以无论遇到怎样不公平的粗暴对待,她都坚守承诺不动心。她宁肯自己遭受折磨,也不愿阿尔芒父子不和。在这一点上,作为一个女人,她表现出了大丈夫一样的担当。这一品质,在她最初策划和阿尔芒一起去乡间的时候就表现出来过。她计划瞒着他卖掉自己的马车和珠宝首饰,他问她什么计划,她不告诉他。她说,你不用问了,"有麻烦我一个人承担,有好处我们一起分享"。(第95页)

在遭受巨大误会和羞辱时一忍再忍,独自承担精神折磨而不辩白,如此的隐忍,如此的担当,如此的胸怀,让人油然而生敬意,由不得你不在心中为她点赞。

总之,卑贱的身份,高贵的灵魂,这就是玛格丽特形象的独特魅力,就是读者喜欢并敬佩她的原因,就是为她流泪为她叹惜的原因。文学作品中的崇高(灵魂,精神,境界),作为一种美学元素,具有超越时代、超越社会、超越阶级、超越民族的永恒魅力。从这一意义上说,《茶花女》永远不朽,茶花女永远活着!

菲利普：脑管不住心，主我管不住客我

菲利普是英国作家威廉·萨默塞特·毛姆（1874—1965）的长篇小说《人生的枷锁》中的主人公。

人物故事

菲利普是医学院一年级学生，在一家点心店认识了女招待米尔德丽德。米尔德丽德其貌不扬，瘦长的个子，狭窄的臀部，胸部平坦得像个男孩，嘴唇苍白，皮肤发青，患有严重的贫血症，对待顾客冷若冰霜，傲慢无礼。

按理说，米尔德丽德作为女人，没有一点足以吸引男人注意的强项，然而她却引起了菲利普的喜欢。菲利普主动和她接近，想尽办法讨好她。但她冷冷淡淡，心不在焉，拒人于千里之外。菲利普的自尊心一次次蒙受羞辱，一次次决心不再去见她，但他的决心往往坚持不了一天。到了第二天吃茶点的时候，他感觉站也不是坐也不是。他尽量去想别的事情，可就是控制不了自己的思绪。菲利普恨死了米尔德丽德，他知道自己为她神魂颠倒实在是傻透了，他知道自己最好的对策就是以后不再去找她。他狠了狠心决定再也不去那家点心店，可到了时间他还是身不由己地去了。他只好一再地痛恨他自己。

菲利普对自己管不了自己感到不可思议。他心想：她一无情趣，二不聪明，思想又相当平庸，身上那股狡黠的市井之气他也很反感,她没有教养,也缺少女性特有的温柔,而且胸无点墨,词汇贫乏,假充斯文,总之她俗不可耐,没有一点讨人喜欢的地方,可为什么自己偏偏爱上这样一个女人,这怎能不叫他厌恶、轻视自己?

厌恶也罢,轻视也罢,事实上他已欲罢不能。他感到这就像当年在学校里受到大孩子的欺凌一样,虽然拼命反抗直到筋疲力尽,四肢疲软,但最后还是束手就擒,听凭他人摆布。他现在迷恋上这个女人,又产生了那种疲软瘫痪的感觉。任她有种种缺点,他一概不在乎,甚至连那些缺点他也爱上了。他只觉得自己受着一股奇异力量的驱使,不断干出一系列既违心又害己的蠢事来。他生性酷爱自由,所以十分痛恨那条束缚他心灵的锁链。他诅咒自己竟如此迁就自己的情欲。

菲利普的主我对自己的认识是透彻的,他的理智是清醒的,他知道自己该怎么做——"他热切地想从令人困扰的情欲中挣脱出来;这种可恨的感情只能叫人体面丢尽,他必须强迫自己不再去想她。"

但眼里看得破,肚里忍不过——他的主我依然管不住客我,下的决心依然做不到,而且,眼见着越陷越深,事情越来越糟糕。

菲利普在精神上、钱财上的极大投入没能打动米尔德丽德的心。她明知菲利普深爱着她,却跟一个庸俗不堪仅仅只是许诺让她过好日子的小商人私奔了。小商人有家有室,等玩够了就把米尔德丽德甩了。走投无路又怀了孕的她只好来求菲利普。此时的菲利普正和一个叫诺拉的女作家同居。诺拉温柔多情,善解人意,对菲利普一往情深,让菲利普饱受伤害的心灵尽享温暖。但他一见米尔德丽德,立刻冷酷地中断了与诺拉的关系,又接纳了米尔德丽德。"纵然她无心无肝、腐化堕落和俗不可耐,纵然她愚蠢无知、贪婪嗜欲,他都毫不在乎,还是爱恋着她。他宁可同这一个结合在一起过痛苦悲惨的日子,也不愿同那一个在一起共享鸾凤和鸣之乐。"菲利普帮助米尔德丽德安家、生孩子,照管她们母女的生活。即使这样,菲利普的付出仍打动不了米尔德丽德的心。当菲利普的好朋友勾引她时她又毫不犹豫地离开了菲利普;而且,他们出走用的还是菲利普的钱。

总之,菲利普为恋爱该付出的都付出了,倾其所有,尽其所能,包括物质和精神。这是一场极其不平衡、不和谐、不可思议的爱情。菲利普对此十分清楚,但他就是不能自拔。在理智上,他清醒地知道绝不该爱这样的人,"然而在感情上却认为,哪怕是天塌地陷,也得把她占为己有"。这就是说,他明明知道不该爱她,但却又爱得一塌糊涂,他的主我和客我分裂到了可怕的病态程度。

当然,我们可以说菲利普年轻幼稚,理智不健全,所以管不住自己,等将来长大了,思想成熟了,就不再有主我与客我的矛盾了。这样说或许有可能,但也不一定。因为,主我与客我的矛盾,感情与理智的冲突,绝不仅仅在年轻的菲利普身上才有,而是所有人面临的普遍的人生困境,所以毛姆把它称为"人生的枷锁"(也有译为《人性的枷锁》)。

人生启悟

在日常生活中,我们常常说"不由自主""身不由己""情不自禁",意思就是自己管不住自己,自己当不了自己的家,自己对自己无可奈何、无能为力。这说明每个人都感觉到自己身上有两个"我",其中想要管理、管制、主宰、监督的那个"我",我们称之为主我;那个被管而又管不住的"我",是客我。不由自主云云,其实就是主我与客我的矛盾与冲突。主我与客我并生共存,是人类心灵的一个秘密。

在人的精神结构中,主我代表理智、理性,客我代表感情、欲望;主我代表理想、追求,客我代表现实、存在;主我是一种有意识的自控力量、主宰力量,它常常给客我以提醒、规劝和引导,在说服客我。

写到这里,忽然想起一个材料,补充在此,供读者参考。美国第三任总统托马斯·杰斐逊,同时也是《美国独立宣言》的主要起草人,美国开国元勋中最具影响力者之一。除政治事业外,杰斐逊同时也是农业学、园艺学、建筑学、词源学、考古学、数学、密码学、测量学与古生物学等学科的专家;又身兼作家、律师与小提琴手;也是弗吉尼亚大学的创办人。他简直是世间罕见的天才,被公认为是历任美国总统中智慧最高者。他当然有强大的理智和理性,这几乎是毋庸置疑的。但即使在这样的人物身上,主我与客我、感情与理智的矛盾照样存在。

托马斯·杰斐逊在散文中曾经解剖过自己"心与脑的矛盾"。大意是:脑对心说,你为什么不听我的话呢?我明明告诉你有些事不能做,你为什么还要做呢?心对脑说,其实我也知道你说得对,但我就是不想按照你说的做,如果按照你说的做了,那我的生活就毫无趣味了,为了我已经获得的快乐,我宁愿接受你的指责。

这段话中的"脑"代表主我,代表理智、理性;"心"代表客我,代表感情和欲望。脑与心的冲突就是理智与感情的冲突、主我与客我的冲突,正所谓"眼里看得破,肚里忍不过";身不由己,不由自主,情不自禁。由此可见,心脑矛盾是人类普遍的心理矛盾,是人性的基本奥秘。

亨利·杰基尔:本我与超我博弈中的两面人

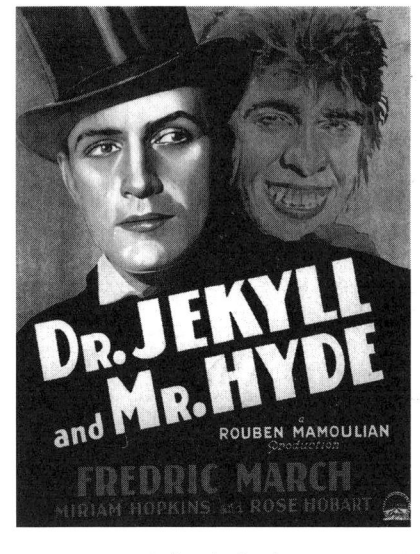

亨利·杰基尔是19世纪英国作家史蒂文生(1850—1894年)的名作《化身博士》的主人公。

《化身博士》(云南人民出版社1981年版,下引此书只注页码)发表于1886年,之后引起社会广泛关注,成为畅销书。20世纪40年代,美国好莱坞将其拍成电影,在欧美和我国受到观众热烈欢迎。小说和电影,都以神秘的色彩、怪诞的情节引人注目,被称为"拟科学小说"或"神秘小说"。笔者认为上述判断是不准确的。仔细阅读文本就会发现,作品所探讨的不是科学而是人心,是人的心灵世界的秘密而不是迷信者眼中的神秘,所以笔者认为应该称其为寓言小说或哲理小说。

电影《化身博士》海报

人物故事

《化身博士》的主人公是杰基尔,拥有医学博士、民法学博士、

法学博士、皇家学会会员等头衔,勤奋踏实,热心科学研究,为人真诚善良,深受朋友与周围人的尊敬和爱戴。然而当他反思自我,却感到自己有一个最坏的缺点,即"一种急不可耐的寻欢作乐的性格",甚至有作恶的冲动。也就是说,他性格中同时具有"善"和"恶"两面。社会的道德规范,他所接受的文明教育,决定他以"善"的面目出现在人们面前;但与此同时,他必须严厉地压抑心中之"恶"。这种心灵分裂的双重意识让他痛苦不堪。后来他发明了一种药,喝下去后变形为另一个人。他把心中之"恶"放到这个人身上,这个人就是爱德华·海德。

海德年轻,丑陋,充满活力,受原始本能支配生活,从不考虑什么道德,作恶不计后果。作品开头写他夜里出行,在伦敦街头撞倒一个八九岁的小女孩,不但不去扶她,反而若无其事地从孩子身上踩过去,完全不管她在地上的尖叫!面对人们的指责他漠然置之,签一张赔钱的支票拉倒。更有甚者,有一次他因一语不合而杀死了地位显赫、德高望重的参议员丹佛斯爵士,随后逃之夭夭。作恶后的海德通过喝药,还能重新变回为杰基尔,继续过他有尊严、体面的社会生活。他就这样小心谨慎地维持着心理的平衡。但时间一长,这一平衡发生了倾斜,即他常常不服药也能轻易地变成海德,但由海德变回杰基尔则需要加倍的药量,而这种药缺少原料难以配制,最后他在实验室穿着杰基尔的衣服以海德的面目死去。

人生启悟

从真实生活角度看,故事当然是荒诞的,既没有任何"事实根据",也没有任何"科学根据",完全是作家想象虚构的。作家之所以"编"出如此荒诞不经的情节,目的是为了寓意。即他要用这样的情节象征他对人性、人心的理解:"人事实上并非是单一的,而

是双重的";"在每个人身上,善与恶互相分离,又同时合成一个人的双重特征"。(第75页)

史蒂文生以艺术形象揭示出的人的双重特性,与20世纪伟大心理学家弗洛伊德"人格结构"理论中的"本我"与"超我"相吻合,由此可见文学与心理学的天然联系。

弗洛伊德在《自我与本我》一书中,认为人的人格由本我、自我、超我三部分构成。所谓本我,是心理结构中最原始的部分,完全处于无意识之中,其中充满着被压抑的本能、欲望和冲动,它是来自生命本源的心理需求。这种需求在现实的社会生活中不可能不受到种种遏制和阻碍,被阻止了的本能冲动便被压抑、郁结在内心形成一种潜在的"情结",这种"情结"便是导致精神病的根源之所在。超我是一种文化无意识,它是社会规范、伦理道德、价值观念等在人的心理结构中内化的结果,属于后天的精神积淀。超我是属于伦理化的自我。它代表一种约束力量,服从的是理性原则。它作为人类的一种良知,居高临下地对"自我"的行为起着指导和监督作用。

本我与超我处于对立的两极上,本我凭本能力量按快乐原则顽强地要求发泄,超我凭道德力量按理性原则加以控制和压抑。二者互不相让,各向着不同的方向发展,但二者又各有所偏。如,完全按本我行事,快乐是快乐了,但完全无视社会规范使人与动物无异,将受到社会规范的严厉惩罚,根本行不通;完全听从超我的指令,总是按道德原则自我控制,人活得拘谨无生气,像个木偶。出来调和二者关系的是自我,当然也可以说本我与超我冲突的结果双方达成谅解即是自我。自我让本我和超我各自妥协,都作一点让步,既让人的生命之欲得到一些满足,又不要超过了社会规范的樊篱。自我遵循现实原则,按社会理性要求行事。

以弗洛伊德的人格理论分析"化身博士",海德就是本我的象征,杰基尔是自我和超我的象征。(在弗洛伊德这里,本我代表激情、冲动、本能,不与"恶"画等号,在史蒂文生这里本我即"恶")正如杰基尔在自我分析中说,每个人身上都有善与恶的对立,在自己身上更为严重。"虽然我是一个不可救药的两面派,但无论怎样说我都不是一个伪善的人。我的两个方面都是极端真诚的。当我把自我控制丢在一边时,我是我自己,一头扎进可耻的寻欢作乐中;但当我在白天辛勤劳作,促进科学知识发展,或致力于减轻人们的悲惨痛苦时,我就变得更是我自己。恰好我的科学研究方向全部集中于神秘的超越问题,这正反映并清晰地说明了我自己心灵组成部分之间长年不断的搏斗。"(第75页)

这里,尽情寻欢作乐的"我"即本我,辛勤劳作致力于科学研究的"我"即自我与超我。由于药物的作用,博士把性格中的本我外化为实体海德,在尽情寻欢作乐中"我体会到一种难以置信的幸福。我觉得自己变年轻了,身体轻快多了,精神上也更愉快了。我内心有一种令人眩晕的鲁莽冲动,混乱的感觉印象像风车一样在我的幻想中乱转,一切义务感的束缚都溶解了。我感到一种从未体验过的,但并非纯洁无邪的心灵的自由。当我在这新生命里呼吸一口气时,我就明白自己已变得十分邪恶,十倍的邪恶,好像已经把自己卖身为奴,奉献给了我的恶德"。(第77页)本我——(在史蒂文生笔下)即恶,在德性的眼光中当然是畸形、难看的,但是,因为它是"我"自身的一部分,所以"当我在镜子中看到这个难看的相貌,我并不觉得反感,相反,却有一见如故、相见恨晚的感觉:这人也是我自己,也是自然的、人性的"。(第78页)

释放本我带来快乐,但作恶却必然招来良心(超我)的谴责,甚至招来社会的惩罚。杰基尔在自白中写道:"我在伪装之下急不可耐地去追寻的那种赏心乐事,我已经说过,是很不名誉的。我不想使用更严重的罪名,在爱德华·海德手中,它们很快变成暴虐的化身。每当我从这种夜游中归来,我常对我这位代理人的罪恶行径感到吃惊。这个我从自己的灵魂深处召出来,并打发出去寻找欢乐的朋友,实在是一个本性凶残的家伙。他的任何行动,任何想法,都完全能够以自我为中心。他带着野兽般的贪欲寻欢作乐,而不惜给其他人以任何程度的痛苦和折磨。他像石头一般无情。亨利·杰基尔有时在爱德华·海德的行为前目瞪口呆。"(第81页)

就这样,一会儿想放纵,一会儿又不安,那么到底应该怎么办呢?杰基尔博士陷入了痛苦的两难选择之中:"如果将我的命运与杰基尔结合在一起,就必须从此洗手不干,放弃那些我一直偷偷享受、而最近期间可以肆无忌惮放手行事的癖好;但若与海德共命运,则意味着我的无数兴趣和雄心抱负必全部告终,从此变成一个人所不齿的、亲朋不屑一顾的人。"(第84页)

读者注意,上面引文中出现了三个主体:海德,杰基尔,"我"。这三个主体恰好与弗洛伊德的人格结构理论相对应。这段话非常典型地道出了博士的两难困惑,既想顺应本我,又想服从超我。我们常说人活着很累,这个"累"不是指身累而是心累。累的根源即上述困境。正如弗洛伊德所说,自我像个卑微而可怜的奴隶,要伺候两个主子——本我与超我。

两难困境仅仅是杰基尔博士遇到的吗?当然不是,它是所有人的,是人类的。杰基尔自己很明白这一点。他说:"我的处境固然特殊,但这场利弊权衡却是自有人类以来古已有之,屡见不鲜的;对每个由于受到诱惑而战栗的罪人来说,他们一样必须在诱惑和恐惧之间作一抉择。"(第84页)这里,杰基尔的认识代表了作者史蒂文生对人、人性、人的生存困境的认识。史蒂文生以艺术形象，先于20世纪最伟大的心理学家，对人的心理作了深入骨髓的剖析，达到了很高的认识水平，令人赞叹不已。

拉赫美托夫：优秀人物的精华，特别的卓异"新人"

车尔尼雪夫斯基

拉赫美托夫是俄国民主主义革命家、著名文学评论家、作家车尔尼雪夫斯基的长篇小说《怎么办》中的人物。虽非主要人物，但却是最引人注目、给人留下印象最深的人物。"优秀人物的精华"也不是笔者兴之所至给他的评价，而是故事叙述人（暗含作者）对他的评价。

原话是："正直善良的人多不胜数，这种人（指拉赫美托夫这种人——引者注）却寥若晨星；可是他们在那一群人中间好比茶里的茶碱，醇酒的芳香；那一群人的力量与美质都来自他们；这是优秀人物的精华，这是原动力的原动力，这是世上的盐中之盐。"（"盐"源于耶稣对门徒说的话："你们是世上的盐"，意即社会中的优秀分子）（蒋路译：《怎么办》，人民文学出版社1982年版，第324页，下引此书只注页码）由引文可以看出，作者不吝使用最优美甚至极端的形容词,给拉赫美托夫和他代表的"这种人"以毫无保留的赞美与极高的评价。

优秀人物的精华,盐中之盐,当然就不是一般人物,而是特殊人物,所以作者把专门介绍拉赫美托夫的章节命名为"一个特别的人"。在作品中,作者把所有具有新的性格特质、思想高尚的人命名为"新人";而在"新人"中,拉赫美托夫又是一个特殊的另类存在,一个与普通"新人"有别的卓异"新人"。

拉赫美托夫是怎样一个人,到底"特别"(卓异)在哪儿,"新"在哪儿,竟赢得身为革命家兼作家的作者如此高的评价?透过作品的具体描写,大致可以归纳为以下几方面。

为信仰背叛贵族家庭

拉赫美托夫出身于豪门贵族之家,其家族从13世纪起就已闻名,不但在俄国,在全欧洲也是最古老的家族之一。拉赫拉托夫十六岁到彼得堡上大学,其间,接触到民主主义思想,以及空想社会主义学说和费尔巴哈哲学,从此树立了革命的人生观和价值观,确立了坚定不移的政治信仰,"诅咒应该死亡的事物,祝福应该新生的事物",从此开始变成一个特别的人。

由于《怎么办》是在监狱里写成,为了躲避检察官的眼睛,作者用"应该死亡的事物"代指旧制度,用"应该新生的事物"代指新制度。

由于有了新的人生观和价值观、新的坚不可摧的政治信仰,所以背叛家庭势所必然。他念完二年级回到他的田庄,不顾监护人的反对,顶着来自其他家庭成员的压力,处理了他的家产。他把自己应该得的遗产留下一部分作为自己的生活费,大部分用来资助贫困学生——把七人送进大学,所有费用由他负担,直至其大学毕业,而他自己则过着简朴节约的生活。拉赫美托夫从此离开家庭,走上了职业革命家之路。

强烈的社会责任感和历史使命感

拉赫美托夫意识到自己的责任和使命是推翻旧制度建立新制度,这绝对是惊天动地的大事业,为此事业需要做多方面的准备。为此,拉赫美托夫做了多方面的努力。首先是刻苦攻读各种与事业相关的各种理论书籍,哪怕是公认的最难啃的书。其次,他深入社会各个角落做调查。大学二年级后他通过各种方法漫游全俄国:或走旱路,或走水路,或步行或乘船,即使发生许多事故也在所不惜。

为了借鉴他国经验,后来他又把调查、考察范围扩大到国外:"他曾经遍游各斯拉夫国家,处处跟一切阶级接触,在每个国家停留很久,以便充分了解居民中所有主要组成部分的思想、风习、生活方式、与日常生活有关的各种设施以及富裕程度,因此他在城市和乡下都住过,时常从一个村庄步行到另一个村庄……"(第321—322页)就这样,他走遍了罗马尼亚、匈牙利、德国、奥地利、巴伐利亚、瑞士、法国、英国等国。为什么如此辛苦地四处颠簸,他说因为"需要","需要"什么?他说"供参考"。为了必需的参考,他还打算到美国去,因为他觉得研究美国比研究任何其他国家都更"需要"。

超强的自制力

革命事业需要强健的体魄,为此,拉赫美托夫从十六岁半起开始发狠地做体操;后来,每天花好几个钟头去干各种需要气力的粗活:运水、搬柴、砍柴、锯木料、凿石头、挖地、打铁。他还做过许多劳作,如种庄稼,做粗工木匠、渡船夫以及各种有益健康的行业中的工人,还曾以纤夫的身份走遍了整个伏尔加河流域。开始当纤夫时体力不如人,经过锻炼,他竟然可以胜过其中最强壮的人。深为佩服的纤夫们以著名的纤夫英雄"尼基土希卡·罗莫夫"称呼他。在这一过程中,他既锻炼了身体,也体验、考察了社会底层的生活,加强了与底层民众的精神联系,为日后的革命事业做准备。

为了变成"特别的人",他为自己制定了一套独特的生活原则。如,"我不喝一滴酒。我不接触女人"。有人劝他不必这样极端,他回答说有必要:"我们应该用自己的生活来证明:我们要求这个不是为了满足自己个人的欲望,不是为自己个人,而是为一般人,我们说那些话完全是由于主义,而不是由于自己的爱好,由于信仰,而不是个人的需要。"(第310页)

为此他在各方面过着最严格的生活。为了保障最强健的身体,他需要吃牛肉,但在其他食物上舍不得花钱。为了省钱,他不吃白面包而只吃黑面包,几个星期不尝一块砂糖,几个月不吃一个水果。他说自己没有权为可有可无的怪嗜好浪费金钱。虽然他从小吃惯了考究的饮食,但他坚持最简单的饮食。他这样做的理由是:"老百姓永远吃不起的,我也不应该吃!我需要这样做,因为这至少能让我稍稍体会到,他们的生活跟我比起来是多么穷困。""在其余各方面,他都过着斯巴达式的生活;比方说,他不用褥子,只垫毡毯,甚至不允许自己把毡毯叠成双层。"(第311页)

拉赫美托夫的自制力也表现在对时间的支配上。他每个月没有浪费一刻钟在娱乐上面,他不需要休息,他说自己做五花八门的工作,变换工作就等于休息。他和最为必要的朋友圈子聚会,只以能够跟他们保持密切联系为限,绝不再多。他从来不上任何人家,除非有事;而且事情一办完就走,绝不多待五分钟。甚至在看书问题上他也严格约束自己——只看必读书,必读书只是少数有独创性的书,读其他书只是白白浪费时间;即使是必读书,只要知道了独创性在哪儿就绝不再多读。

为崇高事业自设考验折磨自己

读《怎么办》,所有读者都忘不了,或者说最震撼人心的是,拉赫美托夫睡钉毯的故事。拉赫美托夫深知,革命是有危险的,说不定会被敌人捉去遭受严刑拷打。为了让自己能够经受住考验,他睡在自己设计的钉床上:毡毯上扎着几百枚小钉,钉尖朝上,从毡毯上露出将近半俄寸长,结果被扎得浑身是血。人们惊讶地问他为什么,他说:"一个试验。必要的试验。当然不近情理;可是必须这样做,以防万一。我看我吃得消。"(第319页)他的试验把女房东吓得惊慌失措,但他自己却若无其事一样,只让房东去找人拿点治刀伤的药膏罢了。

彻底无私忘我的牺牲精神

为了革命,他不谈恋爱,拒绝陷入爱情,哪怕是他自己看上的人。有一次,他不顾危险,拦下了一辆失控飞奔的马车,救了车上的贵妇人,而他自己的腿上被剐掉一大块肉。无奈只好在贵妇人那里养伤。贵妇人是位十九岁左右的寡妇,在照顾他恢复期间,贵妇人爱上了无私高尚的拉赫美托夫;而他也承认自己不是一个抽象的思想,而是一个渴望生活的人,因而从内心深处也爱上了贵妇人。但是,当贵妇人向他表白愿意嫁给他时,他态度明确地拒绝了。他说,像我这样的人,是没有权利把任何人的命运跟我自己的连在一起的。换句话说,他不愿因自己从事的危险事业而连累她。贵妇表示理解,但提出如果不能结婚,您爱我也可以。他又明确表示,连爱也不能。他坦诚地说:"我应该抑制我心中的爱情:对您的爱会束缚我的双手,就是不恋爱,我的手也不能很快解开,——已经给束缚住了。但是我一定要解开。我不应该恋爱。"(第320页)结婚不行,恋爱不行,连见面也不行,甚至不让朋友打听她的消息,害怕朋友知道了他忍不住会探问,这样就会分心,就会干扰干革命的大事业。

因为断绝了家庭关系,又加上他资助七个大学生上学,他手里的钱已经不多。但他崇拜德国哲学家费尔巴哈,在德国时他去拜访这位哲学家,提出把自己的三万德币中的两万五千德币捐给他,以资助他的学术事业。哲学家不肯收,他以哲学家的名义把钱存进银行,写信告诉哲学家随便您怎么处理都行,但已经无法退还给我了,您再也找不到我了。

人生启悟

好了,仅从以上描述读者就可以看出,拉赫美托夫是一个德高于众,行高于人的人,用叙述人对他的评价就是:"一个特别的人,是凤毛麟角。"那么塑造这样的人的意义是什么呢?叙述人说,是让读者知道世界上有了怎样一批人。"他们的人数虽然少,却能使所有的人的生活欣欣向荣,却能让所有的人呼吸,没有他们,人们就要闷死。"(第323—324页)因为书籍检查的原因,作者不便把话说明,作者的意思是想说,俄国社会有了这样特立独行的"新人"作榜样,就可以唤醒正在沉睡的人,唤醒他们起来同腐朽的旧制度进行不屈的抗争。

作者的期望真的达到了。作品发表后立刻在评论界和读者中引起极其强烈而又迥然不同的反响。一方面是官府查禁,保守派抨击、嘲笑乃至恶毒咒骂;另一方面如克鲁泡特金所说,屠格涅夫的任何小说,托尔斯泰或其他什么作家的任何作品,都不曾像车尔尼雪夫斯基这部小说一样,对俄国青年有过那么广泛而深刻的影响。它成了俄国青年的一面旗帜。

《怎么办》不仅影响了一代俄罗斯青年人,而且影响了包括列宁在内的一批职业革命家。据列宁夫人回忆,《怎么办》是列宁最爱读的作品之一。列宁称赞说:"这才是真正的文学,这种文学能教导人,引导人,鼓舞人。我在一个夏天把《怎么办》读了五遍,每一次都在这个作品中发现了新的令人激动的思想。"

保加利亚人民的优秀儿子、国际共产主义战士季米特洛夫也曾叙述过《怎么办》对他的教育。他说:"我还记得,在我少年时代,是文学中的什么东西给了我特别强烈的印象,是什么榜样影响了我的性格?我必须直接地说:这是车尔尼雪夫斯基的书《怎么办》。我在参加保加利亚工人运动的日子里培养起来的那种坚持力和我在莱比锡法庭上所采取的那种一贯的坚持力、信心和坚定精神——这一切都无疑地同我在少年时期读过的车尔尼雪夫斯基的艺术作品有关系。"

俄国无产阶级革命家和理论家普列汉诺夫也非常推崇《怎么办》,他曾从这部书中吸取力量,在早期投身于工人阶级的解放事业。谈到这部书的影响和鼓舞力量时,他说:"有谁没有被它吸引过?在它的崇高的影响下,有谁不变得更纯洁、更优秀、更朝气蓬勃和勇敢大胆呢?读了这部小说之后,谁能不对自己的生活再三深思,并严格检查自己的志向和爱好呢?我们所有的人都从这本书中吸取了道德力量和对美好未来的信心。"

《怎么办》的影响远远不限于俄国、欧洲,而是遍及全世界,包括中国。20世纪六七十年代,《怎么办》也是中国青年最喜欢、最激动人心的小说。这部小说也曾经影响了习近平同志。索契冬奥会期间,习近平接受俄罗斯电视台主持人采访,在谈到俄罗斯文学对自己的影响时提到了《怎么办》。他说,车尔尼雪夫斯基是一个民主主义革命者,他的作品给我们不少启迪。《怎么办》我是在梁家河窑洞里读的,当时在心中引起了很大震动。书的主人公拉赫美托夫,过着苦行僧式的生活,为了磨炼意志,甚至睡在钉板床上,扎得浑身是血。那时候,我们觉得锻炼毅力就得这么炼,干脆也把褥子撤了,就睡在光板炕上。一到下雨下雪天,我们就出去摸爬滚打,下雨的时候去淋雨,下雪的时候去搓雪,在井台边洗冷水澡,都是受这本书的影响。

一本小说,能够产生如此巨大、深远、持久的影响,这在人类文艺史上也算奇迹了。由此可见,文学艺术需要崇高的精神作支撑,读者需要崇高的形象作榜样。崇高,是人类精神之钙,是文学艺术永远不可或缺的美学元素。

罗普霍夫：无私忘我，处处为他人着想的普通"新人"

罗普霍夫是车尔尼雪夫斯基的小说《怎么办》中的主要人物之一。《怎么办》的副标题是"新人的故事"，"新人"指的是具有新思想、新观念、新人格的平民知识分子。作者把"新人"分为两类：一类是薇拉、罗普霍夫、吉尔沙诺夫和梅察洛夫等人，是普通人中的"新人"；另一类是拉赫美托夫等人，是"新人"中的特殊人。罗普霍夫是普通人中"新人"的代表之一。

人物故事

罗普霍夫是医学院的大学生，他在薇拉家兼任她弟弟菲嘉的家庭教师。罗普霍夫生于小市民家庭，生活拮据，十五岁起便一边读书一边兼课赚生活费。他对薇拉印象不错，只是感觉她有点冷漠；薇拉对罗普霍夫印象也不错，只是感觉他太严肃了些。罗普霍夫和好朋友吉尔沙诺夫住在一起。他们两人都很庄重，很坦白，只是罗普霍夫沉着一些，吉尔沙诺夫活泼外向一些。罗普霍夫有志于研究科学，希望将来当一名教授。

薇拉是一个活泼开朗的女孩子，遇事有自己的主见，渴望过一种独立自主的生活，希望能掌握自己的命运。但遗憾的是，她的母亲一定要逼她嫁给一个庸俗浮华、有钱的纨绔子弟，为此薇拉苦不堪言，感到自己就像生活在地下室一样压抑。相熟之后，薇拉把苦恼说给罗普霍夫听,他对她深表同情,答应她在外面帮她找个家庭教师的工作。

罗普霍夫把一些进步书籍借给薇拉看,使她呼吸到民主自由的新空气。她感激地对罗普霍夫说:"你把我从地下室中解放出来了。"随着相互之间的了解日益加深,两人的感情进一步发展,他们一起讨论如何过新生活的问题。为了帮助薇拉逃离家庭,罗普霍夫请他的朋友梅察洛夫神甫主婚,他们秘密地结了婚。

婚后薇拉和罗普霍夫一同以教书为职业维持生活。他们按婚前约定的新生活方式生活。男女各居一室,恪守礼节,需要交流时到第三间房。他们约定双方必须穿戴整齐后才能走进对方的房间,如果一方违反了约定,另一方便要提出警告。他们不像夫妇,而像是同事或兄妹。

罗普霍夫的朋友吉尔沙诺夫是某地方法院穷书记的儿子,和罗普霍夫一样,也没有任何社会关系和背景,凭个人能力闯出一条路。从医学院毕业后,他当了教授。在罗普霍夫结婚的初期,他常上他们家去。后来他发觉自己爱上了薇拉,为了逃避这一危险的感情,他不再到他们家去了。罗普霍夫得了肺炎,吉尔沙诺夫至他家为他治病,他对薇拉的爱慕之情重新复活。他再次抑制自己,有意和过去被他拯救、现在在薇拉工场当女工的克留科娃同居。

薇拉在梦中发现自己不爱罗普霍夫了。她感到"罗普霍夫是个高洁的人,他是我的救主,但高洁只能引起尊敬、信赖……我需要那恬静而缠绵的爱情,需要在温柔情感里陶醉"。而这种感情正是罗普霍夫所缺少的。梦醒后,薇拉害怕自己的胡思乱想,便对丈夫加倍亲热起来,同丈夫搬进同一间房里住了。她坦诚地把自己的梦告诉丈夫。罗普霍夫根据薇拉的梦境意识到自己所给予薇拉的感情不是她所需要的爱情,自己将要失去她的爱了。薇拉过去由于家庭压迫渴望自由,现在有了自由,但不能接受相敬如宾的疏离。妻子要的是亲密无间的男女之间的恋情,而自己却无法改变自己的天性和嗜好去满足她的要求。他明白他们之间的关系出现了裂痕。

有一次薇拉向丈夫公开吐露她对吉尔沙诺夫的爱慕。她说:"我亲爱的,我爱他。"罗普霍夫说:"自己考虑吧,怎样于你更好,你就怎样做。"他要她在他和吉尔沙诺夫之间选择一个,免得大家痛苦。薇拉经过一番思想斗争,终于写信给罗普霍夫,表示"没有他活不下去"。为了不给薇拉带来痛苦,他决定以探望父母之名离家出走,临别时,他对薇拉说:"爱一个人就是衷心希望他幸福,然而没有自由便没有幸福,你不愿束缚我,我也不愿束缚你。"不久,传来罗普霍夫自杀的消息。薇拉很伤心,认为自己伤害了善良的丈夫,因而不愿和吉尔沙诺夫结合了。

不久,薇拉收到一封从柏林寄来的署名"一个退学了的医学生"的信。这是罗普霍夫写的,信中说他的自杀是假的,他之所以这样做,是为了薇拉的婚姻得到社会的承认。并说他在国外已找到了工作。与此同时,吉尔沙诺夫也收到罗普霍夫的来信,劝他和薇拉结合。于是薇拉和吉尔沙诺夫结婚了。

罗普霍夫在国外生活了几年后,化名为毕蒙特回到俄国,结识了波洛卓娃一家,爱上波洛卓娃并和她结了婚。罗普霍夫一家搬到薇拉和吉尔莎诺夫家旁边,和他们作了邻居。两家友好相处,各自按照自己最喜爱的生活方式生活着。

人生启悟

从以上关于罗普霍夫的事迹描述中可以看出,他是一个处处为别人着想的好人、善人,是一个道德高尚的君子。车尔尼雪夫斯基笔下的"新人",除政治理想"新"之外,在道德情操上也是全"新"的。他们都不自私,一心为他人着想,希望人人都过快乐幸福的生活。罗普霍夫就是这样的典型。

当初在薇拉家当家庭教师时,薇拉被母亲逼婚痛苦得要自杀。为了帮助她,罗普霍夫以结婚的方式把她救出苦海。他这样做的结果是牺牲了自己的学业,放弃了当教授的光明前途。当薇拉告诉他自己已经爱上吉尔沙诺夫时,他没有愤怒,没有骂娘,既没有谴责薇拉,也没有谴责朋友,而是一心为他们考虑,选择自己主动退出,把自己的爱人拱手送给朋友,把幸福让渡给他们俩。

不但如此,罗普霍夫的善良还更深一层。为了消除薇拉和吉尔沙诺夫对他的歉疚之情,不让他们心理上有阴影,自己选择以假自杀的方式为他们提供法律上的依据。在国外分别给他们写信,真心诚意地劝他们结合,并给他们以衷心的祝福。

罗普霍夫的所作所为,真正做到了无私忘我,"毫不利己,专门利人"。如此高的道德境界,古今中外世所罕见。这体现了作者车尔尼雪夫斯基的人格理想,在他心目中,人就应该是这样的,这就是他设想中"新人"的特征。人人都这样了,社会就变得美好,就可以诗意地栖居了。

问题是,这样高的精神境界,有点脱离世俗人情,超出了常情常理。那么这样的人可信吗?我们该怎么理解,怎样对待?

笔者认为,是可信的。因为,世俗人情,常情常理,指的是社会上一般人、大多数,乃至于绝大多数人的"情"和"理",但是,"一般人"之外还有"二般人"(特殊人),大多数、绝大多数之外,还有少数、极少数。即使是极少数吧,不也是存在,也是"还有"吗?!

这不是故意抠字眼儿,找别扭吵嘴;不是逻辑上的狡辩,而是有事实为证的。例如中国现代逻辑学大师金岳霖先生理性处理和当时著名才女林徽因的感情纠葛的例子。金岳霖爱上了林徽因，林徽因也爱上了金岳霖，可是，林徽因已经是有夫之妇，而且丈夫是鼎鼎大名的梁启超先生的儿子、著名建筑学家梁思成。林徽因也爱着丈夫，于是陷入感情困境。坦诚高洁的林徽因把自己的苦恼倾诉给丈夫。丈夫听了，像罗普霍夫一样，既不指责这个，也不谴责那个，而是理性地把选择权交给妻子。金岳霖看到梁思成如此豁达大度，如此尊重妻子，知道他对她的爱是真挚的、无私的。既然如此，自己就不好再搅和在这个本来和睦亲密的夫妻关系里，就不该让自己心爱的人为难，于是果断退出，还林徽因一个和平幸福的家。但他并没有负气远去，而是选择和林、梁做了邻居，从此一生和他们一家相伴相随，相安无事。林、梁、金三人一起谱写出现代文明，尤其是中国文明史上高贵和谐的人际关系奏鸣曲，为世人树立了理性处理最难处理的关系的典范。

各位看看，金、林、梁的故事难道不是和罗普霍夫的故事有异曲同工之妙吗？其中的相似，直让人觉得此故事就是彼故事的翻版。不同的是，罗普霍夫的故事在小说中，金、林的故事在现实中。

由此可见，在庸常的世俗中，确实有行高于人、德高于众的人。我们不能以庸常的世俗观念去衡量这些人的动机，不能以自己做不到就不承认别人做得到。自古以来，无论中外，生活中总是有大善大爱之人存在。对于我们没有亲眼见过，或按日常经验无法理解的大善，要保持一分敬意。我们自己做不到，可以在一边给他们鼓掌喝彩，给他们以欣赏和鼓励。这种敬意是维护社会道德生态的一个部分，是社会文明的民意基础。人的境界和道德认知水平是不一样的，总会有高低层次之别，总有一些善超出我们庸常的经验逻辑，总有一些善我们不能理解，对那些高境界之人保持敬意，是我们每个人起码的文明修养。

笔者相信罗普霍夫等大善之人的存在,除在事实层面的确认以外,还有一个哲学层面。从哲学角度看,世上的人,总是两头小中间大。例如,就道德境界来说,大善之人总是少数,大恶之人也是少数,而不善不恶、亦善亦恶、小善小恶、时善时恶中不溜的人总是大多数。任何时代、社会的道德生态可能就是这样构成的。社会的道德水平是靠这些大善之人作为榜样支撑的,也是靠他们提升的。作为大多数的一般人,如果做不到大善,那就把他们树为榜样,"虽不能至,心向往之"。心里有一个、多个大善之人在,当我们做事的时候,就有了一面镜子,有了一个楷模,就知道该怎么办。虽然这个社会之中多数人可能都是庸常的,庸常没什么错,但庸常者不能用庸常的逻辑去度量一切,不能把自己的庸常当成全体,不能用自己的庸常否定别人的杰出。

从文艺的社会效应,或者说从文艺接受史的角度看,《怎么办》为什么能感动、激动、震撼包括列宁在内的一代又一代读者,不就是因为它创造了行高于众、德高于人的"新人"形象吗?这批"新人"的崇高境界代表了读者的理想,读者在他们身上找到了心灵寄托或灵魂归宿。可见,文艺源于生活,但也要高于生活才能成为文明的火炬,成为人类前行的灯塔,给人以力量。

如今,我们的文学艺术中,缺少的就是像《怎么办》这样的作品,缺少的就是像拉赫美托夫、罗普霍夫这样的艺术形象。崇高被抛弃了,但崇高却始终是、永远是人类文明不可或缺的精神灯塔。

牛虻：为革命事业鞠躬尽瘁死而后已

《牛虻》是爱尔兰女作家艾捷尔·丽莲·伏尼契创作的长篇小说,牛虻是作品主人公。该书描写了意大利革命党人牛虻的一生。他年轻时单纯幼稚,在革命团体中因被同志误解,佯装投河自尽,实际上奔赴南美。十三年后,当他带着一身伤残重回故乡时,苦难的经历已把他磨炼成一个坚定的革命者。他参与了反对奥地利统治者、争取国家独立统一的斗争,最后为之献出了生命。小说涉及了斗争、信仰、牺牲等宏大主题。

人物故事

亚瑟(即后来的牛虻)出生于意大利一个英国富商家中,名义上是富商与后妻所生,实则是后妻与比萨神学院院长蒙太尼里神父的私生子。亚瑟从小在家里受异母兄长及嫂子的歧视,又看到母亲受他们的折磨和侮辱,却始终不知道原因。亚瑟崇敬蒙太尼里的学识,视他为良师慈父。当时的意大利正遭受奥地利的侵略,青年意大利党争取民族独立的思想吸引着很多热血青年,亚瑟深受影响,决心献身于这项事业。在一次秘密集会上,亚瑟遇见少年时的女友詹玛(见方华文译:《牛虻》,作家出版社 2015 年版,下引此书只注页码),与她一起参加革命活动。

蒙太尼里调往罗马任主教,警方密探卡迪接替了他的位置。在卡迪的诱骗下,亚瑟在一次忏悔中透露了他们的行动和战友们的名字后,卡迪告知了警方,亚瑟同战友一起被捕入狱。很多人怀疑亚瑟,认为是他出卖了他们。但詹玛相信不是亚瑟,但亚瑟坦诚是自己的错。詹玛误会他故意出卖他们,于是在盛怒之下打了他一耳光。亚瑟痛恨自己幼稚无知,对神父竟然会出卖自己感到震惊,也对詹玛的误解伤心。被释放回家后,继兄夫妇告知他蒙太尼里是他的生身父亲。一连串的打击使他陷入极度痛苦之中,几欲自杀。极度愤怒中他一锤打碎了心爱的耶稣蒙难像,以示与教会决裂,然后设计了自杀现场,只身流亡到南美洲。

在南美洲,亚瑟度过了人间地狱般的十三年,遭受过诸多意想不到的磨难,身体受到极大伤害:腿瘸了,满脸伤疤,患有一种严重的随时发作的疾病。流浪生活磨炼了亚瑟的意志,使他成长为一名坚定的革命者。亚瑟化名牛虻回到意大利,遇见了詹玛,但她已认不出他。

牛虻和战友们积极准备起义。在一次运送军火的行动中众人被敌人包围,牛虻为掩护其他人突围不幸被捕。战友们设法营救他,但他身负重伤,晕倒在越狱途中。敌人决定迅速将他处死。前来探望的蒙太尼里企图以父子之情和放弃主教的条件劝他投降;牛虻则动情地诉说了他的悲惨经历,企图打动蒙太尼里,要他在上帝(宗教)与儿子(革命)之间作出抉择。但他们谁都不能放弃自己的信仰。蒙太尼里在牛虻的死刑判决书上签了字,自己也痛苦地发疯致死。

刑场上,牛虻从容不迫,慷慨就义。在狱中给詹玛的一封信里,他写上了他们儿时熟稔的一首小诗:"不管我活着,还是我死去,我都是一只牛虻,快乐地飞来飞去!"至此,詹玛才确认,牛虻就是她曾经爱过而又冤屈过的亚瑟。

人生启悟

据资料介绍,《牛虻》在作者的家乡英国默默无闻,但在中国20世纪50至70年代却如雷贯耳。我国自1953年将此书翻译出版后,发行量达一百多万册,是当年中国最畅销的翻译小说,与《简·爱》和《红与黑》并列为当时最轰动的三大外国经典文学名著,可以想见其在当年的影响。

《牛虻》为什么有如此巨大的影响力呢?首先,与当时的时代氛围有关。那是新中国成立后进行革命传统教育的年代,青年人对为革命献身的英雄崇拜不已。其次,与主人公的英雄气质有关。牛虻的所作所为证明他不愧是革命英雄的典型,不愧是年轻人崇敬、学习、模仿的榜样,年轻人把自己的革命激情折射到他身上,所以牛虻才成为青年人心中的偶像。

少年立志,救国救民

亚瑟出生于富商家庭,从小物质生活富足,但精神生活却不幸。上大学期间,他受到革命组织的影响。当时意大利被奥地利帝国所控制,意大利人不甘心被奴役,组织起秘密团体青年意大利党,目的是要在意大利建立一个统一和独立的共和国。它不仅要驱逐奥地利人,还要推翻意大利专制政权。革命的目标使亚瑟热血沸腾,充满向往。他对一直关心爱护他成长的神父蒙太尼里说,这件事"关乎我的一生和我的灵魂"。

蒙太尼里对亚瑟参加的组织和活动深感不安,委婉地问他:"你心里打算做的事情究竟是什么呢?"亚瑟回答:"我要把生命贡献给意大利,帮她摆脱奴役和悲惨的境遇,将奥地利侵略者逐出国门,使她成为一个没有君主、只有基督教的自由共和国。"神父提醒他,他并不是意大利人,为什么要为她而献身呢?他说:"这没有什么区别;我是我自己。我看到了这项事业的前景,就责无旁贷地要把它变为现实。"(第9页)神父深知事关重大,危险重重,提醒他"做事要谨慎,遇事要三思,免得无法挽回",意思是劝他退出,但他决心已定,义无反顾。

这说明,亚瑟小小年纪就对国家、民族、人民的命运有了责任感和使命感,而且把这看得庄严神圣。因为当时他还是虔诚的天主教徒,所以他把革命看得和上帝一样神圣。责任感和使命感赋予他对自我的约束力,约束力意味着他内心深处对革命事业无限忠诚。他对神父说:"对人们产生约束力的并非誓言。倘使你对一件事情有了体会,它就会约束你;倘使你没有那种体会,就不会有约束力。"(第19页)这种自我约束力,说明对革命事业的忠诚已经在青年亚瑟心里生根。这是理解亚瑟所有活动的钥匙,他后来的一切行为都可以从这里得到解释。

历经磨难,矢志不渝

逃往南美洲的亚瑟身无分文,语言不通,举目无亲,等于是到了生存绝境。为了生存,亚瑟经历了常人难以想象的磨难。这些磨难,作者没有从正面描写,只在牛虻分别和詹玛与蒙太尼里的两次谈话中侧面作了简略叙述。

在南美洲,亚瑟去过阿根廷,去过智利,大部分时间在漂泊和忍饥挨饿中度过。在利马找不到工作,只好到一家赌馆当仆人,煮饭,在弹子台计分,端茶送水,什么活儿都干。一次,一个印度水手醉酒在赌馆寻衅闹事,老板命令亚瑟把他赶出去。亚瑟刚得过热病,身体虚弱,结果被打得多处骨折,昏死过去,而周围人却在取笑他,因为他只是他们的奴隶和玩物。幸亏一位好心的土著老妪收留了他,他养了几个月才挣扎着能起来,从此留下多处伤疤,留下随时可能发作的怪病,成了瘸子。后来到甘蔗园替奴隶干杂活儿,但因为瘸腿走不快被赶走;到银矿找活儿被经理嘲笑,被矿工拳打脚踢;无奈他只好四处流浪。有时为人补锅,有时为人清理猪圈,曾经还在一个跑江湖的杂耍班子当小丑。当小丑有饭吃,但即使生病也要被逼演出。有一次演到半截疼昏了过去,等醒来时发现观众围着他又是嘲笑又是喊叫,还用东西砸他。

牛虻被捕后,在监狱里向蒙太尼里叙述的经历更加令人心颤:曾在肮脏的妓院里洗过碟子,为那些比畜牲还粗野的农场主当过马夫,到斗牛场为斗牛士跑腿打杂,"为每一个把脚踩在我脖子上的衣冠禽兽充当奴隶;我,饥肠辘辘,被别人吐唾沫,踏在脚下;我连向别人讨口发霉的食物都遭到拒绝,因为狗有优先权"。(第252页)

总之,漫长的十三年,牛虻过的是非人的日子,经受的是非人的侮辱和折磨。如果是一般人,无论肉体和精神,早就被摧毁了。但他硬是用顽强的意志扛过来了,他依然坚强地活着。在如此艰难困苦的境遇下坚持下来,不为别的,就为内心有坚定的信仰,他救国救民的大业还没有完成,希望有一天回来继续他的使命。于是,在外辗转十三年终于重回故乡,化名"牛虻"投入革命事业中。

坚贞不屈,视死如归

为了进行武装起义,需要从英国购买大批武器运到意大利,这是一件极为艰难而危险的工作,但牛虻经过周密布置和顽强努力,终于把武器运到了码头。进一步往内地运的时候,经办的人手不够,迫切需要人帮助,牛虻决定前往。对牛虻来说,这是极其危险的决定,因为四处都是密探,而且都认识他,詹玛阻止他冒险。后来,负责运送武器的人被捕了,在这危急关头,即使冒险,他也决定非去不可了,因为没有人能够代替他。他清醒地知道他可能没有生还的希望,但既然对谁都是危险的,那就只能自己去,别无选择。用他的话说即"如果我的任务是死,我就得去死"。(第199页)

不出所料,在与警察的对峙之中,牛虻被捕了。牛虻是警方密切关注而且恨之入骨的头号危险人物。他的被捕让警方如释重负,把他投入条件极为恶劣而且看守严密的监牢中,用重刑残酷地折磨他,逼他说出他们的秘密。"他们一次又一次地审讯他;竭尽威逼利诱之能事,可谓机关算尽,想使他招供,可他始终什么也不说。"(第215页)

无奈之下,警方只好要求批准特事特办,组织军事法庭宣判牛虻死刑。刑场上,牧师要求他向上帝忏悔,他不屑一顾,蔑视地告诉牧师即使自己死了,他们的伙伴还会用大炮轰击敌人。面临死刑的人,常规是被蒙上眼睛,牛虻坚决要求不要蒙住自己的眼睛,他要亲眼看着枪手们如何行刑。"牛虻含着微笑,面对士兵们站好,而士兵们手里的枪抖个不停。"由于枪手们的紧张,一排子弹射出只擦破了他的脸颊和膝盖,他微笑着擦去脸上的血迹,嘲笑枪手们枪法不准,他亲自下命令让他们再向他射击。牛虻坦然自若、视死如归的气概,让枪手们心慌意乱,全都瑟瑟发抖,睁大眼睛望着前方,其中有的士兵就没开枪,而是把枪扔到一旁,痛苦地说自己办不到。

生命是宝贵的,面对死亡,任何人的本能反应都是恐惧。但是对于有坚定革命信仰的人来说,却是无所畏惧的。牛虻在最后写给詹玛的遗书里,写下了自己面对死亡时的心态:关于明天早晨的事(指将被枪决),我希望你和马丁尼都能理解,我是非常幸福和满足的,这是命运之神给我的最好的结局。……如果你们活下来的人能够坚定地团结在一起,给他们以狠命的打击,就可以大功告成。而我,将带着轻松的心情走到院子里,就像回家过节的小学生一样。我完成了自己的任务——这一死刑判决证明我的任务完成得很出色。他们枪毙我,是因为他们害怕我。一个人能够做到这

一点,还希求什么呢?(第279页)

为了信仰,奉献一切

为了革命事业,为了信仰,牛虻奉献了宝贵的生命。除此之外,他还奉献出了亲情、爱情和友情。可以说,对他来说最宝贵的一切,全都奉献出去了。对革命事业,他奉献得完全彻底,毫无保留。

牛虻是蒙太尼里的私生子,对他来说,母亲去世之后,在这个世界上,蒙太尼里是唯一和他有血缘关系的亲人。蒙太尼里对他也倾注了满腔的爱,虽然在他年轻时没有公布真相,用他的话说,蒙太尼里欺骗了他。但蒙太尼里是善意的,是为了保护他的心灵。蒙太尼里对他的爱,他也是知道的。但出于信仰的原因,他和蒙太尼里分别站在了两个对立的阵营里。为了革命的需要,他化名牛虻猛烈地揭露蒙太尼里所代表的教会的欺骗性,甚至不惜无情地攻击蒙太尼里本人。但即使在最决绝的战斗中,牛虻也承认蒙太尼里是他最爱的人(他向与他同居的女人承认这一点)。后来,在死牢里,父子终于相见并且相认,两人都向对方承认终生都在深深地爱着对方。双方都劝对方放弃自己的信仰,但双方都做不到。牛虻说,既然这样,"咱们之间已无其他可言,只有战争、战争、战争。你拉着我的手做什么?难道你不明白,只要你还信仰你的耶稣,咱们就只能是敌人吗?"(第251页)就这样,因为坚守自己的信仰,牛虻只得牺牲了他至爱的神父,挚爱的父亲。

在给詹玛的遗书里,他向她承认:"当你还是个难看的小姑娘,穿着一件方格布长衫、围一个皱巴巴的领巾、背后拖一条小辫子的时候,我就爱上了你,如今仍在爱着你。"(第279页)长大后他们一起参加革命活动,他对她的爱更深了,但只是深深地埋在心里不向她表露。"他决不会把自己的爱情告诉她——凡是可能扰乱她平和心境的话,凡是破坏他们稳固的同志感情的话,他一句都不会说。"(第36页)但不幸的是,由于误会,詹玛当时打了他一耳光,这曾深深地伤害了他的心,但他不记恨她,流浪十三年回来再次见到她时仍深深地爱她。但是为了革命,他始终没有向她暴露自己的真实身份,他知道自己所从事的工作不可能给她带来幸福,所以他宁肯默默地在暗中爱着她。他曾向革命同志,也是詹玛的爱慕者马丁尼说:"我是爱她。但你不要以为我会向她求爱,或者为爱情愁肠寸断。我只打算……去死。"(第198页)说这话的时候,牛虻已经打算深入虎穴了。这就是说,他终生只爱她一个,但他为了革命的缘故,始终没有公开地追求她。

在长期的漂泊生涯中,由于身心都遭到极度摧残,他怕黑暗,既怕外界的黑暗,更怕内心的黑暗,不敢单独过夜,所以和一位吉卜赛女郎同居了。他向她解释说,一个男人在世上孤身一人,感到需要一个女人的陪伴,倘使他可以找到一个能吸引住他的女人,而这女人也不讨厌他,那么他们就可以在一起。换句话说,孤独寂寞的生活需要她的陪伴。同居的生活,让姑娘真心爱上了他。她关心他的身体、他的命运,希望他带她离开政治,离开意大利,到别的地方幸福地生活。这对牛虻的生活来说,是一种难得的温情。她愿给牛虻提供一个温暖的港湾。但他坦诚地告诉她:"我并不爱你;即便爱你,我也不会带你走的。在意大利有我的工作,有我的同志……"(第171页)绝望的姑娘终于离开了他,他不得不再次孑然一身地孤独生活。

总之,凡是与革命事业、政治信仰相矛盾相冲突的东西,哪怕是自己特别需要,特别渴望得到的东西,他也不惜舍弃。在他那里,革命事业、政治信仰至高无上,已经成为他的第二生命,为此,他可以心甘情愿地奉献出自己的一切。

牛虻精神不朽

据资料介绍,作品中的牛虻,绝不是作者凭空创造,而是有坚实的现实根据。作者1885年大学毕业后曾在俄国圣彼得堡居住过两年,其间,认识了很多革命团体;回到伦敦后又接触了不少流亡伦敦的俄、意革命者,如恩格斯、赫尔岑、普列汉诺夫、马克思的大女儿艾琳娜等。作者被革命者的献身精神深深震动,为此才写出了《牛虻》。可以说,牛虻是革命者的化身,是革命者的代表,是源于生活又高于生活的典型形象。

信仰坚定,意志坚强,勇敢无畏,不怕牺牲,乐于奉献,所有革命者的美好品质都集中在牛虻身上,于是牛虻成为一代又一代读者真心崇拜的革命英雄。

时代在变,社会在变,但在牛虻身上所体现出来的崇高精神和优秀品质,不仅是那个时代所需要的,也是各个时代各个社会都需要的。因为,无论哪个社会哪个国家哪个民族,精神文明建构中都少不了刚健崇高的因素作支撑。

牛虻精神不朽!

嘉莉妹妹：打工妹的人生追求
　　步步登高值得赞赏

　　嘉莉妹妹是美国作家德莱塞的著名小说《嘉莉妹妹》的主人公。

　　《嘉莉妹妹》（裘柱常译，上海译文出版社1990年版）是德莱塞第一部长篇小说，是美国小说史上具有划时代意义的优秀作品，有评论说

电影《嘉莉妹妹》剧照

正是这部小说把美国文学带入了新世纪（20世纪）。然而在出版之初，它却遭到舆论的围攻。围攻者指责它"不道德"，禁止发行。几年的辛苦劳动换来了不到一百元的稿酬，德莱塞为此极度苦闷，精神抑郁，差点自杀。评论界为什么要棒杀它？因为作品触犯了清教徒的道德戒律，真实大胆地揭示了人物的内在心灵，毫不掩饰地展示了社会生活真相。从文学角度说，德莱塞突破了以往保守与高雅的绅士传统，开创了清新自然、真实坦率的一代文风。

　　作品以嘉莉妹妹的生活经历为线索，展现了19世纪末20世纪初芝加哥和纽约的社会面貌。用传统的社会政治视角看，这部作品揭露了资本主义社会贫富悬殊的对立，抨击了美国大都市金钱万能、道德沦丧的残酷现实。这些观点已为读者所熟知、所接

受，本文不再重复。

笔者感兴趣的是，一个世纪前发生在异国他乡的故事之下潜隐的精神动机，至今仍在我们的生活中起着作用；那时人们内心深处的灵魂戏剧至今仍在人们心中重演。走上大街，看到一个个匆匆而过的面孔，直让人觉得嘉莉妹妹和她身边的那些人还活着；而且我们还可以预料，类似的灵魂戏剧还将一代代重演下去。因此，透过特定时空里的生活表象，看一看其背后的灵魂秘密，看一看那时人们在纷繁复杂的人世上如何掌控自己的欲望，从而汲取人生的经验和教训，应该是十分好玩儿而且极有意义的事。

人物故事

1889 年的某一天，刚满十八岁，伶俐、腼腆而又漂亮的嘉莉妹妹，满怀着无知的年轻人的种种幻想，皮包里装着四块现钱，应姐姐之邀，离开乡下小城前往正蓬勃发展的芝加哥打工。此时的她，天真未凿，纯朴可爱。她没有出过远门，没有任何社会经验，对一切都感到神秘、胆怯、缺乏自信。心里满怀着青春的幻想，渴望着获得物质享受，做着空洞的平步登天的美梦。

对嘉莉来说，她将要去的地方是神秘诱人的大城市，那里有她所向往的一切，那里的一切对她都充满诱惑。这种诱惑在火车上就开始了。在车上她遇上了穿着漂亮，风度翩翩，有意和她套近乎的推销员杜洛埃。他向她尽情地描绘芝加哥的迷人之处——公园，繁华大街，百货公司，豪华建筑，娱乐场所等，"他所描绘的这一切使她心里隐隐作痛。在如许繁华景象的面前，她显得很渺小，这使她觉得有些难过。她明白自己此去不是准备到各处游乐的，然而在他陈述的这一切物质享受的前景中还是可以有所指望的"。

等到了芝加哥,她的美好向往被灰暗的现实一下子击碎了。姐姐家的住房拥挤狭窄,屋子陈设破旧寒碜。她要住下来必须付膳宿费,也就是说她必须立刻找工作养活自己。她怀着恐惧和希望相交织的心情,一家一家挨门求告,希望找到一份赖以活命的工作。嘉莉沿着这些热闹的柜台之间的过道走着,对耀眼地陈列着的饰物、服装、鞋子、文具、珠宝等商品非常羡慕。每一个单独的柜台都是使人目眩神驰的展览场地。她禁不住觉得每一件饰物、每一件值钱的东西对她都有切实的吸引力,一切都牵动着她个人的欲望,可是她又痛楚地感到这些东西没有一件是她买得起的。

经过屈辱而顽强的努力,嘉莉终于在一家鞋厂找到一份每周四块半薪酬的工作。鞋厂里环境肮脏、喧闹,工作紧张劳累,有的工人对她粗俗无礼,但她忍了下来,她为自己有微薄的收入而高兴。她把四元交给姐姐,自己剩下五角钱仍想入非非,想看戏想娱乐想买衣服,毕竟她是个女孩子啊!冬天很快来了,嘉莉终因衣衫单薄病了。病好后失去工作,姐姐一家眼看她寻找工作无望,想把她赶回老家去。嘉莉当然不想回去,她留恋这个繁华的大都市。

正当她万般无奈之际,遇到了倾慕她的长相和气质的杜洛埃。他热情地表示要帮助她,大方地送钱给她,要她买鞋子买衣服,劝她千万别回去,他愿租房子养活她。面对如此好意,嘉莉本能地觉得不应该接受,知道接受了意味着什么。但不接受就必须立刻回到枯燥无聊的乡下去,自己的一切欲望将全成泡影。心里激烈斗争的结果,留下来的想法占了上风——"在各种际遇的影响下,在杜洛埃的难以觉察的热情的感染下,在丰美的食物、还不大习惯的舒适的环境的影响下,她的疑虑解除了,竖起耳朵听他说话。她又成了大城市的诱惑力的俘虏,受到超理性力量催眠的可怜虫"。

她与杜洛埃同居了,住在舒适的房子里,摆脱了贫穷的纠缠却增添了新的精神负担。她从镜子里看到自己比以前漂亮了,但从内心和社会舆论中却窥见自己比以前坏了。她在两个形象之间犹豫不决,不知相信哪个好。想一想眼前的一切是怎么得来的,她感到羞愧和不安,她十分想摆脱这块心病,但同时又不肯放弃这些东西。嘉莉很善于学习有钱人的派头,看到一件东西,她立即就想了解,倘使弄到了手便能把自己打扮得怎样漂亮。"华丽的衣服对她是一种巨大的诱惑","她也许能够克服对饥饿的恐惧,回到家里去;她可以在良心的最后强制下,接受艰苦的工作和贫困的小圈子的生活——但是要她损害自己的外貌——要她穿上旧衣服,露出寒碜相?——决不"。

嘉莉有了安逸舒适的物质生活,她想让这一切安定下来,因此她要求和杜洛埃结婚,但杜洛埃一再敷衍使她感到不快。正在这时,比杜洛埃更有地位更有风度更有财富的酒店经理赫斯渥走进了她的生活。

赫斯渥精明能干,有权有势,是当地富豪圈子里的核心人物。他不像杜洛埃那样对女人有露骨的欲望,却更能赢得女人的欢心。他对女人的殷勤是所有女人都欣赏的。嘉莉的清纯美丽让他着迷,他不顾一切地追求她。他动员她与他一起出走,答应和她结婚,给她幸福。嘉莉犹豫不决,最后赫斯渥不顾一切拿了公款骗她一起出走加拿大,然后辗转到了纽约。当嘉莉明白真相时,虽有所反抗但最终顺从了。因为她觉得跟赫斯渥这样的男人生活更有保障,更能满足其对生活的欲望。

在纽约,嘉莉和赫斯渥过着虽不富裕但毕竟衣食无忧的生活,她对此感到称心如意,颇为满足。但邻居万斯太太领她去百老汇看了一场戏,逛了一次百老汇大街,又刺激起她对物质享受的强烈愿望:"她看到的华丽的衣服、欢乐的场面和美人儿,在她心里唱起了一支渴望之歌。啊,这些在她身边走过的娘儿们,成百上千的,她们是些什么人呀?这些华丽漂亮的衣服、耀眼的彩色纽扣、金银小饰物,是从哪里来的呀?这些佳人是住在什么地方的呢?她们是在怎么样的雕刻精致的家具、装潢美丽的墙壁、富丽堂皇的挂毯等优美物品之间活动的呢?……啊,高楼大厦、明灯、香水、藏着金银饰物的闺房,摆满山珍海味的餐桌。纽约一定到处都是这样的宅第,否则就不会有那么美丽、傲岸、高不可攀的人物啦。她自知不是她们中间的一分子,心里感到发痛。"她想一想自己两年来过的寂寞生活,弄不懂怎么会对自己从来没有实现原来的希望感到无动于衷。

百老汇之行,给她上了极其深刻的一课,使她对自己的处境有了一种坚定的看法:要是她自己的生活里不出现这种景况,她就等于没有生活过,说不上享受了生活。于是,她毅然离开穷困潦倒而又不思奋斗的赫斯渥,投身演艺圈寻找机会。凭着出众的美貌和天赋的才气,再加上她艰苦不懈的努力,嘉莉终于出人头地,成为万众瞩目的演艺明星。金钱、荣誉、享受扑面而来。奇迹般的成功为她带来了各种物质利益,满足了她从来没有满足过的对物质享受的欲望。

人生启悟

回顾嘉莉所走过的道路,我们发现,支配她人生活动的基本动机其实很简单,那就是:欲望。跟着欲望走,就是她基本的人生轨迹。

跟着欲望走,不仅是我们对嘉莉人生之路的判断,而且也是叙述人(代表作者)的判断。跟着欲念走,仅仅是年轻姑娘嘉莉的人生轨迹吗?当然不是。在叙述人看来,这其实是大多数人的人生轨迹。叙述人说，考察生活，我们应该记住，"在生活中，我们大多数人到底还是完全受欲望支配的"。

跟着欲望走为什么竟是大多数人的人生轨迹呢？对此，叙述人进行了深入的哲学分析。他认为，我们的文明还处于一个中间阶段——我们既不是禽兽，因为已经并不完全受本能的支配；也不是完全意义上的人，因为也并不完全受理性的支配。人当然不愿意老是听从本能和欲念；可是他还太懦弱，不可能老是战胜它们。就像风中的一棵弱草，随着感情的起伏而动荡，在善与恶之间摇来摆去。"在嘉莉的心里，正如世上的许多人一般，本能和理智，欲念和觉悟，正在争夺主宰权。哪个人不是如此呢?！在嘉莉的心里，正如世上的许多人一般，本能和欲念往往还是胜利者。哪个人不是如此呢?！她跟着她的欲念走。她是被动的时候多，主动的时候少。"

本能和理智，欲念和觉悟的冲突，正是人的精神生活的一种根本困境；冲突的结果，大多数人在大多数情况下往往是本能和欲念占上风。这一倾向，结合人类的生存实践看，至今也没有根本的改变，或者说至今也好不到哪儿去。所以应当承认，作者对人类精神困境的分析至今也不能说失去了意义，不能作出现代人文明程度提高了，已走出上述困境的结论。

以上，我们叙述了嘉莉的人生轨迹并剖析了隐藏其中的精神结构，从中我们看到了物质享受的欲望对嘉莉的支配作用。但需要说明的是，这只是嘉莉在相对贫穷，物质享受欲望不能充分满足情况下的行为动机。值得庆幸的是，在物质欲望得到满足后，她并没有贪得无厌，彻底沦为物欲的奴隶。相反，当功成名就荣华富贵铺天盖地而来的时候，她并没有沉迷其中，而是感到空虚和寂寞，她对这一切开始感到厌倦，内心深处隐隐有了强烈的精神追求。

嘉莉成功前曾经见过万斯太太的表弟艾姆斯。艾姆斯具有独特的精神气质,他轻视金钱,认为人不一定需要金钱才能幸福。这些思想引起她的深思,让她感到新鲜,印象很深。虽然他离开了她,但他对她的影响却没有消失。她感到他与所有的男人都不一样,她把他视为人生的楷模、理想的典型。

嘉莉成功后,艾姆斯引导她读巴尔扎克和哈代的书,告诉她一个人在恋爱和发财的事业上失败了不算什么,而如果在精神上失败了那才是真正的失败。他告诉嘉莉人的幸福并不在于财富和地位,而完全在于自己内心的高尚与充实。他鼓励她从忧郁中走出来好好演一些感人的有价值的正喜剧,提醒她不要因为过得太舒服而扼杀了雄心壮志。这些话正合嘉莉心意,如醍醐灌顶,让嘉莉无比兴奋,头脑清醒。嘉莉理解并接受了艾姆斯的话,正说明了她内心深处有对高尚纯净精神生活的向往。

嘉莉由追求物质到追求事业又到追求精神,步步登高,正应了美国心理学家马斯洛由物质到精神,由低级到高级的需要层次理论。嘉莉无意识中其实也是在追求着自我实现,追求着自己完满的人生。过去的评论文章几乎都没有谈到这一点,只是一味地指责嘉莉"堕落"、"道德败坏"、追求享乐,视她为一个完全的物质奴隶,这样说不符合事实,因而是不公正的。嘉莉的人生追求轨迹值得当下正在打拼路上行走,或已经"成功"的人士深思和借鉴。

赫斯渥:一念之差毁终生

赫斯渥是德莱塞的小说《嘉莉妹妹》(裘柱常译,上海译文出版社 1990 年版,下引此书只注页码)的男主人公。

人物故事

赫斯渥是芝加哥某大酒店的经理,精明能干,是当地富豪圈子里的核心人物。他有文化、有教养、有财富、有地位,以世俗眼光看是一个不折不扣的成功人士,按理说该满足了。但是,欲望哪能是"按理"的呢!欲望是一匹非理性的野马,非有更强大有力的缰绳根本无法控制它,赫斯渥就是这样。他本来有妻子有孩子,是有妇之夫,但是,当他认识初到城市的打工妹嘉莉时,被她清纯美丽的气质所征服,进入神魂颠倒的婚外之恋。他想带她私奔,但事关重大,嘉莉犹豫不决。正在这时,一场从天而降的诱惑砸到他头上,他猝不及防,没有任何精神准备,因而思想深处瞬间爆发了一场惊心动魄的灵魂大战。这场战斗异常激烈,刀光剑影,电闪雷鸣,在德莱塞笔下展现得淋漓尽致,十分精彩。最后,赫斯渥一念之差犯下大错,从此命运急剧转折,直至命终他乡。

这场灵魂之战的缘起是:一天深夜,当酒店所有人离开之后,作为经理,赫斯渥习惯性地到处转转,看看每样东西是否锁好,以便可以放心过夜,这是他的责任。按照习惯,只有过了银行营业时间收入的现金才放在店里;这笔钱由出纳锁在保险箱里,只有出纳和两位老板知道号码锁的密码。赫斯渥一向谨慎,每夜都要亲自再检查一遍,从来没有发现过问题。但今晚他突然发现藏现金的保险箱没有上锁,里面有上万的现钞。他本来应该毫不犹豫地立刻锁上,但看着一扎一扎的钞票,他动了心。即使是经理,他也从来没有见过这么多现钞。一个突如其来的诱惑呈现在眼前,怎么办?他把手搁在锁纽上,只消一转就可以锁上,断绝一切诱惑,但他迟疑不决。他想带嘉莉私奔,正缺一笔资金,这是天赐良机,怎么办?于是,一场灵魂大战就此展开:

  这位经理心乱如麻,尽在胡思乱想。这时,他回想起白天里的全部纠葛,也想到了眼前就有个解决办法。这笔钱就能解决问题。倘使他有这些钱又有嘉莉,那该多好啊。他站起来,呆呆地站着,俯视他的鞋子。

  "这么办好吗?"他心里在问,慢慢地举起手来,抓抓耳朵,想找寻答案。

  经理不是傻子,不盲目地由于一念之差而误入歧途,但是他处境特殊。他血管里充满了酒。酒已涌上了他的脑袋,使他对眼前的机会产生好感。酒还对他美化了一万块钱的作用。他可以从这一万块钱里看出大好机会。他能得到嘉莉——啊,是的,他能得到。他可以摆脱自己的太太。还有明天早晨要谈判的那封信。这样就不用答复它了。他走回到保险箱前,伸手放在锁纽上。然后,他拉开箱门,把放钱的抽屉完全抽出来。

  抽屉一在他面前拉开,想要不动它仿佛是愚蠢的事情了。这当然是太蠢了。他不是可以和嘉莉安静地生活许多年吗?

  天呀!这是怎么啦!他第一次觉得精神紧张,好像有一只坚定的手抓住了他的肩膀。他恐惧地向四周一望。一个人影都没有。一些声音都没有。有人在人行道上踢踢达达走过。他把钱箱和钱又放进保险箱里。然后又把保险箱门掩上一些。

……

当赫斯渥把钱放回去后,他心里又觉得轻松而大胆起来。没有人看见他。这里只有他一个人。谁也不知道他想干些什么。他可以自己把这事好好盘算一下。

晚上的酒意还没有消尽。尽管他额头冒汗,在经历了一番无名的恐惧后,他的手还在发抖,浑身还都在冒酒气。他几乎不觉得时间在消逝。他又把自己的处境思忖了一番,他的眼睛老是看见成堆的钱,他的头脑老是想着这些钱的作用。他踱进自己的小房间里,又走到门口,又回到保险箱前。他把手放在锁纽上,把它打开。钱就在那里。看看当然是不会有什么害处的。

他又拉出抽屉,拿起钞票——钞票是这么光洁,这么整齐,这么便于携带。总之是很小的一包。他决定把它带走。是的,他要拿,把它放进自己的口袋……

他先拿了钞票,然后拿当天零碎的进款。他要全部都拿走。他推进空抽屉,把铁门几乎关上了——这时又站在旁边沉思起来。

在这种情况下,思想的动荡几乎是不可思议的,然而是绝对真实的。赫斯渥没有勇气就这么果断地干。他要考虑考虑——把事情反复思考一下,决定这是否是上策。他对嘉莉有这么强烈的欲望,他紊乱的私事又是这么逼着他,因而老是认为这是上策,但还是迟疑不决。他不知道这对他可能造成什么恶果——是否很快遇到麻烦。他从来没有想到过这件事的是非善恶。看来无论在什么情况之下,他都决不会想到。

当他把所有的钱都放进手提包之后,心里陡的产生了一种相反的想法。他不能这么办——不行。想想看,这该多丢人哪。那些警察,他们会追捕他的。他非插翅飞逃不可,可是飞到哪里去呢?唉,做一个逃亡的罪犯是何等的可怕啊。他抽出两只抽屉,把所有的钱都放回去。他心急慌忙,忘记了自己在干什么,把钱放进了另外的抽屉。然后当他关上保险箱门的时候,他想起放错了地方,才又把箱门打开。两只抽屉搞错了。

他拿出钞票,放回原处,这时恐惧感消逝了。有什么可怕的?他不能逃走吗?留在本地有什么用?他决不会再有这样的好机会的。他把这些钱都放进了手提包。这一叠叠柔软的钞票,这些零碎的金银币,真有些迷人。他此刻觉得自己肯定放不下它们了。不,不。他要把这些钱带走。他要把保险箱锁上,免得再改变主意。

他走过去,把空抽屉放回原处。然后他推上箱门,这差不多已经是第六次这样做了。他踌躇不决,思忖着,一手按在额角上。

他手里拿着钱,这时候,锁卡答一响。锁上了。是他锁上的吗?他捏住门纽,拼力地拉。关上了。天呀!他现在无法改悔了,一点也不错。

他一发觉保险箱的确已经锁上,额上就直冒冷汗,浑身剧烈地打战。他向四周一望,立即下了决断(赶快逃走——引者注)。现在不能耽搁了。(第224—226页)

按照一般的写作惯例,不该这么长篇大段地录原文,这点常识笔者还是知道的。但笔者舍不得割舍,也不想撮要转述,因为任何转述都不足以尽传原文之精彩。须知,这是一段相当珍贵的灵魂"录像"啊!在现实生活中你可能永远也见不到。虽然,它可能在一些人心中发生过,但谁会原原本本地告诉你呢?是德莱塞这样的灵魂摄像师,才让我们看了一场完整的灵魂激战的大戏。为此,希望读者谅解吧!

人生启悟

赫斯渥的灵魂之战让我们深刻领会了"一念之差"的含义——许多熟语、成语、俗语,不"亲历"其境是很难领会其深刻内涵的。一念之差,差在一念。"一念"者,一刹那间的念头之谓也。一闪念间,你的选择可以"差"也可以"不差",哪种可能都存在,但人性的软弱或种种其他原因终于导致作出了"差"的选择。

作出这一选择的时间是何等短暂,但它产生的影响却可能是久远的甚至是终生的。一念之间作出了某种选择,就意味着走上了不同的人生道路。从此以后,人生的航向就按"一念"的选择一路走下去了。它的运行方向往往不可预测,你想控制它或者改变它都绝不可能,你只能眼睁睁地看着它莫名其妙地把你带到你根本不想去,或者压根没想到的地方去,这就是所谓"始料不及"。

赫斯渥的一念之差,或许有其特殊原因,如家庭纠纷让他失去了所有积蓄,这边又急于与嘉莉私奔等。但即使没有这些"特殊",当突然遇上一个巨大的诱惑时,他同样可能会动心。难道世界上因"一念之差"而走上犯罪的人,都有"特殊原因"吗?当然不是。

赫斯渥的悲剧给人的启发是深刻的、沉痛的,甚至可以说是惊心动魄、震撼人心的。人的内心深处,未必都是纯净无瑕或坚如磐石的,而是各种心理力量(正义与邪恶,高贵与卑下……)相互并存、相互冲突、相互搏斗的张力场。生活平静之时,张力场保持相对均衡的和谐状态,理智占上风。而一旦面临诱惑,人内心深处的张力场就可能出现严重失衡,各种心理力量随即展开激烈的角逐。这是最容易产生"一念之差"的时候,是最需要加强理性提高自制力的时候。人们常说"一步走错,百步难回","一失足成千古恨"。这些话只有有过"失足"经历的人体会最深刻,最痛心疾首,后悔莫及,而没有"失足"经历的人则往往听而不闻,不当回事。实在遗憾!

陌生女人：爱上一个不该爱的人

电影《一个陌生女人的来信》剧照

陌生女人是奥地利著名作家茨威格的著名中篇小说《一个陌生女人的来信》中的主人公。正如标题所示，作品以书信形式讲述了陌生女人在弥留之际，在她死去的孩子身旁，给作家R写了一封凄婉的长信，诉说了她对他苦苦暗恋一生，但最终还是没有被他认出的悲剧。

人物故事

陌生女人父亲早逝，从小与母亲过着贫困艰难的生活。十三岁那年，她对门住进了一位年轻作家。作家的学问和声誉，在姑娘心里激起超脱凡俗的敬畏之情；作家漂亮挺拔、英俊潇洒，身上似有灵光，小姑娘悄悄地爱上了他。自此之后，她把全部精力用来窥视作家的一举一动。一次偶然的机会，她与他撞了个满怀，他对她含情脉脉地微笑、说话，姑娘以为这销魂的柔情只是给她一个人的，激情燃烧的瞬间，姑娘感到自己已经是个女人，已经属于他、永远属于他了。激情化为动力，女孩原来学习成绩不好，此时一跃成为第一名。她废寝忘食地读了上千本书，突然坚持不懈地练习钢琴,就为了讨作家的喜欢。

女孩十六岁时因母亲改嫁举家迁往异地,在单相思的苦恋中度过了两年,她拒绝与所有男孩子接触,一心一意要回到作家身边去。再次回到维也纳的她当了一名服装店的小职员。她一下班就到作家住地徘徊,为的是远远地看见他,最好是遇见他。一天晚上,作家终于注意到她了,她强烈渴望他能够认出她,但他没有认出她。在日复一日望眼欲穿的痴情等待中,容貌出众的她终于激发了他的情欲,他们一起度过了销魂荡魄的三夜。浓情蜜意的缠绵令她心醉神迷、刻骨铭心,但她出于自尊,没有说明自己是谁,她盼望他能认出她,但他还是没有认出她。

姑娘怀孕了,但她极端贫穷,只好在条件极差的贫民医院生下孩子,而后独自抚养。为了能让她和他的孩子接受良好的教育,长大后像作家一样跻身于上流社会,她不惜委身于一个个有钱的男人,但又拒绝倾慕者们的求婚,为的是不受婚姻的牵绊,保持自由之身,幻想将来有一天能够回到他身边。在随后的岁月里,她和他常常在剧院里,在音乐会上,在公园里,在大街上相遇,她内心一次次发出深情的呼唤:"认出我吧,认出我就是你邻家的女孩!就是那个少女!"但她始终没能如愿。

陌生女人与作家最后一次见面是在夜总会,作家被她的美貌所吸引,约她过夜。她完全置愿为她提供优越生活的军官而不顾,与他共度又一个风流之夜。次日清晨,她以桌上的白玫瑰作暗示,盼望他能想起些什么来(她每年在他生日时悄悄送他一支白玫瑰),她的目光死死地盯着他,似乎在大声呼喊:"认出我吧,最后认出我来吧!"而他只把她当作应召的妓女,把几张钞票塞进她的暖手筒里。那一刻她的心彻底碎了,仿佛瞬间堕入万丈深渊。

在即将离开人世之际,陌生女人对作家的唯一要求是在每年作家生日的时候,为他自己买来玫瑰花供在花瓶里,就像她曾经为他做的那样,只为了能继续悄悄活在他心里,就像过去她曾经活在他身边一样。然而可悲的是,直到她带着极度悲伤离开这个世界,作家还是没有认出她。读完陌生女人的绝笔信,作家只是模模糊糊、朦朦不清地在回忆中浮现出一个邻居小姑娘、一个夜总会的女人,然而印象总是闪烁不定,飘忽无形,构不成画面。

"故事"转述完了。不过,严格说来,茨威格的小说是不能转述的,因为,干枯的骨架无论如何无法复原作品柔情似水、风姿绰约的优美和韵味,所以想欣赏其艺术美的读者,必须亲自阅读原著而不能靠转述。

人生启悟

受作品魅力的吸引,完全不由自主全身心投入地读完小说,笔者陷入五味杂陈的情绪状态久久不能自拔。作品写出了一个在爱情上绝对无私忘我,绝对百分百地付出而不求任何回报的女人;写出了一个身份卑微却无比自尊,受尽屈辱却毫无怨言,无论生活怎样艰难也不愿给对方增加哪怕一点点麻烦的女神。在爱情上,她实实在在是"春蚕到死丝方尽,蜡炬成灰泪始干"。古今中外的文学作品,写爱情的汗牛充栋,但以爱的痴迷、纯粹、热烈、执着、彻底无私忘我而论,敝人以为陌生女人要数第一。茨威格为世界文学史创造了一个纯爱的女神级形象。

陌生女人作为虚构的艺术形象,从审美角度看,可以说达到了极致。她对爱情的追求和为爱情所作的奉献已无以复加,她已经凝铸为一个符号、一个典范。面对这样的审美对象,你可以唏嘘感叹,欣赏玩味,评头论足;但是,走出艺术,回归生活,我们又不得不说,陌生女人的爱是盲目的,糊涂的,不值得的。她把她的追求对象看得像神一般崇高和伟大,可是以旁观者看来,实质上他是一个不值得爱、不该爱的文化流氓。

陌生女人从小所爱的作家 R,外表上风流倜傥,标致潇洒,有学问,有事业,有名声,可内里却玩世不恭,沉湎于游戏人生,喜欢寻花问柳,只愿享受女人对他的付出,而自己却不愿为此负哪怕是一星半点的责任。这样的人,骨子里极端自私,是精致的、优雅的利己主义者。这类人自恃是名人,自认为享有名人的特权,如,不受社会伦理道德约束的豁免权。对于女人,他无所谓爱无所谓不爱,只要他需要,来者不拒。如果没有主动投怀送抱的,只要他看上了就主动出手猎取,消受后随手打发,挥之即去。他对女人,表面上温文尔雅,含情脉脉,显得极有教养,其实这一切都是公式化、模式化、礼仪性的,居高临下的,实质上不含任何真情。所有女人,在他眼里,都是玩物,是供他享受的对象,从没有平等地把她们当人看。从他的行径看,他是典型的猎艳大盗、采花大师、文化流氓。正如陌生女人信中所写的:"你喜欢对所有的女人,像蜜蜂采花似的对世界滥施爱情,而不愿做出任何牺牲。"女人们像浮云一样,在他眼前飘过来又飘过去,他一概没有印象,所以他从来没有发现过陌生女人对她的痴情和付出,从来没有认出过她。

在长达十来年的时间里,作家 R 不止一次地和陌生女人同床共枕,共度良宵,但他一次也没有认出她。即使她拿他们共同的私密生活作暗示,他仍然无动于衷,没有任何感觉。他不是感情细腻、感觉敏锐的作家吗?怎么没有一点感觉呢?原因简单,他身边女人太多了,他经历的风流韵事太多了,他对谁都是逢场作戏,所以对谁都没有印象。正如陌生女人在信中所说:"在你心目中,我算得了什么?只不过是数万个女人中的一个,许许多多不胜枚举的风流艳遇中的一桩罢了。你有什么好想起我来的呢?"

这样的人值得爱吗？当然不值得。但是，旁观者清，当局者迷，陌生女人在痴爱的迷局中，尽管她从一开始就看出他具有双重人格（既有光明、公开的一面，也有阴暗、隐蔽的一面），但正如俗语所说，恋爱中的女人都是傻子，陌生女人也不例外。所以，陌生女人的爱情既是感天动地、让人同情的，同时又是盲目、可怜、让人悲悯的。

陌生女人的爱情悲剧给所有恋爱中的女人提了个醒——

爱情，既是非理性、没有道理可讲的，但又绝对离不开理性的指导和约束。失去理性的感情是瞎眼的，很容易使人沦为傻子。

爱情，只愿付出而不求回报固然是高尚的、感人的，但也不该低三下四，奴颜婢膝到完全没有了自己——自己把自己当空气，甘愿受辱，甘当奴隶。

爱一个人，固然需要包容他的缺点和弱点，但也最好不要无原则到包容乃至纵容他的极端自私和冷漠——极端自私冷漠的人绝对不值得爱。

恋爱中男女双方的感情投入，固然不必讲究一比一平衡对等，但一方百分百投入，生命的每一分钟都思念着对方，把生命的一切都献给对方，直至付出两个生命的代价，而一方毫无知觉，投入为零，甚至把对方当玩物，这样极端悬殊的失衡也太畸形，太离谱，太残忍，太反人性。

所以，恋爱中的女人们，最好汲取陌生女人的教训，一定要长个心眼，及早识破外表光鲜、内心冷漠乃至冷酷的文痞渣男并远离他们，千万不要被他们迷住了眼睛，否则，吃亏，乃至被毁灭的只能是你自己。

C 太太：突如其来的人生历险暴露了灵魂深处的秘密

C 太太是茨威格的著名小说《一个女人一生中的二十四小时》的主人公。

人物故事

作品情节线索清晰简单，然而情感线索却跌宕起伏，曲折复杂，极有魅力。作品采用双重第一人称，即故事里面套故事。首先是叙述人"我"（以下不再加引号）讲的故事：我度假所住的小公寓里，法国的一位年轻太太亨丽哀同一位气质高雅、风流潇洒的青年接触不到一天时间，突然与之私奔了。这桩惊人奇案立刻成为议论的中心话题。多数人认为，一位极有身份、声誉清白的太太，仅凭极短暂的接触，忽然就撇下丈夫和孩子，跟随一个素不相识的登徒子远走天涯，实在不可思议。也许他们二人早有来往，对于私奔的事蓄谋已久，美男子前来只是为带走她。我对上述猜测不以为然。我认为有一种女人，多年来对婚姻生活深感失望，内心里已有准备，逢到任何有力的进攻就会立刻委身相从。我完全相信亨丽哀太太没有预谋，而是完全无辜地卷入了一

斯蒂芬·茨威格

场突如其来的冒险,以至于作出一小时以前她自己也认为绝不可能的事,因此她不应该受到指责,而应该得到理解和谅解。我的观点惹急了多数人,但却引起了白发苍苍娴静高雅的英国老妇人C太太的好感。她对于我不仅不指责亨丽哀太太反而为她辩护深为感动。为什么?后来我们才知道,因为她年轻时也有过类似亨丽哀太太的行为。由于对我的信任,她向我讲述了她年轻时那桩让她终生难忘的往事。《一个女人一生中的二十四小时》,主要就是C太太讲的她自己的故事。

C太太出身乡绅世家,丈夫是军人,婚姻美满,从不曾有过半点阴影。但在四十岁时丈夫突然去世,两个儿子已长大,或当兵或上学都不在身边,她成了空虚寂寞之人。为了排遣孤独,她开始天南地北地旅游。四十二岁那年来到了著名赌城蒙特卡洛。之所以来这里,据她说是因为空虚的心灵需要外来的刺激填充一下,于是来到赌城这一使人生巨轮旋转得最为迅速的地方。

她经常去赌馆观光,在那里冷眼旁观赌徒们时而输时而赢喜怒无常的情绪动荡。正是在这个地方,开始了她一生中的那二十四小时,回肠荡气远胜一场赌戏。在这里她与一位疯狂的赌徒不期而遇。

这位赌徒二十四岁左右,长相俊美。在赌场上,他全神贯注,忘掉一切,完全为疯狂的激情所控制。终于,他输掉最后一文钱,精神彻底崩溃,突然站起来神情恍惚地离开了赌场。她立刻意识到他是要走向死亡。她的心像遭到电击一样惊慌,茫然不知所措,脑子里毫无主意,机械被动地追了过去。

年轻人醉汉似的倒在临街露台上,狂风四起,暴雨如注,她不忍心袖手不管,冲动之下叫来马车把他带到一处旅馆。她给他钱让他进去休息,叮嘱他明天无论如何要离开这里。大门拉开时他牢牢攥住她的手,坚决而有恨意地把她也拉了进来,就这样突如其来,她竟跟一个不相识的人独处在一个房间里。

在旅馆里,她没有任何清醒的意愿,完全没有一点意识,就那么突如其来地落入一场冒险。她什么也没想,只是为了要救他。这个濒临深渊的人,像是在绝命的一霎忽然惧怕死亡,紧紧抓牢她放纵不羁地度过了一个疯狂的夜晚。她拿出全部力量来挽救他,为他献出了自己所有的一切。

天亮了,她想趁他未醒赶快逃走。突然发现昨天那张抽搐偾张、情绪激烈的脸不见了,他完全像个婴儿,浑身散发出天使般的明辉。她心上的全部惶恐厌恨马上没了,她不再感到羞愧,感到自己的奉献有了意义。

他终于醒来,不等他说话,她立刻镇定地告诉他,她会在十二点钟在赌馆门前等他。她迅速到银行取了钱,到火车站打听了火车开行的时间,只等着将他送上火车就完成了援救他的心愿。十二点他们在赌馆见面,他向她讲述了自己的身世:出身贵族家庭,在维也纳求学,忽然受金钱诱惑迷上了赌博。但运气不好,转眼间输得精光,只剩下自杀用的手枪。听了他表示忏悔的娓娓自述,她对他深表同情和惋惜,决心救助他。她答应给他回家的旅费和赎取当物所需的钱,条件只有一个:今天就动身回家,并立誓永不再赌。他无比感激,表示愿谨遵教诲。她从他的感谢中感受到幸福的喜悦。

她硬逼他收下给他的钱,让他去买回家的车票,约定晚上七点在火车站为他送行。他莫名感动,跪下亲吻她的衣裾。她忽然感到自己已爱上了他,打算收拾行李跟他去。但等她慌慌张张赶到火车站时火车已经开动,她感到丧失了与他相聚的最后机会。

遗憾之下她开始寻找他的旧迹,想追回与他同处的每一瞬间。

她又来到昨天初见他的赌馆,想看看他曾经坐过的地方。结果发现他真的坐在原来的位置上又进入了疯魔状态。她怒不可遏,命令他赶快离开。他起初答应但旋即又下注。当她再劝时他发疯一样地骂她给他带来了晦气,猛劲将她推开,把几张钞票扔在她脸上,让她在几百人面前当场受辱。她顿时魂不附体,疯一般冲出赌馆,立刻离开这座让人伤心的城市,回到家里,回归原来的生活,从此留下心中永远的痛——二十五年来时时折磨着她的心灵。

人生启悟

以上是作品故事梗概。茨威格感情温柔细腻,文笔委婉优美,将人物激荡的心灵秘密传达得清晰逼真,细致入微,曲尽其妙。陪衬人物亨丽哀太太,尤其是中心人物C太太奇异的人生经历,让我们想到很多。

人生际遇具有神奇性、突发性、不可捉摸性、不可预测性

现实生活中芸芸众生的人生轨迹,一般情况下是稳定的、有规律有轨道的。从今天可以推知明天,从今年可以推知明年,大致不差。就像月亏月盈潮起潮落,循环往复,周而复始。少数人的人生可能充满变数,大起大落,一波三折,不可逆料,就某一个体而言,一生中大多数时光可能是平稳、常态、有迹可循的,但也可能在某一时刻突然发生变故,某一外来因素突如其来闯入生活,一下子把人甩出惯常的人生轨道,颠覆了四平八稳的生活格局,演出一场当事人完全不可想象不可预知完全无法驾驭的人生活剧。这一活剧可能带来幸福也可能带来痛苦,可能充满希望也可能是充满失望,可能是幸运也可能是倒霉,可能成就你也可能败坏你。总之,不管是什么,它改变了你的命运,丰富了你的人生。打破惯常的人生轨道,意味着生命中加入了新质,生命因此更刺激更精彩,更充满活

力,也可能加速生命的毁灭。幸也,不幸也,难以料定。

激情的浪漫性和危险性

作品中两个女人都受到过激情的冲击。第一位是亨丽哀太太。作为一个有身份有地位有丈夫有孩子的中年妇人,见到一个喜欢的人,接触几个小时突然与其私奔了,很明显是突然爱上了他。而且不是一般的爱,而是热烈、疯狂、激情的爱,否则不会不顾一切做出如此离谱的行为。

第二位是作品主人公 C 太太。C 太太对嗜赌青年的激情,最初出于极为高尚的动机:同情心,怜悯心,救人之心。她看到一个近乎孩子的青年因为赌输而想自杀,好生不忍,于是顾不得礼仪、规范、声誉之类而慷慨地决定救他。后来,获救青年在平静优美的大自然面前表现出天性中纯洁无邪的一面,一下子又从正面打动了她的心,她对他又产生了爱的感情,以至于决定放弃自己的生活勇敢地跟他去。终因识破他的真面目而伤心欲绝,仓皇逃离。

亨丽哀太太和 C 太太的激情有所不同,前者出于爱,后者先是怜悯,后来才有爱意。但不管哪一种,只要是激情,都具有两面性——浪漫性与危险性。亨丽哀太太冲动之下与人私奔,固然满足了自己爱的需求,但却把无尽的痛苦留给了丈夫和孩子,也许还留给了清醒后的自己。C 太太的激情动机高尚,无可指摘,包括突然爱上他,也可以理解。但她的激情也给自己留下了终生灵魂的不安:"为了一时疯狂而荒唐的激情,我背叛过他们(她的儿子——引者注),忘怀过他们,还曾经企图完全撇弃他们,我多么愧对他们啊。"当然,一切恶果都是嗜赌青年造成的,不过,仔细想想,即使那青年并不恶劣,她的激情就不蕴藏危险吗?很难说。没有理性制约的激情是一团火,既可使生命在燃烧中放光,也会使生命在燃烧中化为灰烬。激情是一把双刃剑,在谁手里都危险,在谁手里都两难!

人性不肯撒谎,人性易受诱惑

亨丽哀和C太太突如其来的人生历险还让我们看到背后更深层的原因:人性不肯撒谎,人性易受诱惑。

33岁的亨丽哀太太一夜之间变了心,大家都认为是绝不可能的事。而第一叙述人"我"则认为完全是可能的。"我"的分析是:"一个女人一生里确有许多时刻,会屈服于某种神秘莫测的力量,不但违反本来的心意,又不自知其所以然,这种情形实际上明明存在着;硬不承认这种事实,不过是惧怕自己的本能和我们天性中的邪魔成分,想要掩盖内心的恐惧罢了。"(高中甫等译:《一颗心的沦亡——茨威格小说选》,华夏出版社2008年版,第223页,下引此书只注页码)这段话的意思是,支配亨丽哀太太做出令常人不可思议的举动的,是一种神秘莫测的力量,这股力量的实质是"自己的本能和天性中的邪魔成分",用弗洛伊德精神分析理论解释就是个人无意识,即性本能。它平时在道德规范的压抑下不为人察觉也不为自己察觉。常态中人在理性的掌控下循规蹈矩地生活,日子过得无惊无险,无风无浪,天长日久走向麻木。然而一旦遇到"诱惑",压在内心深处的本能性欲望就可能一呼即出、一点就着,来不及想得更多就屈服于这种力量之下。可见,人性中的本能性欲望可以压抑但不可能消除,人性不肯说谎,人性易受诱惑。

因为它来自天性,天性人人共通,所以既不必对它大加褒扬也不必大加谴责。对于"情奔"这类事情,"我"的看法是:"判断这类事情,司法机关当然比我严厉得多,毫不徇情地维护一般的风俗习惯,那是它们的职责,它们必须做的是判决,而不是宽恕。可是我,作为一个平民,看不出为什么非要自动担任检察官的职务不可,我宁愿当一个辩护人。我个人最感兴味的是了解别人,而不是审判别人。"(第224—225页)具体到亨丽哀太太,一个平庸而又软弱的女人,"我对她多少怀着敬意,那是因为她勇敢地随顺了自己的意愿,可是我对她怀着更多的怜悯,因为她明天,如果不是在今天,一定会深深陷入不幸。她的举动也许很愚蠢,很轻率,却绝不能称为卑劣下流,我始终极力争辩的是:谁也没有权利鄙薄这个可怜的、不幸的女人"。(第225页)

叙述亨丽哀太太的故事是为了引出C太太的故事。C太太行为的性质与亨丽哀相同,虽然C太太显意识中是为了行善救人,但潜意识中也有性本能的驱动。她曾一度无反抗地和嗜赌青年度过一夜,并一度动心爱上他,甚至决心与之私奔。"我"(第一叙述人)为亨丽哀辩护无意识中其实也等于为C太太辩护,所以C太太才解除矜持羞怯的内心戒备,向"我"敞开了尘封二十五年的个人隐私,通过真诚坦率的倾吐,解除了长久压在心上的巨石。C太太为能得到"我"的理解和原谅而感激不尽。

"我"对两位太太的理解和辩护,当然就是对人性的理解和辩护,我们感到"我"的态度(等于作者的态度)通达而稳健,合理又合情。对人性既不愿审问也不愿判决,而只是了解和理解;对于人性弱点可能造成的失误怀着更多的同情和怜悯,而不是鄙薄和嘲讽。这种态度体现了西方文化自文艺复兴以来对人的关怀和尊重,体现了人文精神的一贯传统。

索罗门松：世界上最悲苦的事莫过于亲人的隔膜与欺骗

索罗门松是茨威格的另一名篇《一颗心的沦亡》的主人公。《一颗心的沦亡》讲了一个为家人的幸福艰苦奋斗一生的老人，因为亲人的背叛与欺骗，对人生绝望，终于心死的故事。

人物故事

作品主人公索罗门松出身贫寒，十二岁就离开学校为生活奔波，从此整年奔波在经商赚钱的路途上。为了让妻子和女儿过上好日子，他终日不顾一切地操劳，每天在办公室坐上十四个小时，或整日带着满箱货样待在火车里。他节衣缩食，省吃俭用，一个铜板一个铜板地攒钱，只要能使她们满足，他甚至宁愿揭掉身上一层皮。通过长年累月的艰苦奋斗，他终于成了大富翁。为了她们有面子，他忍痛花钱买了参议和枢密顾问的虚名。总之，妻女的幸福是老人生活的目标、人生的意义，为此再苦再累也心甘。

然而，他的幸福感彻底破灭，感到人生全无意义。起因是，他们一家外出旅游，老人突然发现未满十九岁的宝贝女儿深更半夜与人私通。他感到蒙受了奇耻大辱，极为愤怒，但又不好意思说出来，只好在心里生闷气。看到妻女整天和几个所谓上流社会的花花公子混在一起嬉戏游乐，而对自己不理不睬，甚至嘲笑他保守落伍，视他为累赘、厌物，总想甩开他，远离他，老人心里极为痛苦。

他劝她们赶快离开这里,遭到断然拒绝。老人怒不可遏,气得胆痉挛再次发作,疼得要死,但却无一人在身旁。老人悲痛地想,我已经六十五岁了,说不定哪一天就会死去,可我什么时候为自己生活过呢?一辈子在奔忙,光是为了捞钱、捞钱、捞钱,这算什么生活?我一心为了家人,可我最需要她们的时候,她们却在浮浪子弟那里快活。

  他从来没有感到自己原来是如此孤苦伶仃。艰苦奋斗了一辈子,结果落得了什么呢?如今,只有疼得发烧的皮肤是我的,疾病、死亡是我的,我不再是枢密顾问,我没有老婆,没有女儿;没有金钱,没有家庭,没有公司……所剩下的,只有身体里肝胆欲裂的痛苦,其他一切都是虚无,没有任何意义。痛苦的只是我一个人,关心我的也只有我自己,她们不理解我,我也不理解她们。我为她们活了一辈子,可她们并不感谢我,我从来没有一个小时是为了自己,可现在,她们和我有什么相干?我为什么还想那些根本就没有想过我的人?我宁愿像畜生一样死去,也决不接受她们的怜悯……

  老人终生为之奋斗的一切,过去所爱过的一切在极度失望、绝望中化为乌有,老人的心在慢慢地沦亡。人常说,哀莫大于心死。随着心的沦亡,他对身边的一切都麻木了:愤怒、仇恨没有了,母女俩对他冷漠的议论,他听到也不痛苦了,母女俩干啥也无所谓了——随她们去吧!他对一切都漠不关心,和谁都不说话,公司也不去打理,只忘不了去教堂。他的病需要手术,手术前他把钱都捐给了教堂。手术后女儿去探望他,他有点欣慰,但当闻到恶心的香水味时又激动地让她"滚开",然后一个人安静地死去。

人生启悟

"一颗心的沦亡",看完故事读者就明白了,老人心的沦亡,直接的表层原因是,亲情的失落,亲人的隔膜。他最亲近的人的人生观和价值观与他反差太大:他一心挣钱为她们,而她们却只知尽情享受而不为他;他老实本分,活在传统道德中,她们、尤其是女儿骄奢淫逸,视道德为无物。妻女的所作所为让他失望和绝望,而且相互不理解,没有沟通的可能,他们谁也改变不了谁,勉强在一起只能互相折磨,这实在是人生一大悲剧。老人心的沦亡,间接的深层原因是他对人生意义的反省。他感到自己终生奋斗的一切全无意义,全是虚无。人生意义是关乎人的精神生活的最大问题,是人活着的根据和理由。人生意义的破灭,直接导致的结果是精神的崩溃。

老人的悲剧能给我们带来什么启发呢?

首先,是亲情的重要,亲人之间相互沟通、相互理解的重要,尤其是关涉对生活的理解与生活态度,即人生观价值观方面的沟通极为重要。索罗门松一家三口,看起来和睦幸福,但这只是一种假象。夫妻之间,父女之间,人生观价值观相差太远。人生观价值观的矛盾不是日常生活中琐碎的小矛盾,而是关涉到处世做人怎样活的大矛盾。这种矛盾没有沟通、协调、让步的可能,所以老人心里悲苦绝望,决心与妻女决绝。

其次,什么才是真正的幸福?老人一辈子像牛马一样地辛辛苦苦赚钱,为的是让家人幸福。但是,老人所谓的幸福是什么呢?很简单,无非是用金钱能买来的物质享受。这种幸福以拥有金钱为标志,以过上充实富足的生活为目标,这种幸福观中没有一点精神因素的影子,更不要说高贵的精神追求,所以俗不可耐。也难怪,老人出身贫寒,十二岁就离开学校为生活奔波,一辈子在商圈里打拼,他能理解的幸福也只能是这种狭隘的幸福。以他这种人生观影响家人,能指望培养出高雅、高贵吗?!

再次,人生在世除自己和家人之外,关注对象还应该更为广阔。我们经常说人生意义,什么是人生意义?现代汉语把"意义"解释为价值和作用。既然是"价值"和"作用",就暗含有指涉对象,没有对象,无所谓价值和作用。换句话说,"意义"指涉及人(群)我关系,是在人我关系中得到评价的。一个人的人生是否有"意义",要看他对他人、对群体、对社会的价值和作用。也就是说,由于你个体的生存而让他人、群体、社会上的人生活得更好些,让世界因你的存在而更美好,这样的人生就可以确认是有意义、有价值的。因涉及的时空范围大小有别,一个人人生意义的大小也有所区别。

故事中的老人因为把人生意义设定为妻子和女儿的幸福——物质上的享受,所以当妻子和女儿疏远他,冷待他时,他就感到自己所做的一切全无意义,他的精神就崩溃了。如果老人的胸怀和视野更宽阔一些,就不至于因为对亲情的失望而绝望。所幸的是,老人对亲情失望后转向了宗教,有了做慈善的要求,这是他临死前的精神寄托,可惜明白得太晚了。

坦塔罗斯:走在阴影与光明之间的地狱之路上

坦塔罗斯是茨威格的著名中篇小说《感情的迷惘》的主人公,研究莎士比亚的大学讲师。

作品叙述人"我"(以下不再加引号)——罗兰德——大学教师,讲述自己

《感情的迷惘》拍成的电影《心灵的焦灼》剧照

年轻时曾经陷入"感情的迷惘"的故事。

人物故事

我入大学第一学期放浪形骸,过了一段叛逆放纵的生活,在父亲的规劝下浪子回头,到另外一所大学学文学。导师坦塔罗斯是研究莎士比亚的专家。导师对莎翁有独特的理解,课堂上口若悬河,雄辩滔滔,激情飞扬,一下子征服了我。我从此拜倒在导师门下刻苦读书。导师课讲得极好,但遗憾的是没有什么像样的著作,只有片断的草稿和构想。我鼓励导师把自己的成果整理出来发表,并且愿意当助手。导师很高兴地接受了我的提议,从此每天晚上导师口述,我记录,然后再加以整理。我为此废寝忘食,加紧工作。

在此过程中,我对导师的感情也日益加深,崇拜日甚。导师对我也很热情,但却阴阳怪气,令人捉摸不定:一会儿热情似火,一会儿冷漠无情;正融洽投入地合作,忽然毫无征兆毫无原因地失踪;今天情绪饱满,隔天又颓废沮丧……这让我对他心生抱怨:"他是怎么将我推开,又来纠缠,又将我重新拉回身边,他是怎样无缘无故地生硬地对待我——他是个虐待狂,我却依恋着他,怀着爱意憎恨他,又怀着仇恨爱着他。"

对这一切我感到莫明其妙,百思不得其解。在历经情感激荡,又和导师妻子发生不伦之恋后我决定逃离。对于我的离开,导师惊讶之余想挽留我,又感到释然,说分开对谁都好。为什么呢?在决定分别之际,导师终于向我道出了他隐藏极深的秘密。

原来导师是个同性恋者。少年时他对最漂亮的男孩儿有着强烈的渴慕,但在温柔地接近他们时却被拒绝、被嘲笑,遭到羞辱,作为另类被赶出了小伙伴的群体。上大学后在包罗万象的城市他长期压抑的癖好第一次得到满足,但那些在黑暗的街角、火车站或桥下的阴影里鬼鬼祟祟的幽会,因恶心而玷污,因恐惧而扭曲,遭遇的危险让他心中无限悚惧。后来当了大学讲师,依然走在阴影与光明之间的地狱之路上:工作繁忙的白天他精神澄明,夜晚却总是把他推向市郊的藏污纳垢之处,与声名狼藉的年轻人为伍,出入于烟雾弥漫的小酒馆,或在闪烁的灯影下进行着可耻的冒险。他的意志绷得很紧,小心翼翼地隐瞒着日常生活的两面性。

他一次又一次地下决心,要回到生活的正常轨道上来,但对黑暗、冒险的渴望总是撕扯着他。多少年他都在与自己的癖好作殊死的斗争,但没有效果。过了三十岁的时候,为了回归正常生活,他结婚了,希望借此堵死地狱之路。但不久癖好复发,他再一次走进阴暗、危险的团体中。

教师的职业注定要接触大量青春年少的学生,学生们对我的导师热烈地爱,当然他更爱他的学生。但教师的身份注定他必须严厉地控制、痛苦地压抑自己的欲望——"坦塔罗斯的痛苦:面对热烈的感情,他必须表现得冷若冰霜,与自身弱点作永无休止的斗争!"为此,当他感到快要控制不住自己的时候,他就突然逃走,逃到大城市肮脏污秽的阴暗角落得到发泄。这样他才能在学生面前镇定自若地控制自己的感官需求。"这个极富才智的人,这个举止优雅、注重仪表的人,这个情感大师,他必须出没在烟雾弥漫、肮脏,只允许熟客出入的小酒馆里,去体味世界上最低贱的侮辱……"

后来,一个更加可爱和热情的学生来到他的身边,这个学生再次点燃了他心中早已疲惫倾倒的性爱的火炬,而这个学生就是我。——"这时我才惊讶地认识到,我,这个胆怯的孩子,对他来说意味着什么,他爱我过于奔放的热情,这是他暮年中最神圣的意外收获——同时我也惊讶地认识到,他的意志为我付出了多么巨大的努力,因为他不想恰恰从我身上,从他纯洁的爱人身上领受讥讽和反感,领受受辱的肉体的战栗,他不想把无常的命运的最后恩赐交给感官做肉欲的游戏。所以他才如此苦苦地拒绝我的热情,突然用冰冷的嘲讽一股脑儿将我的满腔热情赶走,将温柔、友善的语言变得尖锐、世俗、生硬,将温存拥抱的双手紧紧捆住——这一切只是为了我,他强迫自己做出所有这些生硬的举动,这既能让我保持清醒,又保护了他自己。"

听了老师的坦诚表白,我战栗,我感动,我像发烧一样激动,我仿佛融化在同情之中。我明白了,为了我的缘故他忍受了多少痛苦,为了我的缘故他多么英勇地克制了自己的感情。

导师的坦白让我"第一次向下凝视人类情感难以想象的深

渊",让我明白了人类心灵生活的隐秘和复杂,让我明白,要想了解一个人是多么的不容易。对人,人们看到的往往可能只是其表面,是你能够看到的部分,而在他的背后,在他的下面,可能有谁都不知道的秘密。

行文至此,忽然想到一句话。什么是文学?德国人说,文学就是让看不见的东西被看见。此话甚妙,看了茨威格的作品,就明白了这句话的含义。

人生启悟

《感情的迷惘》典型地体现了茨威格创作的特点,他不愧是一个灵魂的猎者。他对人类情感的复杂与深度,有超越常人的洞察。借用文本中的语言表达,即他突破了人类习惯柔和光线的眼睛,顺着滑溜溜的、危险的、滴答着腐臭黏液的台阶向下探寻,终于看到"在心灵的地下室里,沟沟壑壑里,真正危险的激情猛兽在磷光闪闪,狼奔豕突,它们在暗中撕咬、交媾,纠缠不清"。

值得一提的是,茨威格对人类情感的把握不仅有着超出常人的深度,而且有着独特的理解和态度。具体到《感情的迷惘》,同性恋在当时那个时代,普遍被认为是耻辱的,乃至是罪恶的,整个社会居高临下地对其抱持道德上的谴责与歧视。我的导师在学校里就是孤独的,被遗弃的。然而,就在这样的社会氛围里,我通过和导师的接触,深入他的内心,发现他其实是一个"最让人崇敬的人"。从文本可知,这里"让人崇敬"的不是他从年轻时一直未能改掉的"癖好"(现代医学证明同性恋是先天的自然的生理倾向,而不是道德邪癖,所以不是通过教育就能克服的),而是他同这种"癖好"坚持不懈地作艰苦卓绝的抗争,是他自我克制的顽强意志,是他宁肯折磨自己也不愿骚扰学生,是他最后毫无保留地向学生的坦白。他向我表白时由于羞愧而不敢亮灯,在我看来,世界上"再没有比由于羞愧而不能表白的痛苦更为神圣"——请注意,这里的用词是"神圣"。

被社会抛弃的人在"我"眼里是"神圣"的,所以40年后"我"回忆起他来时仍然承认,自己终其一生,最感激的是他,最爱的也是他。

叙述人"我"的感情可以代表作者茨威格的感情。茨威格没有道德洁癖,没有道德高调,而是以人道主义情怀,对哪怕是"另类人物"也给以同情的理解和尊重,他有一颗温柔善良的心。这一点最难能可贵,这就是伟大作家与平庸作家的区别。

桑提亚哥:硬汉精神的强悍与偏执

桑提亚哥是美国著名作家海明威的名著《老人与海》的主人公,以具有硬汉精神著称。海明威塑造了诸多"硬汉"形象,而典型代表当数桑提亚哥,可以说他是硬汉精神的代表和符号。

《老人与海》于1952年发表后立刻引起很大反响,海明威自己也认为这是他最好的一部作品,他也因这部作品获得诺贝尔文学奖。因此,要想了解海明威,了解硬汉精神,解剖一下桑提亚哥,可以收窥一斑见全豹之效。

人物故事

《老人与海》据说是作者根据自己在古巴时遇到的真人真事创作的。故事梗概大致如下:

一位名叫桑提亚哥的老渔夫,一连八十四天都没有钓到一条鱼,但他仍不肯认输,而是仍然充满自信坚持出海,终于在第八十五天钓到一条身长十八尺,体重一千五百磅的特大马林鱼。大鱼疼痛难忍,痛苦挣扎,拖着船往海里走。为了小船不被颠覆,老人与大鱼展开了殊死搏斗。即使没有水,没有食物,没有武器,没有助手,左手抽筋,他也丝毫不灰心。

经过两天两夜之后,他终于杀死大鱼,将其绑在船尾开始返航。但许多鲨鱼立刻前来抢夺他的战利品。他艰难地与鱼群搏斗,到最后只剩下一支折断的舵柄作武器。马林鱼终于被鱼群吃光了,老人筋疲力尽地拖回一副鱼骨架。疲乏至极的他回到家倒头便睡,睡梦中梦见了狮子。

桑提亚哥胜利了,也失败了。胜利的是他终于钓到了硕大无比的马林鱼,失败的是马林鱼被鲨鱼吃光了,回到岸上时他仍然一无所有。虽然如此,老人仍不服输,睡梦中还在重温年轻时的荣光,还在以威猛的狮子自喻。

人生启悟

读完作品,最让人忘不掉的是那句流传甚广的名言:一个人并不是生来要给打败的,你尽可把他消灭掉,可就是打不败他。

这句话是桑提亚哥的内心独白,也是小说的核心精神,它生动地揭示了桑提亚哥的性格和精神,也体现了作者海明威的性格及其人生观与价值观。这句话是对硬汉精神的精辟总结,同时也是作品的主题。不负作者苦心,读者领会了作者的意思,确实受到了硬汉精神的感染和陶冶。

桑提亚哥的硬汉精神表现于两个方面。一是面对强大的对手,他丝毫没有胆怯,没有退缩,反而激发出超强的力量与之战斗。这是一场力量极为悬殊的战斗,但弱小的老人终于胜利了。这场胜利得之不易,他是靠他的勇敢和自信战胜了强敌,可以说是硬汉精神的胜利。

二是在极为艰难困苦的情况下他表现出的顽强的意志和他的坚忍。茫茫大海中一个八十多岁的老人与一条力大无比的鱼相周旋,饥饿、寒冷、疲劳、困倦,时刻在威胁着他;他拉钓丝的双手磨出了血,他将手轮换浸到海水里,左手抽筋麻木,只能用一只手强撑着;脸在船上跌破了,肩膀磨出血了,他咬牙强忍着。在艰难的对峙中,他不能有一丝一毫的松懈,否则随时都可能坠入大海葬身鱼腹。就在这样艰难的境况下老人硬是坚持了两天两夜！如此的坚忍和强悍，真可谓登峰造极了。

正因为桑提亚哥把硬汉精神展示到了极致，所以从美学上看，他是一个成功的典型，他成了硬汉精神的代表和符号。人们一想起他，立马想起他所代表的硬汉精神，为之赞叹，深受感染，心中敬佩的同时，浑身充满了战胜困难的力量。

这就是文学作品中典型人物的审美价值、审美作用。海明威把人物性格写到了极致，所以才有了艺术上的典型，美学上的崇高。

但是，换个角度，从生活实际出发，放到实践领域，桑提亚哥极致的硬汉性格也显得很偏执，甚至很可怕。

例如，作品中桑提亚哥只要想到对手——不管是人还是鱼，心里涌出的意念总是"弄死""打败""消灭"之类，他那著名的内心独白（一个人并不是生来要给打败的，你尽可把他消灭掉，可就是打不败他）就是由这类词汇组成的。

老人不仅想弄死他的对手大马林鱼，而且由此联想到人还可以弄死星星、月亮和太阳——

"我从来没有看见过也没有听说过这样的一条鱼。但是我一定要弄死它。幸而我们不打算把星星也给弄死。"

他想：想想看，如果一个人每天要去弄死月亮，情形会怎么样呢？那样的话，月亮就跑开了。再想想看，如果一个人每天要去弄死太阳，情形又会怎么样呢？我们生来是走运的，他想。

他想：这些事我都不懂。可是，我们不必打算去弄死太阳，月亮，或者星星，总是好的。在海上过日子，杀我们亲兄弟,够了,够了。

当然,关于弄死太阳、月亮和星星,老人也只是想想,他没有也无法付诸行动,但仅只是"想想",也够可怕的了。试问,有谁这样匪夷所思地想过吗?幸亏上帝没有给他这种能力,他如果有此能力,可以想象他真的会毫不手软地"弄死"它们,以证明自己是可以征服一切的硬汉。想一想让人感到毛骨悚然!

再如,桑提亚哥的性格中暴露出逞凶斗狠的杀气和戾气。对于对手,他的理念是一定要打败,甚至是将其消灭而后快。例如掰手腕子,本来只是日常生活中伙伴们无聊时所做的小游戏,完全不必较真。但桑提亚哥却十分认真,锱铢必较,竟然与对手瞪着大眼整整坚持一天一夜。手指甲里流出血了还不依不饶,不战胜对方绝不罢休。这种疯狂的较劲其实已说不上是什么勇气,而是逞凶斗狠,是令人恐怖的杀气和戾气。

硬汉精神不仅对于对手凶狠和残忍,对于自己也照样。

桑提亚哥的生存条件极为恶劣,出去打鱼只带一瓶水,饿了吃生鱼,生鱼很难吃,但为了战斗强迫自己吃——连骨头带肉从头到尾一股脑儿吃下肚。手流血了,他把它浸到海水里,完全不在乎火烧一样的疼。两个肩膀被钓丝磨出血了,十分痛苦,但他压根儿不承认他的痛苦,在他看来,"痛苦在一个男子汉不算一回事"。总之,在他这里身体是为战斗而存在的,身体是战斗的武器,战斗本身才是目的,战胜对手才是一切。为了胜利,无论怎样苛待自己都无所谓甚至是必需,直至把它牺牲掉也在所不惜。他对待生命的态度,既让人敬佩,也让人觉得冷酷和残忍。

总之,从艺术或者说从审美角度看,硬汉精神因其单纯、强悍而美丽,而崇高;但从现实生活或者说从实践领域看,硬汉精神却因不分场合的强硬、强悍而偏执,而片面。换句话说硬汉精神是柄双刃剑,不可到处乱用。因此,当我们从审美角度给硬汉精神以无保留地称颂和赞叹之时,请务必不要忘了在实践领域给以必要的保留,即给以必要的省察和批判,"取其精华,去其糟粕",切不可盲目迷信,到头来既害别人又害自己。

保尔·柯察金：在燃烧的生活中获取人生的意义

《钢铁是怎样炼成的》插图

保尔·柯察金是苏联作家奥斯特洛夫斯基根据亲身经历创作的传记体小说《钢铁是怎样炼成的》的主人公。

小说描写了保尔·柯察金在苏联共产党的教育培养下,在革命斗争中经受考验和锻炼,从一个穷小子变成一位坚强的革命者的成长过程。20世纪30年代在苏联发表,随后创下先后用六十一种文字印刷三千万余册的世界纪录。40年代初被译介到中国,七十多年来一直受到中国读者的喜爱,从1942至1995年印刷五十七次,总计二百五十万余册。1999年中国举办"感动共和国的五十本书"的群众投票评选活动,结果《钢铁是怎样炼成的》荣登榜首,可见它对中国读者的影响是其他外国文学作品不能相比的。2011年中华人民共和国教育部又将其列入《义务教育语文课程标准(2011年版)》推荐书目,可以相信,这本影响了中国几代人的作品,其影响还将继续下去。

人物故事

小说中的保尔出生于贫困的铁路工人家庭,早年丧父,全凭母亲替人洗衣做饭维持生计。十二岁时,母亲把他送到火车站食堂打工,吃苦受累受凌辱,为此他憎恨欺压穷人的店老板和不劳而获的有钱人。十月革命爆发后,保尔家乡的苏维埃政权经历了外国武装干涉和内战的岁月。保尔在老布尔什维克朱赫莱的帮助下懂得了关于工人阶级和共产主义的革命道理,开始走上革命道路。一次,保尔为救被白匪军抓走的朱赫莱而被捕入狱。在狱中,保尔经受住了严刑拷打,坚强不屈,后被当作普通犯人放了出来。他为避免重新落入魔掌而参加了红军。

保尔在部队当过侦察兵和骑兵,在战场上不怕牺牲,敢于冲锋陷阵,还是一名优秀的政治宣传员。在一次激战中保尔头部受重伤,但他用顽强的毅力战胜了死神。因为身体状况保尔不能再回前线,于是投入恢复和建设国家的工作中。他以火热的激情做团的工作、肃反工作,并忘我地投入艰苦的体力劳动中。为了抵抗严寒,上级命令修建铁路运木材,保尔参加了极为艰苦的筑路工程。面对秋雨、泥泞、大雪、冻土,缺吃少穿,露宿野外,还有武装匪徒的骚扰和疾病的威胁,超负荷的劳动摧毁了保尔的身体,他得了伤寒及肺炎,上级派人送保尔回家乡休养。半路上误传出保尔已经死去的消息,但保尔以顽强的毅力再次战胜死神回到人间。病愈后立即回到工作岗位,并入了党。

长年累月的伤病折磨及忘我的工作和劳动,使保尔的身体越来越坏,他终于丧失工作能力,不得不长期住医院治疗。保尔的病情越来越恶化,终至全身瘫痪,双目失明。保尔一度产生过自杀的念头,但很快从低谷中走出来。他渴望再次回到火热的革命队伍中去,但残酷的现实注定他已不能做任何事,万般无奈中他想到写作。可是保尔没有丝毫写作经验,加之瘫痪和失明,写作对他来说极为困难。但保尔忍受着肉体和精神上的巨大痛苦,先是用硬纸板做成框子写,后来是自己口述,请人代录。保尔的顽强努力终于结出硕果,他用生命写成的小说终于出版了,保尔以自己独特的方式重新回到了革命队伍中。

人生启悟

小说出版后,保尔的精神在几十年间感动了苏联和我国读者。但时移世易,时代变迁,随着苏联的解体,《钢铁是怎样炼成的》也被卷入剧烈的争议之中。这种争议也延伸到我国文艺界。争议体现在怎样从政治思想上评价作品,故事是否真实,人物是否成功,作品当下的意义等,涉及历史观、价值观等意识形态问题,相当复杂。全面评价作品,既非本书主旨,笔者亦没有这一能力,本文只从接受角度,从对读者影响最大的一点出发,谈谈保尔形象对读者精神成长的意义和启发。

读者不是学者,社会大众和中学生不可能像学者那样从专业角度对作品进行学术研究,而只是全身心投入,用心感受与感悟作品。那么读者对作品感受、感悟最深的是什么呢?毫无疑问,是对人生意义的思考。这一思考集中体现在那段最为著名的语录中:

人最宝贵的是生命。生命每个人只有一次。人的一生应当这样度过:当回忆往事的时候,他不会因为虚度年华而悔恨,也不会因为碌碌无为而羞愧;在临死的时候,他能够说:"我的整个生命和全部精力,都已经献给了世界上最壮丽的事业——为人类的解放而斗争。"人应当赶紧地、充分地生活,因为意外的疾病或悲惨的事故随时都可以突然结束他的生命。(梅益译本,人民文学出版社 1995 年版,第 278 页,下引此书只注页码)

这段话的语境是,保尔在家养病病情稍有好转之时就急于回到城市,回到革命队伍中开始工作。临行前他来到烈士公墓悼念为革命牺牲的同志:"就在这地方,他的同志们英勇就义,为了使那些生于贫贱的、那些一出生就当奴隶的人们能有美好的生活而献出了自己的生命。"(第 278 页)接下来就是保尔的人生感悟,就是上面这段名言。

这段名言,是《钢铁是怎样炼成的》中最精彩、最富有哲理的一段话,是作者奥斯特洛夫斯基留给读者、留给人间、留给后世最珍贵的礼物。只要读过这本书,没有人不注意它,没有人忘记它。读过作品,也许其中的故事情节忘记了,但这段话却不会忘。甚至是,即使没有读过这本书的人也从不同途径听说过这段话。以至于人们只要提到这本书,提到保尔,首先想到的就是这句名言——一本书浓缩为一段话了。由此可见其流行之广,影响之大。

这段关于人生意义的思考,以笔者的理解,有两层紧密相关的意思。

其一,生命需要燃烧,需要充分地释放自身蕴含的能量。在"名言"中的表述是:人,不应该虚度年华,不应该碌碌无为,而应该赶紧地、充分地生活。保尔是这样想的,也是这样做的。还是小孩子的时候,他就机智勇敢地从匪兵手中救出了共产党人朱赫莱。参军后,在战场上出生入死,勇敢战斗,直至头部受重伤。不能上战场了,立即转向后方国家建设上。在极度严寒中他日复一日地带病参加劳动,直到组织上不得不送他回家休养。病情稍有好转就急于回归组织,参与共青团的各项活动,整天废寝忘食,忙得团团转。工作的间隙,他发疯一样地读书学习。正是拼命阅读补充了他因受教育不足而造成的知识的匮乏,直到后来竟然能够从事文学创作。瘫痪并失明后面临脱离社会成为废物的危险,但他不甘心只是肉体的存活,他生命中还蕴藏着巨大的能量。当他确切知道自己实在无法参加具体的日常活动时,他另辟蹊径,以顽强的毅力从事写作,终于取得令人难以想象的举世瞩目的巨大成功。

纵观保尔的生命历程,可以说就是生命燃烧的过程,是生命能量尽情释放的过程。在燃烧和释放中,他的生命焕发出异样的光彩。一个出身卑微的穷孩子,只受过可怜的一点点教育,最后竟成为世界闻名的作家,创作出影响几代人的作品,想一想,这期间他释放出了多么巨大的精神能量啊!

燃烧,释放,这不仅仅是保尔的生命需求,而是所有生命的需求。关于这一点,作家王蒙有过透彻的表述:"一个人就是一个能源,人的一生就是燃烧,就是能量的充分释放。能量应该发挥出来,燃烧愈充分愈好。……人生就是生命的一次燃烧,它可能发出美轮美奂的光彩,可能发出巨大的热能,温暖无数人的心,它也可能光热有限,却也有一分热发一分光发一分电,哪怕只是点亮一两个灯泡,也还照亮了自己的与邻居的房屋,燃烧充分,不留遗憾。"(《王蒙自述:我的人生哲学》,人民文学出版社2003年版,第190页)保尔的人生实践和王蒙的话都告诉我们,生命需要燃烧,需要释放,人生的意义是在燃烧和释放中实现的。相反,如果"虚度年华""碌碌无为",就是没有燃烧和释放,这样的人生就毫无价值,就没有意义。

其二,人生意义是在为他人、为大众谋利益的过程中实现的。

生命固然需要燃烧,但为名为利为金钱为物欲肉欲的享受而耗尽心血,拼尽生命,也是充分燃烧啊！于是对"燃烧"的理解还要加一个非常必要的前提,那就是为他人、为大众的利益而燃烧,而不是为个人利益而燃烧。这一意思在保尔名言中的表述是:把整个生命和全部精力,都献给世界上最壮丽的事业——为人类的解放而斗争。

由于特殊的历史语境,保尔人生意义的实现是"为人类的解放而斗争",是枪林弹雨的战场和火热年代忘我的工作激情。时过境迁,如今已是和平建设年代,此时我们的人生意义就应该置换为为国家建设贡献一份力量,尽自己最大努力为他人、为大众谋福祉,在这一过程中获取人生的意义,享受生命的快乐。

为了澄清人生意义问题上观念的混乱,这里有必要对"人生意义"这一概念进行辨析。

首先说"意义"。意义一词,现代汉语释为价值和作用,本身暗含对象,即指涉及人(群)我关系,是在人我关系中得到评价的。一个人生命的意义要看他对他人、对群体、对社会的价值和作用。也就是说,因为你的存在而让他人、群体、社会上的人生活得更好些,让世界因你的存在更美好,这样我们就可以说这个人的人生是有意义的。

再说"人生"。人生的重音在第一个字——人,即"人"的生命、生活、生存,而不是一般动物的生命、生活和生存。马克思说,人是各种社会关系的总和。人活在一个错综复杂的社会关系网络上,是这个网络上的一个结。因而,要评价一个人的人生是否有意义,不能就个体说个体,不能从他的物质消费、肉体享受说起,而应该把他放到整个社会网络上,从社会整体出发,从他对社会的价值、作用角度去衡量。也就是说,所谓"人生意义",是一种社会评价、价值评价、精神评价、文化评价,而非其他。人生意义第一不是指个人物质的、肉体的、本能的享受,第二不是指个人的占有、消费、享受、索取,而是对他人、对社会的付出和贡献。上述意思简化的表达即为他人、为社会提供正能量,世界因为他的存在而变得更美好;在这一过程中,他人受益,自己快乐。这就是一个人的人生意义。

保尔就是在"为人类的解放而斗争"的伟大事业中获得了快乐,找到了人生的意义。保尔视不能参与到这样的事业为最大的痛苦,所以在身体极度伤残之后,他借助自己最不擅长但却是唯一能做的文学创作,重新找到了回归社会、回归事业的途径,从而重新获得了人生的意义。

生命需要燃烧,但要到为他人、为社会服务的事业中去燃烧;人生需要意义,但人生意义只有在为他人、为社会服务的事业中才能获得。这就是保尔形象留给我们的启示。

霍尔顿：青少年成长的烦恼

霍尔顿是美国作家塞林格的名著《麦田里的守望者》的主人公。

《麦田里的守望者》是塞林格唯一的一部长篇小说，自1951年发表以来一直畅销不衰，在美国社会和文学界产生过巨大影响，被誉为"现代经典"。小说以十六岁少年霍尔顿为叙述人，以他的口吻叙述了自己的生活经历及精神痛苦，从而提出了青少年成长过程中的一系列问题，读后使人深受启发。

《麦田里的守望者》封面

霍尔顿的烦恼

霍尔顿出生于富裕的中产阶级家庭，聪明、敏感、感情丰富，在一所著名的私立学校读书。用世俗的眼光看，他很幸福，应该生活得很快活。然而他却活得不痛快。原因是他所渴望的真诚、同情、善良、理解和友爱，在现实生活中竟找不到。他感到与环境格格不入,感到生活中到处充满伪善,用他的话说到处都是"假模假式"。他讨厌校长,因为校长对有钱有势的人格外殷勤,不能一视同仁地对待每一位学生和家长。他也不喜欢老师,因为老师只会进行教条式的训诫,缺乏对学生的起码理解和尊重。他也瞧不起他的同学,认为他们不是太放肆就是太愚蠢;其中他最憎恶的是他的室友斯特拉莱塔,因为这家伙极端粗鲁且堕落,不学无术,自私自利,而且残酷而无理地侵犯了霍尔顿与女友纯洁的爱,但是正是这样的家伙却活得有滋有味。他讨厌充斥于耳的无穷无尽的套话,如"再好没有""祝你运气好""见到你真高兴"等。他讨厌枯燥无味的功课,因几门功课不及格而面临被开除的厄运。他感到整个学校乃至整个教育制度都是可憎的,因为它们"要你干的就是读书,求学问,出人头地,以便将来可以买辆混账凯迪拉克;遇到橄榄球队比赛输了的时候,你还得装出挺在乎的样子,你一天到晚干的,就是谈女人、酒和性;再说人人还在搞下流的小集团"。

在极度痛苦无援之际,霍尔顿想到了自己最尊敬的老师安东里尼先生。他想向这位心中的偶像寻求理解和安慰。但他得到的却是圆滑而世故的忠告:"一个不成熟男子的标志是他愿意为某种事业英勇地死去,一个成熟男子的标志是他愿意为某种事业卑贱地活着。"而安东里尼本人的生活正是他自己所谓的"成熟男子"的标本:无聊、空虚、虚伪;他根本不爱自己的妻子,他娶她是因为她有钱;他成天无所事事,精神萎靡,借酒浇愁,混一天少两晌,好死不如赖活着地活着。

总之,霍尔顿对周围的环境失望极了,他在自己的生活天地中找不到自己的位置,他所珍视的价值也无栖身之地。他讨厌身边的环境,环境也不能容他,于是他被开除就成为必然,他只好孤独而痛苦地离开学校,回到了纽约。

在纽约,社会的腐败堕落更让人触目惊心,他也因此经历了更强烈的痛苦与失望。在他栖身的旅馆里,住的全是变态和痴呆的怪人,他从一些没有拉窗帘的窗口看到许多怪人怪事,到夜总会排遣无聊却遭到了敲诈。这一切使他感到恶心。他家住纽约却不敢回去,因为父母与他有很深的隔膜。他的父母生活在他们自己的圈子里,从来没有真正了解儿子的困惑与烦恼。对他接二连三地被开除,他们从来不问原因,而只是一味地责骂:父亲想"要他的命",母亲认为他不可救药而气得流泪。霍尔顿试图与其他人沟通,想要建立真诚的理解也均告失败。这种交流的困难更加深了他的苦闷和他与社会之间的鸿沟。

霍尔顿苦苦地追求爱与理解,呼唤人与人之间的友善相处、真诚相待,然而他发现这简直是不可能的。人们要么太自私,要么太愚钝,或者太麻木,对相互间思想和感情的交流根本不感兴趣,人们的心思全在"物"上而不在"人"上。人们"都把汽车当宝贝看待,要是车上划了点痕迹,就心疼得要命……"霍尔顿对这种赤裸的物质崇拜深恶痛绝,因为它扭曲了人性,使人成为物质的奴隶。而人一旦被"物"所异化,人心之间的交流与沟通便无从谈起。霍尔顿鄙视这个受金钱统治的城市,诅咒人们为追名逐利而进行的尔虞我诈。他希望过一种更真实更人道的生活,一种以"人"为中心的生活。但他所面对的社会现实却与他的愿望相反,所以他时时感到"那么寂寞,那么苦闷,那么孤独,那么沮丧"。他在成长道路上遇到的不是充满阳光的清新空气,而是令人窒息的浊流。霍尔顿孤身一人与环境作战,在美好的理想与污浊的现实的夹缝中艰难挣扎。霍尔顿的痛苦代表了所有那些在现实社会中难以立足的孜孜以求精神世界完美的人们的痛苦。他的痛苦,揭示了现代都市生活的疾患,揭示了现代人陷身于生存困境的重大主题。

霍尔顿永远不想长大

霍尔顿的理想追求在现实世界(也可以说是成人世界)里破灭了,不得已,他只好到天真的儿童世界里去寻找。实际上,霍尔顿的故事也就是寻找纯与真、保护纯与真的故事。在一个充满矫饰与虚伪的环境中,孩子们自然纯朴的天性给他以莫大的欣喜和安慰。天真无邪的儿童世界是一个晶莹透明、充满情爱和温暖的世界,同他们在一起是霍尔顿最大的快乐。他年仅十岁的妹妹菲苾甚至成了他心目中的"女神"。她坦诚、活泼、温柔,并且善解人意,关心别人,与周围的虚伪、庸俗、冷酷与世故相比,她显得熠熠生辉。她是霍尔顿最亲密的朋友,他们之间推心置腹的谈话使霍尔顿受伤的心灵得到了极大的安慰。在妹妹面前,霍尔顿没有秘密可言。他像向医生陈述病情一样向她诉说他的苦恼;而她也像医生开药方一样为他指出治病良策。霍尔顿在长辈在成人那里得不到的理解与信任,在兄弟姐妹中间,在孩子们的世界里得到了。

对成人世界的厌恶和不信任,使霍尔顿执着地迷恋于纯真自然的儿童世界。他真希望自己不要长大,儿童们不要长大,为此,他的人生理想就是要做一位儿童世界的保护神,他认为人生最有意义的工作就是做一名"麦田里的守望者":

> 我老是在想象,有那么一群小孩子在一大块麦田里做游戏。几千几万个小孩子,附近没有一个人——没有一个大人,我是说——除了我。我呢,就站在混账的悬崖边。我的职务是在那儿守望,要是有哪个孩子往悬崖边奔来,我就把他捉住——我是说孩子们都在狂奔,也不知道自己是在往哪儿跑,我得从什么地方出来,把他们捉住。我整天就干这样的事。

> 我只想当个麦田里的守望者。我知道这有点异想天开,可我真正喜欢干的就是这个。

在这里,"悬崖边"象征纯真童年的结束,摔下悬崖象征着跌入麻木世故的成人世界的深渊。他企图阻止儿童进入腐败的成人社会,从而使他们永远保持儿童的纯真。

在现实中勇敢成长

然而,孩子们无论如何是要长大成人的,他们和霍尔顿一样是要不可阻挡地进入成人世界的。虽然成人世界是一个污浊、腐败的世界,但这是唯一"现实"的世界,是人人必须进入并在其中生存的世界,所以无论谁都必须学会与之相处。霍尔顿对此也有所认识,所以尽管他对环境充满了强烈的厌恶,尽管他渴望逃避现实,但他终究还是在这个世界上待了下来,甚至最后还同它达成了一定程度的妥协。他必须如此,也只能如此。此时的霍尔顿内心深处存在着深刻的矛盾,或者说面临着深刻的两难选择:他留恋儿童世界,但又不得不走出儿童世界;他不想走进成人世界,但又不得不进入成人世界。这真是生存的无奈与尴尬。

值得深思的是,这种生存的无奈与尴尬,绝不仅仅是霍尔顿所代表的青少年的,往深处说其实也是成年人的。已经进入生活并在生活中摸爬滚打筋疲力尽的成年人,每当夜深人静,心灵深处最喜欢回忆的还是自己的童年。童年的纯真让人永远怀念,永远给人以心灵的慰藉。成年人喜欢孩子,其实是喜欢孩子的纯洁与天真,喜欢孩子的赤子之心。但这也只能是内心深处的自娱自慰,天亮起床走入人群,还是得按成人世界的游戏规则行事。这就是说,成年人的内心深处也有着两个世界的对峙与困惑,成年人也游移徘徊于两个世界之间。

如此看来,如何处理儿童世界(理想)与成人世界(现实)的关系,如何与社会现实相处,既是摆在霍尔顿面前的严峻问题,也是摆在每个正在成长中的青少年面前的严峻问题,甚至也不妨说,其实也是整个人类精神生活所面临的严峻问题。

作为作者的代言人,霍尔顿的经历和思想体现了作家本人对人生及人类生存现状的严肃思考。霍尔顿的烦恼是青少年成长过程中的烦恼,他的烦恼既具有他那个时代那个社会的特殊性,也具有某种超越具体时代具体社会的广泛性和普遍性。所以,《麦田里的守望者》关于青少年成长过程中所遇到的困境的思索,对于我们来说,仍然富有启发意义。

拉里:执着寻觅灵魂归宿的人

拉里·达雷尔是英国著名作家毛姆的小说《刀锋》中的主人公。

拉里出生于美国芝加哥,父母早亡,由其父亲的大学同学养大,从小就有独立个性,喜欢我行我素。他十七岁时作为飞行员参加第一次世界大战。战后拉里回到美国,靠每年3000美元的固定收入生活。

电影《刀锋》剧照

20世纪20年代的美国各行各业正飞速发展,人们都在抓住机会拼命赚钱。由于有参战经历,商界人士都欢迎他加盟。朋友介绍他进自己父亲的公司做股票经纪人。这是一个令人羡慕的好职位,因为能够挣大钱,能够迅速过上物质富裕的美好生活。未婚妻伊莎贝尔以及周围所有人都鼓动他接受这一职位。未婚妻表示只要他有工作,就答应和他结婚过日子。但拉里对挣钱和享受不感兴趣,因为与他的"生活目标"相违背,对于生活他有自己的想法。

生活目标与灵魂归宿

那么拉里的"生活目标"是什么呢? 这与他的参战经历有关。

一次空战中朋友为掩护拉里牺牲了年轻的生命,这件事给他带来深深的刺激,他顿感人生无常、生命虚无。他对伊莎贝尔说,每当想听从别人劝告过随遇而安的日子的时候,"我的脑海里会出现一个人,刚刚还生机勃勃,转眼便命赴阴间。生活就是如此残酷,如此缺乏意义。你不禁要问,人生的意义在哪里?人生的价值在哪里?难道人生是一种愚蠢的、盲目的、悲惨的过程吗?"

拉里常常陷入沉思。伊莎贝尔问他在想什么,他说:"我想弄清楚到底有没有上帝,弄清楚为什么会有邪恶。我想知道灵魂是不朽的,还是人一死,灵魂也跟着消亡。"

人生意义、人生价值、上帝的有无、灵魂是否不朽,这些都是人生的终极问题。这些问题关乎灵魂的安宁,关乎人为什么而活,应该怎么活。拉里拒绝被主流生活裹挟执着地要弄清楚人生的终极问题,说明拉里特别重视精神生活,把上述人生问题视为灵魂归宿。

这些问题魂牵梦萦似的盘踞在拉里心中,他弄不清楚就活不下去,为了活得愉快,活得明白,必须弄清楚。这就是拉里的"生活目标"。拉里说,除非找到了生活的目标,否则我的一颗心恐怕永无宁日。

寻找灵魂归宿的心路历程

(一)发奋读书,遍游精神王国

为了寻觅生活目标,找到灵魂归宿,拉里离开美国只身来到巴黎。在靠近国家图书馆和巴黎大学附近一处破旧的公寓里租下一小间房,开始了泛舟书海、刻苦攻读的生活。

在巴黎,他每天废寝忘食地在图书馆看书,到巴黎大学听讲座。他读书范围很广,包括法国文学,斯宾诺莎、柏拉图、笛卡儿等人的哲学名著,还学习拉丁文和希腊文。伊莎贝尔认为这样读书太不实际,拉里说从功利角度看不实际,但从精神方面看却是实际的。因为"追求知识本身就是极大的乐趣";读书时心里充满了欢乐,觉得自己就像是个极其富有的人。伊莎贝尔劝他回美国,他拒绝了。他说自己刚刚迈过了一道门槛,看见了精神王国的美妙图景,他急切地要到那儿去瞧瞧。

(二)接触社会,目睹人间真相

苦读两年后,拉里离开巴黎到煤矿做工人,他认为干体力活可以有时间理清自己的思想,结果并不如愿。几个月后他离开煤矿到德国农场打零工,在波恩继续读书,还接触过天主教修士,在修道院住过三个月。之后又到西班牙和意大利漫游,结果都没有找到他所寻觅的答案。他说:"到了欧洲,我读书破万卷,目睹世间千般变化,但离我上下求索的目标仍相去甚远。"

(三)游历印度,体验教义,结识圣贤

为了继续深入寻求灵魂归宿,他搭邮轮来到向往已久的印度。在印度五年,为了深入了解印度文化,拉里孜孜不倦地学了当地六七种语言,在印度教圣地待了半年,还曾在环境幽静的苦修林里过了两年隐居生活。隐居期间,拉里长距离散步、湖上荡舟以及冥思。在与虔诚的印度教徒的接触中,他逐步深入理解了印度教的奥义,从此精神得到升华。

在印度期间,拉里四处寻访智者和圣贤。有幸结识了被众人推崇为圣贤的人物希瑞·格涅沙。在拉里眼里,他气质宁静、善良、平和、无私,浑身散发着"圣徒气息"。拉里意识到这正是自己要寻找的人,在他面前感到出奇地宁静和放松,在他的感召下"拉里寻觅到了幸福的归宿"。

(四)找到灵魂归宿

那么拉里寻觅到的灵魂归宿是什么呢？说来玄之又玄，即印度教义中神秘的宇宙本体、宇宙规律、宇宙秩序，它是独立自主、无法表达、无处不在的永恒存在；它既虚又实、看不见摸不着，但无处不在，隐身于万物之中支配着万物的运转。

这是一种纯粹理性化的哲学观念。一般来说，人们希望找到一个主宰人间祸福的人格化的上帝，通过它寄托自己的灵魂，而这种纯粹的哲学观念怎么安慰人的灵魂？拉里的解释是：也许在遥远的未来，人类会大彻大悟，发现只能在自身灵魂里寻找安慰和鼓励。拉里认为主宰人间祸福的人格神是不存在的，因此必须在自身灵魂里寻找安慰。只要在自己心中意识、体察到万事万物包括自身中"上帝"的存在，就会忘掉小我而与"无限"（即"上帝"）融为一体了。换句话说，灵魂就找到归宿便解脱了。

除从宗教教义的认知中得到解脱之外，拉里还通过与圣贤人物格涅沙的接触中获得启发。格涅沙是远近闻名的圣徒式人物，他劝告弟子们要摆脱私心、情欲、声色的奴役，应该静修、克制、谦虚、超脱、一心一意、孜孜以求地追求自由，最终得到解脱。他真诚地告诫人们：人之伟大超出人之想象，修得智慧之身，便可获得解脱。他说要脱离苦海并不一定要出家，只需要去掉一个"我"字；做事不怀私欲，便会获得纯洁之心，舍弃小我，成就大我，就能畅行天下。

拉里说，与圣徒接触感受最深的还不是他的教诲，而是他的为人，是他的慈祥、气度和圣洁。同他在一起，拉里感到十分幸福。拉里觉得自己如愿以偿，实现了人生目标。

总结拉里寻觅灵魂归宿，或者说解脱之道的途径主要有两条。一是思想上通过认知融入"无限"，二是行为上纯净无私，舍弃小我成就大我。一个是认识层面,一个是道德层面,二者殊途同归,都是在精神上进入物我两忘的境界。用中国文化讲就是天人合一,天地境界。

知行合一,回归生活

悟道后的拉里就是循着这两条途径安放自己灵魂,走向自我完善,过好当下生活,以春风化雨润物无声的方式影响世界的。

为了寻求与无限融为一体从而走向解脱,拉里常常到森林小屋里静思冥想,在和大自然的接触中体会天地宇宙的神秘,体会渺小的自我化入无限时的极乐体验。

悟道(知)与修行(行)相伴相随,两位一体。"认知"并融入无限之外,拉里在现实生活中借助道德实践,"通过大爱和勤奋工作"获得灵魂安宁,走向自我完善。

拉里的"大爱"具体表现为帮助两个女人的故事。第一个帮助的女人是苏珊娜。苏珊娜出身贫寒,父亲早死,十七岁时被一个画家勾引来到巴黎,依靠为一个又一个画家当模特儿和情人以维持生计。后来生了孩子,又患了伤寒病,在医院躺了三个月,差点丢了性命。就在她极为穷困潦倒时偶然遇见了拉里。拉里带她们母女到乡下疗养。苏珊娜身体恢复后,拉里为她日后的生活考虑,给她们娘儿俩留下一万多法郎。

拉里与苏珊娜非亲非故,也不是情人关系,他的慷慨捐赠让苏珊娜无比感动。她对人说:"在我认识的人当中,拉里是唯一一个超然物外的人。这让他的行为显得很特殊。有一类人,他们并不相信上帝,所作所为却都是为了上帝之爱。"

拉里无私帮助的另一个女人是索菲。索菲是拉里儿童时代的伙伴,喜欢读书与写诗。婚后丈夫和孩子因车祸死于非命,索菲受重伤。惨痛的打击导致索菲精神崩溃,从此过起了酗酒、吸毒的淫荡生活。眼看着一个纯洁可爱的姑娘堕落到如此地步,拉里十分痛心,决心拯救她,办法就是与她结婚。婚礼的一切事项都准备好了,索菲因忍受不了规矩生活的约束以及自惭形秽突然逃婚自杀了。

与恶名远扬的淫荡女人结婚,众人以为拉里疯了,但这在拉里这里却很正常。拉里不认为索菲是坏人,他说"她有一颗可爱可亲的灵魂,满怀热情、有追求、慷慨大方。她的理想是高尚的。即便他寻求自我毁灭,最后以悲剧告终,里面也蕴含着高尚的因素"。

拉里如此评价索菲,说明他心灵高尚,富有同情心,对世人有大爱,他对索菲的拯救体现出高贵的牺牲自己拯救他人的基督情怀。

除了无私地帮助他人释放爱心,拉里也把"勤奋工作"视为自我完善的必要途径。拉里在森林进入"高峰体验"时就觉得浑身精力充沛,体内有一种力量急切地要爆发出来。他表示自己不会离开尘世过与世隔绝的生活,相反,要积极置身于尘世之中,过当下的生活。拉里所谓的尘世生活,不是追求物质财富,他认为幸福不是由物质决定的,而取决于精神。他准备过物质简单精神富足的日子。

怎么过呢?拉里计划回美国在汽车修配厂当工人干体力活,然后当卡车司机开卡车跑遍美国,最后在纽约定居,因为那里图书馆多,可以继续看书。如果有用不完的财产,就送给急需用钱的人。朋友劝他为自己留一点财产,他说不必要,金钱对他人意味着自由,对自己则是束缚。

总之,悟到人生真谛回归社会的拉里过着单纯朴素却精神充实的生活,活得俨然像得道的高僧,在单纯朴素中与"无限"融为一体,与"上帝"相通。

拉里说:"一个人最高的理想是自我完善。"他一心一意地追问人生意义,寻觅灵魂归宿,最终目的是走向人格的自我完善。值得庆幸的是,经过顽强执着的努力,拉里终于如愿以偿地找到了灵魂归宿,实现了人格的自我完善,以出世的精神过着入世的生活。在拉里这里,生活目标—人生意义—灵魂归宿(精神家园)—自我完善四位一体,完全是一回事,拉里圆满地找到了,完成了,实现了。

拉里追求灵魂归宿的意义

拉里寻觅灵魂归宿、追求自我完善的最高理想实现了,那么他的行为对他人、对社会、对人类的精神生态有什么影响或者意义呢? 这一问题也是作者毛姆的问题。作品中毛姆化身为故事叙述人代表读者问拉里:"以你一己之力,对焦躁不安、忙忙碌碌、目无法纪、极端个人化的美利坚民族,会产生什么影响呢? 这无异于妄想要赤手空拳阻挡住滔滔的密西西比河水。"

拉里的回答是:

> 我可以试试嘛。车轮的发明是靠一己之力完成的,万有引力的发现也靠的是一己之力。所有的努力都会产生一定的影响。哪怕你把一粒石子投入池中,宇宙也会产生一点儿变化。如果认为印度那些圣人过的是无益于众生的日子,那就错了。他们宛若黑暗里的明灯,代表的是一种理想,能滋润众生的心灵。普通人可能永远也无法企及,但他们心怀崇敬之感,从而终身受益。一个人一旦变得纯洁、完美,就会产生广

泛的影响,而那些追求真理的人自然而然会受到他的吸引。

拉里认为按照自己的规划生活便能对周围人产生影响,这种影响就像投石入池激起一圈又一圈的涟漪,人们从他的生活方式中学到满足与平静,然后再传给其他人,一传十,十传百……

拉里所说的影响世界的方式,可以归纳为明灯效应、示范效应、榜样效应、引力效应、感召效应、涟漪效应等。茫茫大海中灯塔是渺小的,但它可以为黑暗中的航船指路;生活中类似拉里这样圣贤一般的人总是凤毛麟角,但榜样的示范效应、引力效应、感召效应是无穷的。谁也无法指望芸芸众生像拉里一样生活,但众生见贤思齐,"高山仰止,景行行止;虽不能至,心向往之"(司马迁:《史记·孔子世家》)。只要你"心向往之",就知道自己该怎么做,就不至于迷失方向,就会适当纠正自己的行为。假如人心是一架天平,当人在物欲中沉陷而不能自拔的时候,想一想拉里,意识里就会增加一些高洁纯净的精神砝码,于是就会有所清醒,知道应该怎么活,就会改变一些自己的行为。

小说结尾,作者毛姆化身为作品中人物(叙述人"我")对拉里形象的意义加以评论。他说,拉里如其所愿融入了喧嚣、激荡的人海中——这茫茫的人海为错综复杂的利益和矛盾所纠缠,迷失于风雨飘摇的大世界,他们渴望美好的生活,外表笃定而内心彷徨。在这样的世界里,拉里按自己选择的道路生活,心安理得、随遇而安。他不图为人之榜样,但他觉得可能有一些人会受到他的感召。他无私无欲、严以律己,走的是一条不断完善自我的道路,对旁人产生的影响无异于著书立传或传经布道。

可以肯定,"茫茫人海为利益和矛盾所纠缠,迷失于风雨飘摇的大世界"的世相,绝对不只是拉里所处的时代和社会所独有,而是超越时空的普遍现象。这是人性的弱点所决定的。只要这样的现象还存在,拉里的形象就具有超越时空的普遍意义。拉里形象的魅力将是永恒的。

哈罗德·弗莱：一个人的朝圣

《一个人的朝圣》封面

哈罗德·弗莱是英国资深剧作家蕾秋·乔伊斯的小说《一个人的朝圣》（黄妙瑜译，北京联合出版公司2013年版）的主人公。

人物故事

哈罗德·弗莱是一个小酿酒厂的工人，既无朋友，也无敌人，默默工作四十多年后退休，没有人前来告别和欢送，无声无息地悄然离开，和妻子住在乡间。他和妻子二十多年前就已不在一个房间住，两人形同路人，日子沉闷无聊，像一潭死水。

忽然一天早上，邮差送来一封信，是哈罗德在酿酒厂的女同事、朋友奎娜寄来的。信中奎娜告诉他自己得了绝症，动了手术，即将离开人世，她向哈罗德和其全家问好，向他告别。这封信给哈罗德带来极大的震撼，他心中惘然，不知所措。回信的措辞怎么着都感觉不合适，无奈只好淡淡地写几句将信投出去。在出去寄信的路上，他神思恍惚，错过了一个又一个邮筒而犹豫着——不知该投不该投。不知不觉间来到一个汽车加油站，一个女孩儿知道了他的事情后告诉他，她的阿姨得的也是癌症，癌症无处不在。女孩儿鼓励哈罗德对病人一定要积极点——"你一定要有信念。不能光靠吃药什么的。你一定要相信那个人能好起来。人的大脑里有太多的东西我们不明白,但是你想想,如果有信念,你就一定能把事情做成。"

哈罗德以为女孩儿说的"信念"是宗教的东西,说自己从来不信教。但女孩儿告诉他,她说的"信念"不是宗教——"我的意思是,去接受一些你不了解的东西,去争取,去相信自己可以改变一些事情。"女孩儿的话对于哈罗德来说如醍醐灌顶,他忽然感到女孩身上有一团光,他觉得自己从来没有见过这么简单的坚毅和笃定,即使他并不十分明白女孩儿说的信念是什么,但他感到女孩儿的话太对了,他觉得自己应该对垂死的奎娜做点什么,而一封不疼不痒的问候信实在是太不够了。那么做点什么呢?激动之中"没有深思熟虑,也无须理智思考",他毅然决定步行到奎娜所在的临终关怀疗养院去看望她。他给疗养院打电话说请转告奎娜,他正在来看望她的路上,要她耐心等着他,他会一路步行去救她,要她一定要好好地坚持活着等他。打完电话后,他在信上加上"等我"俩字后便将其寄出了。

虽然是仓促而临时做出的决定,但却坚定不移地立即付诸实施了。他连家都没回,没有带长途旅行所需要的任何东西,如手机、地图、指南针、走远路的鞋、该换的衣服等,而且也没有大致的计划,更没有具体的计划,就这么两手空空地出发了。他出发时只有一点是肯定的,他住在英国南方,奎娜在北方,反正一直往北走就是了。

由于没有任何准备,所以旅途中的困难是可想而知的。在这之前,哈罗德一生从未出过远门,退休后六个月连家门都没出过,如今他已经六十五岁了,浑身关节到处都是毛病,所以路上遇到饥渴、劳累、各种想不到的病痛,乃至于危险,自不待言。在艰难的旅途中,他也不止一次曾经想打退堂鼓,怀疑自己这样做到底有没有用,但是一想到自己对奎娜的承诺就又坚定了行走的信心。他一路上默念"你不会死的"这句话,"这句话就是他迈出的每一步,只是有时句子的语序会错掉。他突然意识到是自己的脑子兀自唱着'死,你,不会'或'不会,你,死',甚至只是'不会,不会,不会'。头顶上和奎娜分享着同一片天空,他越来越相信奎娜已经知道他正在赶过去的路上,她一定在等他。他知道自己一定能到达贝里克,他所要做的只是不停地把一只脚迈到另一只脚前面。这种简单令人高兴。只要一直往前,当然一定能抵达的"。

走在路上让哈罗德坚信奎娜会活下来,想到这儿他的生命重新焕发生气,他觉得不费什么劲就可以爬上一座平时不敢想象的小山。他快乐地想象着自己终于到达时的场面:奎娜应该会坐在床边一张洒满阳光的椅子上看着他,他们会有好多话说,好多回忆。

在路上,他也曾担心奎娜会坚持不到他的到达,打电话给疗养院问情况。疗养院告诉他,奎娜没有家人,也没有朋友,没有牵挂的病人一般都熬不了多久,所以奎娜和疗养院的人都在盼着他的到达。奎娜自从知道哈罗德要来看她,精神变化很大,一心盼着他的到达。哈罗德信心更加坚定,鼓励奎娜一定不要放弃,就算害怕,也要叫她一定要坚持,一定要活下去。

就这样,哈罗德咬牙坚持八十七天,行程六百二十七英里,从英国南部一路走到北部,终于在疗养院见到了奎娜,奎娜也终于等到了他。其时,奎娜已经不能说话,但心里非常清楚,非常满足,她抓着哈罗德的手平静而幸福地离开了这个世界。哈罗德终于完成了自己的心愿。

哈罗德为奎娜行走的一路旅程,感动了社会上好多人,他成了世人心中的明星,人们敬佩他的精神,赞赏他的行为。也有人跟着他走,但只有他一人坚持到底。他这一路行程,被世人称为"一个人的朝圣"。

人生启悟

为了让朋友心有所系,心有所恋,在这个世界上多活几天而坚持步行八十七天,在交通发达,尤其是人情浅薄的现代社会,确实是罕见的,值得赞扬值得敬佩的。这颗心的纯洁、坚韧,确实可以和宗教徒的热情相比,所以,被称为"朝圣"应该是当之无愧的。

哈罗德为什么有如此执着而坚韧的感情呢?难道仅仅是因为他的善良,他对朋友的情谊吗?当然是,但又不全是。毫无疑问,确实有"善良"和"情谊"的因素,但细读文本可以发现,他的行为中还有更深层的原因,那就是,多年来他欠着奎娜一份人情,或者说他对奎娜怀着一份歉疚,用叙述人的话说,是"一丝罪恶感驱使他继续往前走"。

什么事?他为什么歉疚?为什么有罪恶感?

事情是这样的:当年哈罗德在酿酒厂当推销员,奎娜是会计,二人经常一起出差。二人都寡言少语,但都很善良,他们互相关心,互相欣赏:哈罗德感受到奎娜的诚实,心里视她为相交不深但亲切体贴的人;奎娜感到哈罗德是个正人君子,一个好人。因为奎娜没有家人,所以她时时关心哈罗德的孩子和他的家庭。有一次,哈罗德酒后失去理智,疯狂地闯到老板办公室砸碎了他的心爱之物,这是老板母亲的遗物,如果暴虐的老板知道了肯定会极严厉地惩罚哈罗德。这时候,奎娜主动站出来承认是自己扫地时不小心弄坏的,然后老板立马把她赶走了,从此奎娜杳无音信,直至这次收到她的来信。这么多年来哈罗德心里一直感到非常后悔,后悔自己为什么当时不站出来自己承担,竟然让一个善良而无辜的女人为他背了黑锅。他一次又一次地问自己,奎娜当年为什么连再见都没说便不辞而别,她不愿听到自己的感恩、感谢,更不愿听到自己的歉意吗?她实在是一心为他人着想而牺牲自己的人,一个牺牲自己而不求回报的人;奎娜的善良毫不张扬,是那么的低调和自然。这样一个对自己有情谊、有恩情的人,现在孤身一人在和癌魔搏斗,难道自己不该去探望她、安慰她,和她说一声感谢,告别一声吗?这才有了哈罗德送信途中当机立断徒步去看望奎娜的行为。关于这一点,哈罗德在给加油站女孩儿的信中说得清楚:"大家都以为我徒步是因为多年前我们有一段罗曼史。但那不是事实。我走这条路,是因为她救了我,而我从来没有说过一句谢谢。"

　　奎娜对哈罗德的情谊和牺牲只有哈罗德自己知道,他对自己行为的悔意和对奎娜的歉疚,也只有他自己知道,这是一笔良心债,虽然奎娜丝毫没有以债主自居。不仅如此,奎娜越是没有意识到自己债主的身份,越是躲开他的感谢和歉意,这笔良心债对哈罗德来说便越沉重——人家那么高尚了,你还能安心独享人家的牺牲而毫无反应吗?当然不能!所以当哈罗德听说奎娜病危的消息后,茫然不知所措中受他人的启发而断然决定徒步去救奎娜。他要以朴实、真诚、纯粹的友情给奎娜以精神上、心灵上的安慰,他要尽可能地挽留至少是延长她的生命,他要让奎娜感受到人间真情的温暖。——只有这样做了才配得上是奎娜的朋友,也才能获得良心上的安宁,否则良心会不安。

　　哈罗德徒步救奎娜的过程,实质上是一个以实际行动悔过的过程,一个灵魂寻求安宁的过程,一个道德自我完善的过程;其美好,其纯粹,不是宗教,胜似宗教,称为"朝圣"一点也不过分。在现代宗教衰退,道德滑坡,人心不古的时代背景下,更显得弥足珍贵。

奎娜和哈罗德是卑微而渺小的,同时又是高贵而伟大的。芸芸众生的小人物中蕴含着多少像奎娜和哈罗德这样的人啊!走笔至此,笔者心中充满温暖,真诚地向平凡而高贵的小人物们致以崇高的敬意!

后　记

　　本书以多本《外国文学史》教材为线索，解读了其中若干名著中的人物，而没有解读的还多着呢！所以准确的书名似乎应该叫作"部分外国文学名著人物谱"，不过准确是准确了，但听起来啰唆。于是，就这样僭越着吧！书名不过是个符号而已。但我心里明白，外国文学名著是个没有边界的开放空间，以后我，还有同人同好，都可以继续做下去，甚至永远也做不完。

　　中国人说诗无达诂，外国人说一千个读者就有一千个哈姆雷特，说的都是对于文学作品见仁见智，各有各的理解。本书所写下的，只是个人对作品的理解，可能肤浅，可能片面，可能谬误，这是我无法避免、无法超越的，所能聊以自慰的，都是出自阅读感受，唯真诚而已。

　　读文学，尤其是读名著，是多么开心、多么快乐、多么惬意的事啊！读作品，等于是直接聆听作家对人生、对世界的观察和理解，也等于是间接地和书中人物一起经历生活的艰难困苦，体验人生的酸甜苦辣。笔者在拙著《文艺欣赏心理学》中设专章讨论文艺欣赏的性质，认为文艺欣赏具有心理实验、心理交流、心理愉悦、自我发现、人生体验的性质。这不是我从哪本书中抄来的，全是自我体验出来的。心入作品，借助想象化为人物，心历他们的生活，等于我们多活了多少辈子，多扮演了多样的人间角色，多经历了不同人的人生。

"请想一想,生活中哪个人的生活经历如此丰富多彩、变化无穷呢?! 有幸欣赏文艺作品的人真是太有福气了! 怪不得有人说,即使有人提出,只要我不再读书,就可以成为历史上最伟大的国王,身居王宫,享受珍馐佳酿,拥有车马万乘,侍卫随从,前呼后拥,我也决不答应。我宁愿做一个穷汉子,挤在一间窄小却拥有藏书的阁楼里,也不愿当不好读书的国王。也怪不得有人说,从艺术女神居住的山峰上所看到的风光,比坐在王位上所看到的宏伟壮阔得多。"(《文艺欣赏心理学》)这是笔者年轻时对阅读体验的抒情,至今读起来仍然激动。我相信读者与我有同感。

让我们张开心灵的翅膀在文学的天空中尽情翱翔吧! 它为我们拓展出无限广阔的精神空间。在这里所获得的心灵享受无法描述,如鱼在水,冷暖自知。人生有此享受,知足矣,无憾矣!

感谢我所供职几十年的河南大学文学院! 感谢历届听过我的课的学生,他们对文学的热爱和对我的鼓励,是我写作的动力。感谢这本书的读者,有您在,这本书才称之为书,我的努力才没有白费,否则只是一沓废纸而已。